버선발 이야기

버선발 이야기

백기완

오마이북

| 글쓴이의 한마디 |

　이것은 자그마치 여든 해가 넘도록 내 속에서 홀로 눈물 젖어온 것임을 털어놓고 싶다.
　나는 이 버선발 이야기에서 처음으로 니나(민중)를 알았다. 이어서 니나의 새름(정서)과 갈마(역사), 그리고 그것을 이끈 싸움과 든메(사상)와 하제(희망)를 깨우치면서 내 잔뼈가 굵어왔음을 자랑으로 삼고 있는 사람이다.
　그래서 지난해엔 더 달구름(세월)이 가기 앞서 마지막으로 이 이야기를 글로 엮으려다가 그만 덜컹, 가슴탈(심장병)이 나빠져 아홉 때결(시간)도 더 칼을 댄 끝에 겨우 살아났다. 이어서 나는 성치 않은 몸을 이끌고 몰래몰래 목숨을 걸고 글을 써 매듭을 지은 것이 이 버선발 이야기라, 이것을 읽고자 하는 이들에게 딱 두 가지만 다짐을 하고 싶다.

첫째, 이 이야기는 아마도 니나 이야기로는 온이(인류)의 갈마에서 처음일 것 같다. 그러니 입때껏 여러분이 익혔던 앎이나 생각 같은 것을 얼쨤(잠깐)만 접어두고 그냥 맨 사람으로 읽어주시면 어떨까요.

둘째, 이 이야기엔 한자어와 영어를 한마디도 안 쓴 까닭이 있다. 그 옛날 글을 모르던 우리들의 어머니 아버지, 니나들은 제 뜻을 내둘(표현)할 때 먼 나라 사람들의 낱말을 썼을까. 마땅쇠(결코) 안 썼으니 나도 그 뜻을 따른 것뿐이니 우리 낱말이라 어렵다고만 하지 마시고 찬찬히 한 글자 한 글자 빈 땅에 콩을 심듯 새겨서 읽어주시면 어떨까요.

어허라, 이 글이 참말로 글묵(책)으로 엮어져 나오긴 나오는 걸까? 이 주어진 판을 깨는 예술, 미적 전환의 계기, '새뚝이'가 나와야 한다는 마음으로 그저 모르는 체 기다려보는 길밖에 없을 듯싶으다.

2019년 2월

백기완

차례

글쓴이의 한마디   4

콩받고 소리   9

먹밤   61

한살매 머슴 할머니를 만나다   169

발문   274

낱말 풀이   283

콩밭고 소리

⊙

 썰렁하게 빈 밭, 거기에 아무렇게나 쌓아둔 조짚 낟가리 같다고나 할까. 그렇게 납작납작 엎드린 집들이 즐비한 마을을 지나고 또 지나고 나서도 한참을 가파른 골짝으로 꺾어 들면 갑자기 무지 높다란 바윗돌, 그 외로운 그림자만을 이웃으로 한 코촉집(방이 하나뿐인 집) 하나가 느닷없이 불쑥한다.

 지붕도 볏짚을 엮어 올린 이응이 아니다. 널따란 가나무(도토리나무) 잎으로 얼기설기 엮은 지붕이라는 게 오랜 달구름(세월)에 시달려온 탓인지 아예 바닥에 맞닿아 있다.

 하지만 눈깔을 골똘히 붙박아볼 것이면 그렇게 만만하게만 여길 집은 아니다. 미욱하리만치 삐죽삐죽한 돌로 아무렇게나 쌓아 올린 높다란 굴뚝만큼은 보라는 듯 콧대가 솟아 있다. 그래서 저만치 먼 둘레인들 한눈으로 엮어버리는 그런 꼴이다.

 살림살이는 비록 거친 인딕빼기, 빨랫줄에 펄떡이는 발싸개처럼 목이 메어 있긴 하지만, 거기에 살고 있는 사람들만큼은 어엿하다. 이눔들아라고 우겨대는 듯한 집.

 바로 거기서다. 새벽녘만 되면 웬일로 콩받고 소리가 콩다콩 콩다콩 들려왔다. 토까이(토끼) 새끼라도 잡아다 놓고 한바탕 굿을 벌이고 있는 것일까. 아니다. 그 집 다섯 살배기 꼬마 버선발이 부엌을 가로지른 새끼줄을 잡느라 콩다콩 콩다콩 뛰고 있는 것이다.

 새끼줄 놀이를 하고 있는 것이던가. 웬걸, 택도 없는 소리. 바로 그 새끼줄에 매달아놓은 밥보자기를 떼느라 콩다콩 콩다콩 뛰고 있는 것이다.

 잘 알고들 있다시피 밥보자기라고 할 것이면 어쨌든지 올리게(밥상)에 올려놓아져야만 한다. 그도 아니면 다락에 얹어놓든가.

 그런데 어째서 새끼줄에, 그것도 부엌을 가로지른 새끼줄에 대롱대롱 매달아놓았을까. 이야기를 하자고 하면 참말로 입맛이 떨떠름하지 않을 수가 없다.

아침밥이자 낮참이라는 거

 오매 다섯 살배기 꼬마 버선발은 그 집에서 엄마하고 딱 둘이서 살고 있었다. 이름도 성도 없이 그냥 버선발.

 어째서 버선발이었을까. 버선발은 그의 아버지도 그렇고 그의 엄마도 그렇고 하나같이 성이라는 게 없었다. 때문에 이름도 무슨 뜻을 두어 '버선발' 그러는 것이 아니다. 추우나 더우나 노다지(늘) 발을 벗고 살다 보니 지나던 사냥꾼들이 그렇게 부르곤 해 아예 이름이 되고 만 것이다. '불림'이라는 말 말이다. 주어진 판은 깨고 새판을 일군다는 한소리 불림.

 버선발은 거기서 그렇게 엄마와 딱 단둘이서 살고 있는 것 같아도 알로(사실)는 혼자 살았다.

 남의 집 머슴을 사는 엄마가 마치 새끼줄에 목이 매인 망아지처럼 새벽부터 일터엘 나가시게 되면 집구석이라는 게 버선발의 그 알량한 밥이나마 차려놓을 만한 데가 없었다. 이 때문에 밥 냄새를 맡은 집쥐들만 아글아글 덤벼드는 것이 아니다. 들쥐 새끼들까지 다투어 쑤셔 먹으려 드니 어쩌는 수가 있는가. 밥보자기를 아예 새끼줄에 매달아놓아 버선발은 그것을 떼느라 콩다콩 콩다콩 콩받고 소리를 내는 것이다.

 콩다콩 콩다콩 한참 만에야 밥보자기를 낚아채 펼쳐보았

자 기름기가 찰찰 밴 쌀밥이기는커녕 말라도 까실하게 말라 배틀어진 깡조밥 한 덩어리. 거기다가 건건이(반찬)라는 것도 그 밥 덩어리 위에 달랑 얹어놓은 된장 한 숟갈. 그나마 가시(구더기)가 바글비글 들쑤셔 밀던 된장 한 숟갈. 그런 밥이나마 노다지 혼자 먹어야 하는 버선발의 눈매엔 늘 아다몰(이상한) 이슬이라는 게 사릿(아리까리) 하고 서리곤 했다. 젖은 눈 말이다.

  쓸쓸해서 그랬을까. 아니다. 그 깡조밥에 목이 메어도 꽉꽉 메어서 그랬다.

  하지만 버선발은 그 때문에 단 한 술(번)도 징징대진 않았다. 징징대보았자 새벽같이 일을 하러 나가신 엄마가 "아이구, 내 새끼야. 건건이도 없는 깡조밥을 혼자서 먹다니" 하고 얼떵(곧바로) 돌아오시질 않는다는 것을 너무나도 잘 알고 있었기 때문이다.

물찌

  언젠가 버선발은 그 까실한 밥을 씹지도 않고 꿀꺽꿀꺽하다가 그만 된통 목에 걸리고 말았다. 대뜸 물을 마셔야만 할

터이다. 그런데 그날따라 물동이에도 물이 없고 바가지에도 물이란 물은 단 한 방울도 없는 거라.

놀란 버선발이 얼김에 "엄마, 나 물, 나 물. 물은 어디에 있어, 응? 엄마" 하고 울먹이다가 울컥 속이 거꾸로 뒤집혀, 먹은 것 입때껏 뱃속에서 떨뜨름히 새겨지던 된장, 우거지 할 것 없이 밑창의 똥물까지를 몽조리 왜액 게우게 되었다.

왜액 밑두리까지 뒤집히다 보니 입에선 똥내가 물씬하지, 속은 니글니글 울렁거리다 못해 온몸이 말째고(괴롭고) 쓰라린 버선발은 저도 모르게 언덕으로 뛰어올라 "엄…엄…엄마" 하고 처음으로 엉엉 소리 내어 혼자서 울게 되었다.

"엄마, 나 있잖아, 죽을 것만 같애. 이런 날 두고 어딜 갔어, 응? 엄마. 나 혼자 이렇게 죽게 내버려두는 거가, 응? 엄마."

그렇게 울고 또 우는 몸서리가 하염이 없을 적이다. 무언가가 숨 가쁘게 휙~ 버선발의 눈앞을 가로막는 것 같았다.

'에구머니, 이게 무엇이람?' 하고 눈을 비벼 살피다가 버선발은 그만 된통 시겁먹고 말았다. 무언가 아다몰 불빛이 번덕번덕. 이에 쭐이 탄(다급해진) 버선발은 저도 모르게 "야 인마, 넌… 넌 무어가, 엉?" 그랬어야만 할 것이다. 그런데 엉뚱하게도 계시지도 않는 엄마를 "야 이 새끼, 엄마야~" 하고 냅다 소리를 질러버렸다.

아무튼 그 소리가 어찌나 되쌌던지 그 번덕번덕 불덩어리도 놀라 자빠져 찍 하고 물찌(물똥)까지 싸며 얼핏 달아나버렸다. 그 바람에 버선발은 그놈의 밥이 되는 것으로부터 어렵사리 빠져나오긴 나왔다.

태어나고 나서 처음 만난 벗

그다음 날부터다. 버선발은 아침밥을 먹기에 앞서 꼬박꼿 물동이를 살피곤 했다. 물이 있나 없나 하고. 물이 없으면 샘에 가서 손수 물 한 바가지를 떠다 놓고 나서야 밥을 먹곤 했다. 버선발은 밥을 먹고 나서도 그 아다몰 짐승과 맞닥뜨리고 나서부터는 그 높은 마루턱 같은 데는 도통 오르질 않았다. 일부러 텀(산)과 텀 사이를 들입다 후빈 것 같은 으슥한 골짝, 냇물엘 가서 혼자서 퐁당퐁당 물떵딱(물장단)을 치며 놀곤 했다.

아침부터 햇살이 쨍쨍 내리쏟는 어느 날이다. 버선발은 저도 모르게 냇물을 따라 자꾸만 자꾸만 흘러서 가는 촐랑(재미)에 쏠쏠했다.

한참을 물길 따라 촐랑촐랑 흘러서 가노라니 어라, 이쪽저

쪽에 보길 처음 보는 집들이 옹기종기 모여 있다.

'아이구야, 웬 집들이 저렇게도 많은가. 보길 처음 보겠구먼.'

이 집 저 집 기웃거리는데 이때다. 버선발과 또래쯤 되어 보이는 꼬마 하나가 불쑥 "너, 나를 찾아왔니?"

이에 버선발도 얼김에 맞대(대답)를 하게 되었다.

"아니, 난 냇물을 따라 그저 흘러 흘러서 온 건데."

"뭐? 냇물을 따라 그저 흘러 흘러서 왔다구? 그럼 너 나하고도 다시금 흘러 흘러서 놀러 가볼래?"

그 말에 버선발은 고개를 갸우뚱했다. 왜냐, 또래 애를 만나보는 것도 태어나고 나서 처음인 데다 논다는 말도 처음 듣는 소리라 뭐라고 맞대를 해야 할지를 몰라 고개를 갸우뚱 또 갸우뚱 그러기만 했다.

이때다. 갑자기 그 애가 버선발의 손을 덥석 잡는 게 아니냔 말이다. 버선발은 그것도 무슨 뜻인지를 몰라 하마터면 소리를 지를 뻔했다. "놔 인마, 왜 남의 손을 마구 잡아, 인마" 하고 회까닥 뿌리칠 뻔했다.

하지만 그 애가 잡은 손이 워낙 따스해 버선발도 손을 꼭 하니 맞잡아주었다. 그러자 그 눈매가 남달리 똘망똘망한 애가 "너 내 이름이 무언지 모르지? 난 팥배야. 근데 네 이름은 뭐니?"

버선발도 말을 했다.

"내 이름 말이가. 난 버선발."

'뭐? 사람 이름이 버신발이라구? 버선은커녕 짚세기(짚신)도 신질 않구선' 그러는 듯 야릇한 낯빛을 짓더니 다시 말을 한다.

"넌 어디 사는 애니? 너네 집이 어디냐구."

그때서야 버선발은 '이 애가 스스로 내켜 나하고 어울리자는 거구나' 하고 부드럽게 맞대를 했다.

"응, 저기 저 위쪽 높은 텀골(산골)이야."

"그으래? 그럼 너 오늘 나하구 저 바다엘 한술(한번) 가볼래? 나는 이참(지금) 거기로 게를 잡으러 가던 길이야."

'뭐, 바다라구?'

버선발은 바다라는 말이 무언지를 몰라 물었다.

"바다가 뭐야? 그런 데가 어디 있어."

이래 물었는데 그 똘망한 눈매의 팥배는 아주 쉽게 말을 한다.

"응 바다. 그건 물이야. 물이 흠썩 많이 고여 출렁대는 데야."

버선발은 그제야 알겠다는 듯 조금은 신이 나 말을 했다.

"응 샘…물, 그 샘은 우물이라고 하는데."

"아니야 인마. 바다란 샘보다도 크고 저기 저 하늘보다도 더 커. 거길 가면 말이다, 먹을 것도 많아. 게도 있고 망둥이도 있고, 날씨가 이렇게 무덥지도 않고 시원해. 늘 바람이 수엉수엉 불어온단 말이야."

그 말에 버선발은 무언가 모를 가물(신비감)에 어렸다.

'뭐라구? 바다라는 게 하늘보다도 더 크다구?'

그 야릇한 가물에 끌려 따라나설 수밖에 없었다.

가다가 개암이라는 또래 애도 만났다. 부리라는 애도 만나고, 한섬이라는 애도 만나 같이 가는 길은 그렇게 신이 날 수가 없었다. 신이 날 수밖에 없는 것이 그 누구도 걸어가는 애가 하나도 없기 때문이다. 저저끔(제각기) 달려들 간다. 버선발은 그게 그렇게도 마음에 들었다.

야, 저것 보시게, 하눈이네 하눈

삐죽삐죽 높디높은 텀골에 사는 버선발은 널따란 들녘을 달려가보는 것은 처음이라 그 가물에 들떠 덩달아 달렸다. 가파른 언덕을 오를 적엔 버선발은 길도 잘 모르면서 앞서기도 했다. 왜냐, 깊은 텀골에선 올려바지(오르막)가 가파른 언덕일수록 덮어놓고 뛰어오르곤 했기 때문이다.

그런데 끝배 녀석이 쌩 하고 버선발을 앞질러 간다. 버선발은 욘서 봐라 하고 막 따라믹으려고 죽어라 하고 달려가다가 멈칫, 눈깔을 있는 대로 굴리며 소리를 내지르고 말았다.

"야 저것 보시게. 저거 하눈이네 하눈."

엄마가 이따금 말씀하시던 그 하눈이 펼쳐졌기 때문이었다.

하눈이라니? 높은 텀뻬알(산자락)에선 그 높디높은 텀뻬알에 걸쳐 있는 안개와 하늘의 흰 구름이 하나로 보이는 것을 일러 하눈이라고 한다. 그런데 여기 이 마루턱에 올라와보니 푸른 하늘과 푸른 바다가 하나처럼 보이는 게 꼬박껏 빼닮은 하눈이라.

"야 저것 봐라 저거, 하눈이다 하눈."

버선발이 그렇게 뜬먹(감격)에 들뜨건만 끝배와 딴 애들은 그런 버선발의 뜬먹 따위는 아랑곳도 아니하고 냅다 달려만 가고 있다. 버선발도 뒤질세라 달려갔다.

맑은 개울물을 맞닥뜨릴 때면 첨벙첨벙 가로지르고, 우거진 수풀쯤은 펄쩍펄쩍 뛰어넘다가 질척한 감탕밭(물기가 많아 쑥쑥 빠지는 진흙땅)인 바닷가에까지 왔을 적이다. 땅바닥이 너무나 보드라워 와 닿는 발바닥의 날멋(촉감)이 그렇게 싱그러울 수가 없었다. 거친 돌밭이 아니면 뻐근한 바윗덩이 위로만 오르내리던 버선발은 그 보드라운 날멋에 솟내(기분)가 풀리는데, 꼭 엄마 품에 안겼을 적의 그것이다.

버선발은 문득 달려가던 발길을 멈추고는 그냥 그 자리에 털썩 주저앉고 싶었다. 그런데 애들은 그런 버선발과는 영 다르게 그 보드라운 땅을 그냥 내치며 자꾸 내달리기만 한다. 버선발도 '에라, 모르겠다, 나도 한술 이 치솟는 날멋을 실컷 즐겨나 보자' 하고는 있는 힘껏 달려가다가 그만 그 물씬한 감탕밭에 찍~ 그냥 나가동그라지고 말았다.

입었던 옷이 그 감탕 때문에 온통 흙투성이가 되고 볼따구와 콧잔등, 입술까지도 흙 범벅이 되어 울먹거리고 있을 적이다. 때마침 거품 머금은 새하얀 물살이 철썩 다그쳐 왔다.

미약(제힘을 잃고 넘어지는 모습) 하고 다부(다시) 나가떨어진 버선발은 엉치가 아프질 않나, 팔다리도 들쑤셨지만 낑낑댈 수도 없었다. 또다시 덮친 물살에 허부적허부적, 꼭 죽을 것만 같았다.

하지만 애들은 그런 버선발을 본 체도 아니하고 저저끔 야~ 하고 소리소리 지르며 들이달려만 가고 있다.

보아하니 하얀 거품을 머금은 바닷물이 더욱 크게 벌떡 일어서는 곳으로 욱질(돌격)을 하고 있다. 언뜻 아득함에 사로 잡힌 버선발은 있는 힘을 다해 "애들아, 나 좀, 나 좀…" 하고 울부짖자 그때서야 개암이가 되돌아와 일으켜주며 하는 소리다.

"야 버선발 인마, 울지 마 인마. 우리 엄마가 바다에선 우는 게 아니라고 하셨어. 바다라는 건 우는 애부터 그냥 집어 삼켜버리고 만다고 했어.

저 소리 좀 들어봐. 우룽우룽, 끄렁끄렁. 저 커단 바다가 몽땅 울음덩어리 아니가. 그러니까 바다라는 덴 아예 오질 말든지, 어차피 왔으면 바다하고 그대로 맞서야만 한다고 하셨어. 그러니 눈물 따위는 걷어치우고 날 따라와. 우리 저 몰개(파도)하고 한술 맞짱을 떠보잔 말이다."

그러면서 다그쳐 오는 물결에 맞서고자 욱질을 해가고들 있다.

바다에서 처음으로 만난 사람, 할머니

쩔뚝쩔뚝 홀로 처진 버선발은 거센 몰개도 거퍼 얻어맞고, 그 때문에 솟내(기분)도 그렇질 않아 그만 삐져버렸다. 왜 그런지 버선발은 개암이도 팥배도 모두 미워졌다. 그래서 애들이 앞으로 달려갈 적에 버선발은 슬며시 옆으로 샜다. 저벅저벅 감탕밭을 지나자 보드라운 바닷가 모래밭이 다시 나왔다. 그러자 걷기가 훨씬 좋아 자꾸만 혼자서 즐기고 싶어지기도 했다.

저 멀리 무언가가 가물대는 것이 보였다. 머리에 흰 헝겊을 말아 쓴 것으로 보아 얼추(혹시) 우리 엄마가 아닐까, 그런 생각도 들어 자꾸만 다가가는데도 자꾸만 멀어진다.

'어라, 내가 깨비(귀신)한테 홀렸나. 어째서 앞으로 다가갈수록 자꾸만 멀어지지?'

머리 위에선 이름 모를 물새들이 날아가며 새록새록 끼룩끼룩 울고 있다.

구름에 가렸던 햇빛이 방끗, 갑자기 쑤악 하고 바다 위로 쏟아지는 모습은 마치 일에 지치신 엄마가 버선발을 만났을 때 환히 퍼지시던 낯빛처럼 얼잡(착각)을 일으키기도 한다.

버선발은 발길을 서둘렀다. 다가설수록 갈데없는 엄마라 하마터면 "엄마~" 하고 소리를 지를 뻔했다.

하지만 눈여겨보니 그것은 게를 잡고 있는 어느 쪼글쪼글 할머니라. 버선발은 얼추 엄마가 아닐까 싶던 바램이 철렁, 다시금 울먹울먹해졌다. 그런 버선발을 보신 할머니가 말씀하셨다.

"왜 네 에미가 아니라서 털썩(실망)했냐? 이 바다는 된캉(원래) 물이다. 물이라는 걸 빼놓고는 몽땅 홀껏(환상)이다. 그게 바로 바다라는 거야 인석아. 왜 그런 줄 알아? 바다는 기껏 물이야. 그런데도 바다는 제가 물이라고는 말하지 않는 것 때문에 사람들은 속고 있는 거다.

왜 그런 줄 알아? 사람들은 너도 나도 바다를 보게 되면 저만 약은 것처럼 바다를 써먹으려고만 들어. 고약하게시리 뚱속(욕심)만 부린다 그 말이다. 그래서 바다엘 오면 누구나 바다에 홀리곤 하는데 알고 보면 바다란 물이라니까.

그러니 꼬마야, 이런 바닷가에 네 에미가 있을 턱이 있겠니. 못나게시리 얼잡(착각)질 말고 자 받거라, 작대기다. 이 작대기로 나처럼 게 구멍을 파서 게나 몇 마리 잡아갖고 가거라."

버선발은 그 할머니의 말씀이 무슨 뜻인지를 알 수가 없었다. 할머니라는 어른을 만나보는 것도 태어나고 나서 처음이다. 더구나 할머니의 말씀을 듣는 것도 처음이고. 그런데 그 말뜻을 어찌 알겠는가.

그래서 할머니가 하라는 대로 작대기로 게 구멍을 팠다. 하지만 파놓고 보면 게란 놈들이 움츠렸다간 쪼르르 달아나 다른 구멍으로 냉큼 기어 들어가버린다. 또다시 기껏 파헤치면 또 달아나고 또 파면 또 달아나고, 그렇게 몇 술 털팡(실패)을 친 뒤에야 '와라와라' 게를 한 놈 잡긴 잡았다. 그런데 "아얏, 아야야야야" 하고 소릴 질러버렸다.

버선발이 게를 잡은 것이 아니다. 그 게가 버선발의 손가락을 앙 물어버린 것이다. 버선발은 저도 모르게 홱 하고 팔뚝을 휘둘렀다. 그 바람에 게란 놈의 몸뚱아리가 휑 하고 저만치 나가떨어진다.

하지만 알 수가 없었다. 버선발의 손가락을 앙 물고 있는 게 다리는 버선발이 손가락을 꿈적일수록 더욱 되싸게 아귀를 조이고 있다. 이에 버선발이 팔팔 뛰며 울자 할머니가 그놈의 게 다리를 잡아 꺾어 팡개치며 하시는 말씀이다.

"울지 마 인석아, 다리가 떨어져 나간 게도 안 우는데, 네가 왜 울어? 자 받아. 이걸 갖고 가서 엄마보고 짭조름하게 졸여달라고나 해라."

그러면서 게들이 바글대는 조그마한 구럭(자루 같은 물건)을 내주신다.

버선발은 그때서야 울음을 뚝 그치고선 말을 했다.

"할머니, 이걸 날 주는 거야?"

"그렇다니까. 갖고 가서 엄마한테 간장을 좀 넣고 풋고추도 좀 넣고 졸여달라고 하라니까. 아마도 건건이(반찬)론 뿌

듯할 거다."

할머니 것을 날 다 주면 어떻게 하느냐고 말을 하려는데 한 떼거리의 꼬마들이 우르르 달려오더니 "야 버선발 인마, 너 여기 있었구나. 우린 네가 바다에 빠져 죽은 줄 알았어 인마."

팥배를 비롯한 애들이 와그그 몰려와 버선발의 손을 잡아 끈다.

처음으로 잠을 설쳐본 버선발

밤이 한참 돼서야 집에 돌아온 버선발은 엄마한테 혓차(칭찬)도 들었다.

"그래, 네가 너 혼자서 바다엘 다 갔었다 그 말이지? 거기서 이 게들도 네 손으로 잡아 왔다 그 말이지?"

엄마의 혓차가 이만저만이 아니다. 그제야 버선발도 입을 열었다.

"근데 엄마, 내가 잡은 것은 요렇게 두 마리야. 다른 건 어느 할머니가 잡아줬어. 애들도 보태주고."

이 말에 엄마가 눈을 휘둥그레 굴리며 하시는 말씀이다.

"그게 바로 바다라는 거다. 그 할머니가 바로 바다라니까. 바다란 네 거 내 거가 없다니까. 그래서 예부터 담을수록 커가는 그릇, 바다를 일러 '바라'라고 해왔다니까. 짜잘한 사람이라는 것들이나 쪼매난 땅덩이를 갈가리 찢어발기며 네 거 내 거 그러는 것이지."

버선발은 그 말이 뭔 뜻인지는 잘 알 수가 없었다. 그래서 좀 더 물어보려고 하는데 엄마는 더는 말씀을 아니하시고선 커단 옴박(함지박)에 게들을 옮겨 담으신다. 얼핏 냇물로 나가 그 게들을 물에 헹구시며 거퍼 혀를 차신다.

"쯔쯔쯔 내 새끼 이쁘기도 해라. 게를 다 잡아 오다니."

그러시며 그 게들을 졸여주었다. 태어나고 나서 처음으로 짭조름한 그 게들을 건건이로 해먹는 밥맛은 그렇게 맛날 수가 없었다.

그날 밤 버선발은 모처럼 두둑하니 자리에 누웠다. 하지만 버선발은 연나게도(이상하게도) 눈을 붙일 수가 없었다. 먼저 그 똘망똘망한 팥배가 눈앞에 아른거렸다. 갸는 지나가다가 얼통에(우연히) 만난 애다. 그런데 어떻게 해서 텀골밖에 모르는 나를 갖다가서 그렇게 커단 물웅덩이 바다엘 다 데리고 갔을까. 아무리 뒤척거리며 생각을 굴려보아도 팥배라는 애는 그렇게 예쁠 수가 없었다.

그다음엔 개암이가 떠올랐다. 내가 바다 물살에 널브러져 그 짠물을 꼴깍꼴깍할 적이다. 어디선가 나타나기를 마치 들메(묏덩이에 부딪치는 바람)처럼 꼬나오더니(홱 달려오더니) 나를 냉큼 일으켜준 애가 바로 개암이다. 갸가 아니었으면 나는 어더렇게 되었을까.

버선발은 벌떡 일어나 앉았다가 다시 누웠다. 버선발의 입가엔 웬일로 거품이 일었다가 꺼지며 쪼르르 흘러내렸다. 버선발은 얼추 그것을 엄마가 엿보았을세라 얼떵(재빨리) 팔뚝으로 문지르며 크게 숨을 들이쉬었다. 얼추 엄마가 알아차렸을까 봐 오줌도 찔끔 나왔다.

첫 깨우침

버선발은 어제의 들뜸에서 채 깨어나지 못한 듯 밥을 먹는 둥 마는 둥 고개만 끄떡끄떡했다. 옳지, 오늘도 팥배 녀석을 찾아가 바다엘 가자고 해야겠다. 그렇게 생각되자 아직 해가 안 뜬 엄새벽이거나 말거나 냅다 아랫마을로 내달려갔다.

헐레벌떡 팥배네 집 사립문을 찌끄득 밀었다. 마침 팥배가 나온다.

"야 퐅배야, 나야 버선발. 오늘 우리 또 바다엘 가자."

그래 말을 했건만 뜻밖에도 퐅배가 고개를 젓는다. 오늘은 엄마의 밭일을 거들어주어야 한단다. 버선발은 그 말뜻을 알 수가 없었다. "엄마 일을 거들어주어야 한다니? 야 그게 무슨 말이야?" 하고 물었지만 퐅배는 아무런 맞대(대답)도 없이 어른들이나 다루는 큰 삼태기를 둘쳐메고는 어디론가로 간다.

버선발도 쫄쫄 따라갔다. 거기서 버선발은 참말로 눈을 번쩍 뜨게 되었다. 글쎄 그 어린 퐅배가 그 고사리 같은 손으로 망짝(맷돌이나 방앗돌만큼 큰 것)만 한 삼태기에다 자갈돌을 하나 잔뜩 담아 낑낑 나른다. 그게 너무나 안쓰러워 그 삼태기를 슬쩍 들어보았다. 달싹도 안 하는 돌삼태기다. 아, 이것을 그 어린것이 낑낑 들어 나르고 또 나르고. 아무튼 그렇게 힘든 일이 겨우 끝나는가 했다.

그런데 그게 아니다. 다시금 냇물 건너 콩밭으로 가 낑낑 김을 맨다. 하지만 거기서도 끝나는 게 아니었다. 콩밭에서 뽑아놓은 막풀(잡초)들을 그 삼태기에 담아 나르는 일을 한다.

텀골에서 엄마가 해주는 밥만 얻어먹던 버선발은 가슴이 온통 철렁, 조마조마하기까지 했다. 이제는 끝나겠지 싶었건만 저녘(서쪽) 하늘이 불그죽죽 기울 때쯤 해서부터는 그 여린 손으로 낫을 들어 또다시 풀을 베고 있다.

참다못한 버선발은 말을 걸지 않을 수가 없었다.

"야 너 그 풀은 왜 또 베는 거니?"

팥배의 맞대다.

"그것도 몰라? 꼴을 베는 거 아니가."

"꼴이라니."

"꼴도 몰라? 소먹이풀 아니가."

"뭐? 소를 먹이다니?"

"소도 먹어야 살지 않어."

"소는 사람이 기르는 거니?" 하고 물어보려다가 멋쩍었다.

그래서 버선발은 저도 모르게 덥석 팥배의 꼴망태를 메어 보려고 했다. 옴짝달싹도 안 한다. 다시금 힘을 주어 메어보려고 하다가 이참엔 벌렁 나자빠지고 말았다.

깔깔대면서 그 무거운 삼태기를 걸어 멘 팥배는 저네 집으로, 버선발도 저네 집으로, 캄캄한 밤이 한참 깊고 나서야 돌아왔다.

엄마의 잠꼬대

그날 저녁이다. 버선발은 엄마한테 졸랐다.

"엄마, 나도 하제(내일) 아침부터는 엄마를 따라가 엄마 일을 거들면 안 돼? 응? 엄마."

이때 엄마는 뜻밖에도 어림도 없는 소리 말라는 듯 눈을 옆으로 가로, 희뜩희뜩 쏘기까지 하신다. 버선발은 그때서야 처음으로 엄마한테 하고 싶은 이야기를 다 털어놓았다.

"엄마, 우리도 사람들이 많이 사는 저 아랫마을로 내려가서 살면 안 돼? 응? 엄마. 여기서는 엄마랑 나랑 이렇게 딱 둘이서만 살고 있질 않아. 마을엘 가면 애들도 있고 바다도 있고, 응? 엄마. 우리도 하늘보다 더 넓다는 바다가 있는 아랫마을로 내려가 살면 안 되느냐구, 응? 엄마."

조르고 또 졸라도 아무 말이 없던 엄마는 어느 날 조용히 아주 낮은 소리로 차분히 말씀을 해주신다.

"애야 버선발아, 너 참말로 저 아랫마을로 내려가 살고 싶으냐. 엄마도 그랬으면야 오죽 좋겠느냐. 하지만 그건 안 된다. 우리는 여기로 내쫓긴 거다. 왜? 너네 애비 땜에."

"왜 엄마, 우리 아버지가 뭐가 어째서…. 그러나저러나 우리 아버지는 이참(지금) 어딜 가신 거야."

그렇게 물어본 것뿐이다. 그런데 그때부터다. 엄마는 아랫마을 이야기도 안 하시고 더구나 아버지 이야기만 캐물으면 말을 안 하시는 것만이 아니다. 거의 우신다.

바로 그날 밤이다. 버선발은 무슨 큰소리에 놀라 벌떡 잠에서 깼다.

"야… 이 개새끼들아, 그래, 호박 한 포기 심어 먹을 땅 한 줌이 없는 집도 사람 사는 데가, 엉? 이곳도 사람 사는 데냐구, 엉? 갈아엎어야 할 얄곳(사람이 사람으로 살 수 없는 곳)이야, 이 개새끼들아…. 갈아엎어야 돼. 암, 암, 갈아엎어야 되고말고."

그것은 엄마의 잠꼬대 소리였다. 그런데 그런 엄마의 잠꼬대는 그날 밤에만 그러시는 것이 아니다. 그다음 날 밤에도 똑같은 잠꼬대를 하시고, 다음다음 날도 또 그러신다.

하루는 그런 엄마의 잠꼬대 소리가 하도 무서워 버선발은 엄마를 흔들어 깨웠다.

"엄마, 왜 그래, 응? 엄마. 땅 한 줌이 없다는 거, 그게 뭔 말이야."

엄마는 버선발이 묻는 말에는 아무런 맞대도 없이 버선발을 꼭 껴안고는 더욱 깊이깊이 잠이 드신다. 버선발은 엄마가 잠이 들자 슬며시 밖으로 나왔다.

밤하늘에는 시커먼 구름이 잔뜩 어두움을 드리우고 있다. 먼 데서는 짐승 우는 으시시 소리가 커이커이. 하지만 버선발은 하나도 무섭지가 않았다.

'아, 불쌍한 우리 엄마…. 그렇다, 비록 바람 찬 한데이긴 하지만 여기서 밤을 새고 나서는 새벽같이 일을 하러 나가시는 우리 엄마를 쫓아갈 거다. 거기서 나도 팥배처럼 우리 엄마가 하시는 일을 도와드릴 거다.'

그런 마음을 먹으니 이 한밤 제아무리 무서운 짐승이 나온다고 한들 버선발은 하나도 무섭지가 않았다. 무시무시한 깨비가 나온다고 한들 요놈, 요 돌찌기(돌멩이)로 골통을 짓모아버릴 거라고 틀어쥔 돌찌기를 더욱 세차게 몰아 쥐었다.

그러다가 그만 깜빡.

엄마를 찾아서

잠결에도 엄마의 베개는 만져진다. 그런데 어라, 엄마가 안 만져진다. 이게 웬일일까 눈을 들어보니 아이구야, 바람 부는 바깥이 아니다. 안눌데(안방)다. 그렇구나, 내가 저 차가운 한데에서 깜빡 잠이 든 사이 우리 엄마가 나를 난딱 안아다가 눌데(방)에 뉘어놓으셨구나. 에이, 약이 올라 대뜸 베개를 내질러버리고는 부엌으로 깡충 뛰어내렸다.

하지만 딴 때처럼 콩다콩 콩다콩 여러 술(번) 뛰질 않았다.

딱 한 술 콩다콩을 해 새끼줄에 매달려 있는 밥보자기를 홱 낚아챘다. 그러고는 밥보자기째 입에 대고 욱쩍욱쩍, 그 깔깔한 조밥을 다 먹어치우자마자 그대로 밖으로 뛰쳐나갔다.

 어느 쪽으로 갈까? 아래께로 갈까? 아니, 엄마가 늘 돌아오시곤 하는 저기 저 높은 뫼 허리께로 뛰어들었다. 하지만 첫발부터 멈칫했다.

 그건 길이 아니다. 무지무지 굵다란 나무들과 자잘한 나무들이 다투어 빼곡히 들어선 숲이다. 때문에 하늘도 시커멓게 가리어져 있고 바람은 씽씽, 나무기둥에선 우엉우엉. 버선발은 무언가 무서운 놈들이 달겨들 것만 같아 조마조마했다.

 아니나 다를까, 무언가가 후다닥. 너무 놀라 그 자리에서 털썩 엉덩방아만 찧은 것이 아니다. 아랫도리가 뜨시끈뜨시끈, 껄낌(겁)에 질린 버선발은 거의 입버릇처럼 "엄, 엄마" 그러다가 무언가에 쫓기듯 꽉 하고 입을 다물고 말았다. 오줌을 싼 것이다.

 언젠가도 버선발은 바지에다 오줌을 쌌다. 엄마가 온 낯을 찌푸리시며 "얘야, 이 추운 겨울 하나밖에 없는 바지에다 오줌을 싸는 애, 그런 애는 어떤 애인 줄 아느냐. 쬘랭이가 되겠다는 애다, 쬘랭이. 저렇게 흰 눈이 펑펑 휘날리는데도 나가 놀 줄도 모르고 따슨 아랫목만 찾는 애 쬘랭이 말이다. 그러니 하는 수 있느냐. 이 바지가 다 마를 때까지 그 아랫목에 그렇게 가만히 누워 있거라. 쬘랭이가 딴 길 있다더냐."

그 말에 울컥해버린 버선발은 옷을 홀랑 벗은 채 벌떡 일어나 느닷없이 팔딱팔딱 깨끼발로 아래 윗목을 팔딱팔딱. 이를 보신 엄마가 모처럼 배를 쥐고 깔깔 웃으시던 생각이 떠오르자 버선발은 뻘떡 일어났다.

'그래 해볼 테면 해보자. 어떤 짐승이 나온다고 한들 네놈들이 내 앞길을 어절씨구 가로막아? 못 막는다, 요놈. 암, 못 막는다니까, 요놈' 하고 마구잡이로 숲속을 헤치다가 에구머니… 그만 오랫동안 쌓이고 또 쌓인 가랑닢 더미에 마치 썰매처럼 미끄러지다가 그냥 낭떠러지로 풍덩실 빠지고 말았다. 뒤미처 버선발의 머리 위로 와그르 쏟아지는 가랑닢 더미가 버선발의 온몸을 홀랑 묻어버린다.

아무것도 안 보였다. 숨도 막히고 꼼짝없이 죽게 되었다. 소릴 쳐도 안 되고, 꿈쩍거릴수록 가랑닢만 버걱댄다. 아, 내가 이렇게 죽고 마는 건가, 그러다가 버선발은 문득 엄마 배 위를 오르내리던 생각이 났다.

그렇구나, 버선발은 두 무릎으로 가랑닢들을 짓누르며 조금치라도 그 가랑닢 위로 기어올랐다. 또 그러구 또 그러구.

마침내 눈앞이 빠끔히 열린다. 저기 저 건너 텀뻬알(산자락)의 다락밭도 보인다. 거기서 개미 새끼들처럼 달라붙어 호미질을 하는 사람들도 보였다.

옳거니, 저기가 바로 우리 엄마의 일터일 게 틀림없다고 여겨지자 힘이 난 버선발은 가랑닢 더미를 짚으며 불쑥 몸을 들어 올리고 또 들어 올렸다. 마침내 그 죽음의 구렁에서 빠져나온 것이다.

하지만 버선발은 지화자 하고 소릴 지를 짬도 없었다. 저기에 우리 엄마도 함께 일을 하고 계실지 모른다 싶어 냅다 달려가보다가 버선발은 덧없이 끔찔했다(놀랐다). 엄마는 안 계시지만 그 많은 사람들이 죄 땅을 만지고 있는 게 아닌가.

아따 저것 보시게… 땅, 저렇게 땅이 널려 있는데 어찌해서 우리 엄마는 왜 호박 한 포기 심어 먹을 땅 한 줌이 없다고 하시는 걸까. 네 요놈, 우리 엄마 어지럽히는 땅덩이, 요놈 하고 저도 모르게 한 오큼을 움켜쥐었다.

그런데 어라, 움켜쥐면 쥘수록 그 흙이 뽀르르 손가락 사이로 죄 빠져나간다. 아, 그렇구나. 이 땅이란 사람이 움켜쥐면 쥘수록 다 빠져나가 우리 엄마가 잠꼬대에서까지 '땅, 땅' 그러셨던가 보구나.

참말과 거짓말

이 생각 저 생각이 걸음을 잡아당기는데도 어느덧 아랫마을이 눈에 어른거렸다. 어느 외딴집, 울타리 밑에선 닭들이 땅을 긁어대고 있는 것도 보인다. 저놈들이 저 아까운 땅을 가지고 왜 저리 볼썽사납게 구는 걸까. 더군다나 그 닭들이 나래를 펴더니 그 땅속에 묻혀 곤히 잠까지 자고 있다.

한참을 째려보던 버선발은 혼자서 웅얼댔다.

'그렇구나, 땅이라는 것은 사람의 것만은 아닌가 보구나. 사람의 것이기도 하고 짐승의 것이기도 한가 보구나.'

그렇다고 하면 더욱 그렇다. 사람인 우리 엄마가 저 하찮은 날짐승 닭 새끼들보다도 못하단 말인가. 닭들도 제 마음대로 울타리 밑에 땅을 갖고서 놀고 싶은 대로 놀기도 한다. 그런데 어찌해서 우리 엄마는 오매 호박 한 포기 심어 먹을 땅 한 뼘이 없다고 하시는 걸까.

괴난(괜한) 생각에 묶여 겨우겨우 발길을 돌리다가 버선발은 멈칫했다. 숨결도 멈춰지고 눈길도 붙박이처럼 곧바로 박히게 되었다. 버선발이 밟고 있는 이 발밑이라는 게 바로 땅이 아니냔 말이다. 따라서 이참 나는 어절씨구 그 땅 위에 서 있다.

그렇다고 하면 이 땅은 어찌 된 것일까.

하지만 그런 물음은 곧바로 풀리고 말았다. 버선발의 앞과 뒤, 이쪽과 저쪽에 널려 있는 것들이 몽조리 다 땅이 아니냔 말이다. 그 땅에서 사람들은 너나없이 모두 일을 하고 있다. 소들은 그 땅 위에 누워 있기도 하고, 달구지는 또 덜컹덜컹 지나다니기도 하고.

모르겠구나, 참말로 모르겠다고 고개를 젓다가 꽝!

버선발은 "에케" 그러질 않고 "엄마, 나 왔어" 하고 불쑥 얼굴을 내밀었다. 엄마가 반기신다.

"오늘은 늦었구나. 어딜 그렇게 쏘다니다가 이제야 오는 거냐?"

버선발은 그 말에 가슴이 찔끔했다. 얼추 우리 엄마가 내가 엄마를 찾아 나섰다가 죽을 뻔했던 것을 알고 계신 건 아닐까. 버선발은 어린 마음에도 입을 다물고 말을 않는 것이 좋으리라 여겨졌다. 그래서 시치미를 딱 떼고 "엄마, 나 밥 줘 빨리. 내 속이 터빙(텅텅 빈 공간) 주린 배가 되었단 말이야."

엄마는 버선발의 그 어줍잖은 낯빛일랑은 전혀 모르시는 듯 씁씁이(아무렇지도 않게) 밥그릇만 밀어주신다. 버선발도 모르는 체 까실한 조밥 한 술을 입에 넣고선 그 숟갈을 다시 거꾸로 잡아 그 끝으로 된장을 찍어 입에 넣었다. 그러니까 밥을 먹는다는 게 맛을 다신다든가, 그래서 씹고 자시고가 없었다. 밥과 건건이를 입에 넣은 다음 혓바닥으로 한두 술 건드리고는 꿀꺽하는 것이 이를테면 버선발네 집밥 먹기의 쨍짱(분위기)이었다.

따라서 밥을 먹으면서 말을 한다든가, 웃고 자시고 할 스랫(필요)이 있을 턱이 없었다. 예부터 있어온 '시름, 밥 한 그릇 뚝딱'이라는 말은 그래서 나온 것이다.

그런데 버선발은 그날만큼은 밥 한 숟갈을 입에 넣고선 엄마를 쳐다보고, 이어서 숟갈 꼬리로 된장 한 꼬물을 찍어 입에 넣고선 또 엄마 얼굴을 쳐다보느라 밥그릇이 다 비워지는 때결(시간)이 엔간치가 않았다. 그래서 버선발의 집엔 밤이 내리되 젠창(꽤) 내렸는데도 엄마는 빈 물동이에 내려앉은 달을 이고는 샘터로 가신다.

딴 때 같았으면 버선발은 깨금발로 깡충깡충 그 달그럴(달그림자)을 일부러 밟으며 엄마를 따라갔을 터이다. 하지만 오늘만큼은 왜 그런지 엄마의 달그럴을 밟고 싶지가 않았다. 그래서 한발 앞선 엄마를 이리 돌아가고 저리 돌아가곤 했다. 그게 그렇게도 미더웠던지 엄마의 눈과 서로 마주칠 적마다 서로 느닷없는 웃음으로 하나 되곤 했다. 그 갸륵한 모습을 하늘에 높은 달도 그림처럼 새겨보고 있었던지 그 달덩이가 마침내 맑은 샘에 잠기자 더욱 찰랑찰랑.

 어린 버선발은 비록 말을 못해도 그 샘에 잠긴 달이 그냥 그렇게 고대로 한이 없었으면 했다. 그런데 물을 뜨시고자 하는 엄마의 물바가지가 샘에 드리우자 달덩이가 찔끔 하고 헝클어진다. 버선발은 그게 그렇게도 안타까워 "엄마" 하고 막 소리를 지르려고 하는 때박(순간), 엄마의 얼굴과 마주치자 저도 모르게 와락 엄마 품에 안기고 말았다. 그 바람에 하마터면 엄마와 아들이 함께 샘물에 덥석 빠질 뻔했던 것을 저기 저 먼 숲속에서도 알아차렸던가.

 갑자기 소쩍새가 내킴한(마음먹은) 듯 소리 높여 둘레를 울어 엔다. 이에 버선발이 손바닥을 입에 대고 '와라와라' 맞대를 하자 그 소리가 저 먼 텀자락(산자락)에 부딪쳐 '와라와라 와~라 와~라' 하고 되돌아왔.

 엄마도 그 소리에 뜸이 드셨든지 두 팔을 펼치며 느닷없이 지화자~ 얼쑤.

 이를 본 버선발은 그만 눈깔을 크게 데굴데굴 굴리고 말았다.

 '왔다, 우리 엄마가 춤을 다 추시네. 이 깊은 텀골에서 허구한 날 허리 한 술 쭉 하니 펴질 못하고 사시더니…. 그런 우리 엄마가 머리 위에 물동이쯤은 차라리 고깔로 삼으며 저것 보

시게. 벌린 두 팔에 다리는 들썩, 이 텀골을 한낱 춤꾼처럼 데 불고 춤을 다 추시네.'

왠지 그런 엄마가 너무나 반가운 버선발은 눈물이 핑핑, 그칠 줄을 몰랐다. 소쩍새 소리도 덩달아 텀뻬알(산자락)을 울리고. 아들의 짤룩한 손을 잡고 그렇게 더덩실 돌아오시던 엄마가 말을 걸어왔다.

"얘야, 저 소쩍새가 무엇을 저렇게 울어대는 줄 아느냐."

"몰라."

"저게 바로 '야 이 야싸한(얄궂은) 것들아, 가슴을 열되 활짝 열거라' 그런 소리란다. 그리하면 이 벗나래(세상)도 아울러 열리리라, 그런 소리다.

그런데 저 울음소리를 두고 이 널린 땅을 서로 갈기갈기 찢어 내 거 네 거로 거머쥔 것들은 말이다, 거짓을 놓고 있단 말이다. 무슨 말이냐, 저 소쩍새 울음소리가 사람의 귀에 '솟뗑 솟뗑' 그렇게 들려올 것이면 그건 비가 안 와 가뭄이 들 낌새다. 하지만 그렇질 아니하고 '소쩍다 소쩍다' 그렇게 들려올 것이면 씨갈이(농사)가 잘돼 쌀과 밥이 넘쳐나는 넉발(풍년)이 든다고들 한다.

그런데 말이다 버선발아, 그런 나발(괜한 소문)이야말로 새빨간 거짓말, 거짓 넉발이다 그 말이다. 왠 줄 알아? 씨갈이가 잘되고 안 되고는 하늘의 논놀(조화)이 아니란 말이다. 땀 흘려 거둔 것들을 뺏어대는 막놀(무서운 범죄)이 없어져야 그게 진짜 넉발이 드는 것이요. 따라서 마구집이보 뺏어대는 거 그게 진짜 가뭄인데 우라질 거짓말쟁이들…"

가만히 듣고 있던 버선발은 엄마를 쳐다보며 물었다.

"엄마, 그게 뭔 말이야? 참짜(진짜) 가뭄은 뭐고, 거짓 넉발이라니, 그게 뭔 말이냐구."

이때 엄마의 긴 한숨 끝에 딸랑딸랑 매달린 소리가 간들댔다.

"나도 잘은 모른다. 그냥 하는 소리지. 다만 이내 에미가 너만 했을 적에 너네 할머니한테 들었던 말이다. 하지만 그 말뜻을 어렴풋이나마 깨우치게 되는 데는 자그마치 서른 해나 걸렸다. 그러니 버선발아, 너도 이 엄마의 말을 제대로 새기려면 아마도 한참은 걸릴 거다. 그러니 서두르지 말거라."

엄마의 뜨거운 눈물

그렇게 말씀하시던 엄마의 얼굴은 입때껏 박박 흘려온 그 박땀 때문에 새시까맣게(아주 까맣게) 속이 타버린 그런 얼굴이 아니다. 가분재기(갑자기) 밝은 호박꽃처럼 환해지신 엄마의 얼굴, 그 아름다운 모습을 본 뒤부터다. 버선발은 한낮부터 어서 달이 뜨는 밤이 내리기만을 기다렸다. 그런 엄마의 얼굴을 또 보고 또 보고 싶었기 때문이다. 그런데 알 수가 없었다. 달이라는 것이 그날서부터 따름따름(점점) 작아지다가 아주 없어져버린다.

고개를 갸우뚱해도 알 수가 없었다. 하늘에 대고 돌멩이를 던져보아도 도통 그 까닭을 알 수가 없었다. 그래서 해가 질 녘이면 어린 버선발은 엄마만 기다려지는 게 아니다. 달이 보고 싶어 일부러 달이 뜨는 언덕빼기에 올라 두 무릎을 꿇고선 쫑알댔다.

"달아 달아 밝은 달아, 너만 환하다고 그렇게 뻐기질 마, 인마. 제발 작아졌다 커졌다 그런 수샘(수줍은 샘)도 부리질 말고. 우리 엄마가 돌아오실 적에 말이다, 그때 우리 엄마와 함께 좀 와줄 순 없겠니?

달아, 너 말이다, 돼지감자 알아? 추운 겨울 배가 고플 적에 와작와작 깨물어 먹으면 얼마나 맛이 좋은 줄 아냐구. 이 참에 그걸 캐면 내가 너에게 하나 줄게. 내가 안 먹고. 그러니 제발 우리 엄마와 함께 좀 와줄 순 없겠냐구, 응?"

이렇게 쫑알대며 두 무릎을 꿇고 있는 것을 보시던 엄마가 내지르시는 버럭 소리가 들려왔다.

"야 너 거기서 왜 그러구 있어, 엉? 얼떵(어서) 일어서지 못해?"

이에 와락 엄마 품에 안긴 버선발은 도리어 살갑게 칭얼댔다.

"엄마, 왜 혼자 오는 거야. 저 하늘에 있는 달을 데불고 오질 않고. 엄마가 혼자 올 것만 같아 하늘에 대고 이렇게 주절대고 있었어. '달아 달아 밝은 달아, 제발 우리 엄마가 오실 적에 너도 함께 좀 와다오' 하고."

뜻밖에도 그런 말을 들은 엄마는 버선발을 냉큼 안으시더니만 덩실덩실 한참을 신나는 춤새로 숨을 고르신 다음 하시는 소리다.

"애야 버선발아, 달이라는 건 말이다, 네가 그렇게 빈다고 해서 얼핏 떠오르고 또 안 떠오르고 그러질 않는 거다, 알가서? 달은 말이다, 제 둘레에서 제멋대로 살아. 그러니까 괜시리 그 까이거한테 그렇게 빌고 그러는 게 아니래두. 그걸 가지고 겟트림이라고 하는 거다. 쓸데없는 데 기를 쓰는 짓, 제가 저를 버리는 못난 짓거리, 겟트림, 알가서?

그러구 말이다 버선발아, 너 거 두 무릎을 꿇는 버릇, 그건 안 돼. 너 그거 어디서 본 거냐구. 너는 이 엄마 앞에서 그렇게 두 무릎을 꿇은 적이 단 한 술도 없었잖아. 그런데도 달한 테만 무릎을 꿇는다는 거, 그건 똑같은 짐승이면서도 사람이라는 짐승만이 하는 쓸데없는 똥축(좌절) 같은, 제가 저를 저버리는 겟트림. 그러니까 아까도 말을 했지만 겟트림이란 썩지도 못하는 똥, 똥축. 그러니 그따위 짓거리를 하면 안 되는 거야 인석아, 알가서?"

이때다. 버선발이 기다렸다는 듯 엄마 품에서 쏭 하고 빠져나와 두 무릎을 꿇으며 하는 말이다.

"응. 이거 있잖아 엄마, 이렇게 두 무릎을 꿇는 거 이건 말이야. 언젠가 아랫마을에서 돌아오는데 한 아줌마가 방망이를 찬 아저씨들한테 두 무릎을 꿇고 울부짖는 걸 보았었어.

'나으리, 벌써 찬바람이 불고 있습니다. 곧 무서운 겨울이 닥칠 겁니다. 우리 집 독엔 좁쌀 한 바가지인들 남은 것 하나 없는 살림인데 어린것을 데불고 어디로 가란 말입니까. 올겨울만 나게 해주십시오, 올겨울만. 그러니까 쏟아지는 잠, 숲을 꼬집어 깨우쳐서라도 쓸풀(약초)을 뜯어 밀린 빚은 다 갚겠사오니 제발 올겨울만 나게 해주십시오, 네? 올겨울만….' 그러자 '너 오늘 그 네 말매(약속)는 꼭 지키겠다 그 말이지? 좋다, 이참(지금) 한 술만 더 기다려주겠다'며 풀어주는 것을 보았었어. 그때부터…" 하고 말끝을 채 맺질 못했는데 엄마가 홱 하고 돌아서 가신다.

버선발이 쫓아가며 "왜 그래 엄마, 무릎을 꿇는 게 뭐가 어때서 그래, 엄마" 그러면서 엄마를 앞지르려고 하다가 버선발은 언뜻 눈과 입이 함께 시큰해지고 말았다. 글쎄 엄마의 두 볼에서 굵은 빗줄기가 쭈욱쭈욱 쏟아지고 있질 않는가 말이다.

이를 본 버선발은 엄마의 그 땀에 쩔은 치마를 부여잡으며 몸부림을 쳤다.

"엄마, 왜 그래 엄마… 응? 왜 그래… 엄마."

그러는데도 엄마는 고개를 모로 꼰 채 앞서만 가신다.

또다시 달이 뜬 밤

그런 일이 있고 나서 또다시 달이 뜬 어느 날 저녁이다.

밭일에서 돌아오시던 엄마가 언덕빼기에서 두 무릎을 꿇고 있는 어린 버선발을 또 보게 되었다. 그런데도 엄마는 못 본 체하며 발길을 서두르신다. 버선발이 쫓아가면서 "엄마~" 그러자 그때서야 손을 내밀어주신다.

어린 아들과 얼굴이라곤 자글자글 주름뿐인 엄마가 마주

앉아 저녁을 드는데, 달빛만이 하염없이 그 노오란 깡조밥을 비추어줄 뿐 아무도 먼저 입을 떼질 않았다. 견디다 못한 버선발이 먼저 말을 걸 수밖에 없었다.

"엄마, 오늘은 물 길러 안 가? 나도 따라갈래."

엄마의 말씀이 "왜 안 가겠니. 우리 버선발이랑 손을 잡고 물 길러 가야지. 하지만 이제는 가을이 깊었다. 그래서 그때 그 여름처럼 소쩍새는 아니 울 거다."

"왜 엄마, 소쩍새들도 어딘가로 나들이를 가는 거야?"

"그렇지. 여름만 살고 가을이 깊어가면 다들 나들이를 가지."

"그러면 이 가을을 우는 짐승들은 하나도 없겠네?"

"아니지. 풀벌레들은 울지."

"응. 베짱이, 귀뚜라미, 그런 놈들. 그놈들은 어떻게 울어, 엄마?"

"응. 그놈들 영차영차 어기영차 그러지."

이때 갑자기 버선발의 눈매가 똘망똘망해지더니 "엄마, 내가 듣기엔 스륵스륵 또 어떤 놈들은 찌륵찌륵 그러던데, 엄마는 왜 영차영차 어기영차 그렇게 운다고 그래?"

이 말에 엄마는 한참 동안 마른침을 삼키느라 입술이 떨리는 듯한 웃음을 지으며 겨우겨우 입을 여셨다.

"응 그거 영차영차 어기영차 그건 풀벌레들이 가을을 우는 것이 아니구 가을을 지고 이고 끌고 가는 소리야. 왜 그런 줄 알아? 그 가을을 지고 다그쳐오는 매서운 겨울을 뚫어야 하거든.

그런데도 못난 사람들이라는 것들은 가을이 와보았자 눌데 구석(방구석)에 쭈그리고선 추워서 달달, 배가 고파서 달달, 그리움에 지쳐서 달달, 앞이 안 보여서 달달⋯ 그렇게 다들 달달달 떨고만 있단다. 하지만 제아무리 쪼매난 풀벌레들이지만 그놈들은 안 그래. 비록 나지막한 풀더미 속에 노다지 엎드려 사는 것 같애도 말이다, 그놈들은 사람들과는 영 달라. 놈들 나름의 끼가 있고, 깡이 있고, 떨팡(한바탕 일어나는 흥)이 있단 말이다. 그래서 가을을 끌고 가느라 영차영차 어기영차 그렇게 떨팡을 논다니까.

그러니까 버선발아, 너도 이 엄마와 함께 이 외로운 텀골, 여기서도 이 가파른 마루턱에서 빠듯이 살고는 있지만서도 말이다, 그까짓 달이나 보고 무릎이나 꿇는 그따위 못난 짓거리 똥축(좌절) 있잖아, 그 겟트림, 제가 저를 꺾는 시든 마음보 말이다, 그딴 짓은 어떤 일이 있어도 하질 말란 말이다, 알가서? 차라리 이 에미 눈에 마른 모래를 쑤셔 넣는 게 낫지⋯."

그러면서 비칠. 하마터면 머리 위에 이고 있는 물동이를 홀랑 뒤집는가 했다.

그래서 옆에서 보고 있던 버선발은 에구머니! 그렇게 내지르려고 했다. 하지만 택도 없는 소리, 엄마는 잽싸게 한 발을 앞으로 내놓으시고 뒤미처 엉덩이를 바로 해 머리에 이고 있는 물동이 물이 사그런히(가라앉듯이 조용히) 찰랑거렸을 뿐 꺼떡도 안 하시고 곧바로 가신다. 가슴이 철렁해서 그랬던지 엄마도 버선발도 잠이 깊은 밤.

쨍 쨍 또 쨍 쨍.

귀가 깨지다 못해 쨍 하고 바사지는 것 같은 소리에 눈을 번쩍 뜬 버선발은 얼김에 "엄마" 그러면서 손을 더듬었다. 그런데 엄마는 안 계시고 엄마 베개만 만져진다. 엄마가 안 계시다니. 이게 웬일인가.

다시금 더 크게 "엄…마" 그러는데 부엌에서 엄마가 사뭇 흐트러진 머리로 들어오시더니 금세 잠이 드신다. 버선발은 언뜻 엄마의 품에 안기려다가 멈칫했다. 내가 이러고 있을 때가 아니지 하고 부엌으로 나가보니 아… 이럴 수가, 부엌 바닥이 달빛에 번덕번덕 엔간칠 않게 어지러운 게 있다.

저게 무어든가 하고 만져보니 그건 딴 게 아니다. 엄마의 닳고 닳은 호미다. 그보다도 놀라운 건 그 호미가 들이쩍은 호미 자국들은 아뿔싸 땅이 아니다. 바윗덩어리가 아니냔 말이다.

그렇다고 허면 이참(지금) 우리 집의 부엌 바닥, 아니 우리 집의 집터라는 게 몽땅 땅이 아니고 바윗덩어리라는 말이 아닌가. 버선발은 어린 마음에도 섬뜩하고 무언가가 짚이는 게 있었다.

팥배네 집으로 달려간 버선발

옳지, 팥배한테 달려가 물어보아야겠다. 팥배네 집터도 땅 위가 아니고 바윗덩어리 위인지 아닌지.

그렇다. 팥배한테 가서 물어보리라 하고 막 발길을 옮기려고 하다가 엄마의 호미를 들어 뒤꼍으로 가서 내리찍어보았다. 그런데 똑뜨름(역시) 퍽 하고 땅이 파지는 소리가 아니다. 똑뜨름 찍힌 바위가 되받아치는 소리, 이를테면 그 아픔을 뿌리치는 소리, 쨍 그런다.

소름이 쭈악 뻗친 버선발은 앞마당에 가서도 찍어보았다. 똑뜨름 쨍 하는 소리에 오금이 오싹하고 저려버린 버선발은 컴컴한 한밤이건만 마치 미친 듯 아래께로 달려 내려갔다.

헐레벌떡 "팥배야, 나야 나" 하고 목이 차 부르다가 어절씨구 어린 버선발은 털썩 그 자리에 주저앉고 말았다. 도통 알 수가 없었기 때문이다.

틀림없이 팥배네 집이다. 그런데 웬일로 그 조초름하던(잘 짜여 있던) 사립 마당의 들락(문)이 통째로 나가동그라져 있다. 거기다가 팥배네 안눌데(안방)와 뒷들락(뒷문)하고가 어쩌자고 휑하니 맞뚫려 있다.

아뿔싸, 사람 사는 기가 전혀 안 보인다. 소름이 오싹해 엉금엉금 다가가던 버선발은 거퍼 섬찟했다. 팥배가 기르던 소도 오간 데 없는 게 아니냐 말이다. 다만 외양간의 찢어진 거적때기만이 휑하니 샛바람에 펄럭펄럭. 또 어깨동무처럼 그 갓짓하던(가지런하던) 장독들은 웬일로 몽땅 다 마구 깨져 있다.

버선발은 "야 팥배야, 이거 어떻게 된 거가" 하고 울부짖을 짬도 없었다. 그길로 개암이한테 달려가노라니 아이구야, 아직은 새벽이 멀어 캄캄한 밤 속을 그 어린 개암이가 새끼줄에 목이 매인 채 어딘가로 끌려가고 있다. 개암이의 엄마 아빠는 고개 숙여 들썩거리기만 하고.

놀란 버선발은 그대로 개암이한테 다가가 물었다.

"야 개암아, 너 아직 열리지도 않은 이 새벽부터 어딜 가는 거가."

 개암이의 맞대다.

"머슴길을 가는 거지 뭐."

"머슴길이라니? 이건 사람이 다니는 길 아닌가. 그런데 머슴길이라니? 그게 뭔 말이야."

"아마 너 버선발도 얼마 안 남았을 거다. 팥배네는 이 길이 싫어서 온 밥네(식구)가 냅다 어디론가 달아났지만 우리는 그럴 수가 없대. 머슴의 아들딸은 여섯 살만 넘으면 알범(주인)이 제 맘대로 데불고 가는 거래."

"그게 어디인데."

"또 다른 데 있는 알범의 땅덩이겠지 뭐."

"알범의 땅덩이라니, 그게 무언 소리야."

"나도 모르지 뭐. 엄마 말씀에 따르면 입때껏 우리가 살아온 땅은 우리 알범의 땅이구, 이참은 우리 알범이 나를 다른 땅 알범한테 팔아넘기는 게 아닌가 싶대."

 이 말에 숨이 막혀버린 버선발이 홀로 웅얼댈 적이다. 쫙 하고 하늘이 갈라지는 듯한 채찍 소리가 들려왔다.

"야 개암이 온석아, 서둘러 인마. 날이 밝기에 앞서 나룻배를 타야 돼. 아니면 우리가 주릿대를 맞아야 한단 말이다, 알가서? 톰발리(빨리) 따라오질 못해?"

개암이는 서둘러 따라가고 버선발은 멍하니 서서 그저 울기만 했다.

"야 개암아, 내 말은 딴 게 아니야. 너네 집터도 땅이 아니구 바윗돌 위였니?" 하고 물어보지도 못하고 그저 울기만 했다.

버선발의 꿈

"엄마… 엄…마… 머슴이라는 게 무어야? 개암이라는 내 또래 애 갸가 있잖아. 갸가 글쎄 머슴을 살러 간다며 끌려갔어."

헐레벌떡, 목에 찬 숨이 막 넘어가는 갈갈 소리를 게우며 달려오다가 버선발은 바로 저네 집 들락고리(문고리), 그것도 못 잡고 그대로 미약(제힘을 잃고 넘어지는 모습) 하고 넘어져 버렸다. 하지만 엄마는 벌써 일을 하러 나가시고 안 계시니 일으켜줄 사람이 어디 있으랴. 따라서 그 누구한테인들 맞대가 나올 턱이 없었다.

'에이, 기껏 달려왔는데….'

힘이 다 빠져버렸지만 그래도 발바닥에 엉겨 붙은 흙을 들락지방(문지방) 밖으로 툭툭 털면서 버선발은 혼자서 중얼대는 버릇을 감추고 싶질 않았다.

 "엄마, 머슴이라는 거 그게 뭐냐구. 그 어린것의 목을 새끼줄로 칭칭 묶어갖고 질질 끌고 가는 그 머슴이라는 거 말이야, 그게 뭣 하는 짓이냐구, 응? 엄마… 난 무섭단 말이야. 사람들이가 무서워, 응? 엄마."

 버선발의 그 해맑은 두 눈이 사뭇 불그죽죽해지도록 뜨거운 눈물이 회오릴 치다가 서글픔과 함께 두려움이 범벅이 된 비지눈물이 뚝뚝.

 하지만 그런 눈물을 쏟고 또 쏟고 아무리 쏟아도 그 눈물로는 도통 헤아릴 수가 없었다. 발뒤꿈치로 눌데바닥(방바닥)을 콩 또 콩 다져도 아무도 말을 해주는 이는 없었다.

 이름 모를 들새, 멧새들만 하루 내내 뭐라고 지저귀는지 저희들끼리 조잘대다가 어둠이 주저앉을 녘 해서야 엄마가 돌아오셨다. 버선발은 그 한없는 두려움과 외로움을 저 혼자 어렵게 어렵게 비집고 나오려는 듯 와락 엄마한테 안기며 응석을 부렸다.

 "엄마, 머슴이라는 거 말이야, 그게 뭔 말이야? 머슴을 살러 간다는 건 또 뭐냐구, 응? 엄마."

 그래 묻자 어떤 일이 있어도 함부로 목소릴 높이질 않던 엄마다. 그런 엄마가 어쩌자고 꺼딴(영 다른) 소리로 버럭 내지르신다.

"야 너, 그딴 걸 누가 물으라구 그랬어, 엉?"

갑작스러운 이 말에 찔끔해진 버선발은 엄마의 볼에다 대고 비비듯 속살댔다.

"엄마, 갸 있잖아. 개암이가 불쌍해서 그래. 갸가 글쎄 새끼줄에 목이 매여 질질 끌려가면서 그랬어. 머슴을 살러 간다고. 그래서 묻는 거야, 머슴이 뭐냐구."

버선발이 아무리 졸라도 아무런 맞대를 안 하시던 엄마가 쌀독 바닥에서 좁쌀을 박박 긁어 담아갖고 냇가로 나가신다. 무언가 깊은 걸기작(장애)에 골똘하시는가 싶었다.

'저 녀석이 갑자기 머슴 이야기는 왜 자꾸 꺼내는 걸까. 아무렴, 저 녀석한테 머슴이 무어란 말을 어찌 내 입으로 털어놓을 수가 있단 말인가.'

그럴 수는 없다는 듯 바가지에 담긴 좁쌀을 일부러 냇물에 우격으로 벅벅, 머얼건 뜨물을 한숨인 듯 띄웠다. 냇물 따라 머얼겋게 번지는 뜨물, 그것을 주워 먹으려고 피라미, 모래무치, 불거지까지 바그그 얼씬댄다. 그 뜨물의 느닷없는 흐름이 한살매(일생) 서글픈 마음을 언뜻 씻어낸 듯 엄마는 버선발을 불렀다.

"애야, 저것 보거라. 피라미, 불거지 할 것 없이 냇물에 한바탕 잔치가 벌어졌구나."

그래도 버선발은 끝끝내 시큰둥. 엄마도 저녁을 다 먹고 치울 때까지 아무 말도 안 하신다. 짐짓 야속하다고 느껴졌던지 버선발은 홱 밖으로 뛰쳐나가 혼자 쿨쩍였다.

"엄마는 미워. 내가 묻는 것은 하나도 안 알으켜주고. 난 개암이가 불쌍해서 그런단 말이야. 내 동무 개암이가 왜, 어디로 끌려갔는지 그건 알아야 할 게 아니야. 내 또래 아니냐구. 에이 미워."

밤이 늦도록 그냥 그렇게 쿨쩍대자 깊어진 엄마의 시름이 마침내 치맛자락을 흔드는가 보았다. 몇 술(번)이고 마른기침을 힘겹게 다스리시더니 버선발을 난딱 안아다가 아랫목에 눕히며 하시는 말씀이다.

"애야, 너 참말로 그 머슴이란 말뜻을 꼭 알고 싶다 그 말이더냐."

이때 버선발은 말은 않고 와락 엄마의 가슴으로 고개를 파묻으며 어깨를 들썩들썩.

그제야 엄마는 어쩌는 수 없다는 듯 몇 술이고 입을 이쪽으로 저쪽으로 삐쭉거렸다.

'애야 버선발아, 머슴이란 말이다, 그건 딴 게 아니란다. 바로 내가, 네 에미가 머슴이다. 네가 보고 싶어 대뜸 달려오고 싶어도 끝내 달려오질 못하는 네 애비, 네 에미의 그 피눈물이 바로 머슴이라니까.'

그렇게 말을 하려고 하다가 다시금 버선발만 꼭 껴안고 마는 진저리의 몸서리임이 느낌으로도 헨중했다(또렷했다). 이에 버선발은 손을 엄마 입에 대고 "그럼 말을 안 해도 돼, 엄마. 개암이가 불쌍한 건 내가 참을게, 응? 엄마." 그런 말이 떨리되 몹시 떨려 나왔다.

"얘야, 너 그… 그… 머…머슴이라는 거, 참말로 그걸 알고 싶으냐. 그건 딴 게 아니다. 사람이 사람을 못살게 구는 사갈(죄)이라는 거다, 사갈."

이 말에 버선발이 뻘떡 일어나 앉았다.

"엄마, 사람이 어떻게 사람을 못살게 굴어. 그딴 놈 그거 나쁜 놈 아니가. 어떻게 사람이 사람을 갖다가서 못살게 구는 거냐고."

그제야 엄마는 갈가리 구겨져오던 마음을 어렵사리 다잡은 듯 차분히 일러주시는데 이렇게 일러주셨다.

"얘야, 그 어떤 풀나무도 뿌리가 없이 고개만 들고는 살 수가 없다는 건 너도 알고 있지? 그런데 사람을 머슴으로 부려먹는 놈들은 말이다. 그놈들은 사람을 갖다가서 사람의 뿌리를 못 내리게 하는 거다. 그래도 죽어라 하고 뿌리를 내리고자 하면 아예 그 뿌리가 내릴 땅을 빼앗아버리고. 그래도 뿌리를 내리고자 하면 어절씨구 그 뿌리를 허리째 섬뜩 잘라버리고. 그래도 죽어라 하고 끝끝내 뿌리를 내릴라치면 그 뿌리와 함께 목두가지(목)를 뎅겅…."

그렇게 말을 하시고선 집구석 안팎 그 어디에서고 샛바람이란 단 한 자락도 아니 불어오는데도 오시시 떠신다.

그러다가 말을 다시 이어가는데 어떻게 이어가더냐.

"왜 그러는 줄 알아? 왜 그러는 줄 아느냐구. 제멋대로 마구 빼앗아놓구선, 그 때문에 아무것도 못 가진 머슴은 사람이 아니라는 거다. 제 마음대로 부려먹고, 제 내키는 대로 볶아먹고, 그것도 모자라 알가먹고(긁어먹고), 짜대먹고, 배틀어먹어도 될 한낱 목숨 없는 쓸 거(물건)라는 거다, 쓸 거.

그러니까 그런 머슴이 낳은 아들딸들도 제 거라면서 빼앗아 제 마음대로 부려먹다간 죽이고, 때로는 딴 데다 팔아먹고. 죽일 놈들….

그러니까 네 또래 그 어린 코흘리개 개암이를 머슴으로 끌고 간 것은 그 개암이의 엄마 아빠가 머슴이라 그러는 거다.

그러니까 버선발아, 머슴이란 무엇이겠느냐. 사람이 사람으로는 살질 못하게 하는 사갈이다 그 말이다. 죽일 놈들의 사갈 짓(범죄) 말이다."

여기까지는 어김 한 꼬물도 없이 말씀을 어영차 이어가시긴 이어가셨다.

그런데 갑자기 엄마의 목소리가 팍삭 주저앉는 것 같았다. 놀란 버선발이 "왜 그래, 엄마" 하고 흔들어도 엄마는 이내 코까지 고신다. 코만 고시는 게 아니다. 코에서 붉은 피가 철철 쏟아지고 있다. 그것도 모르고 엄마의 품에 폭삭 안긴 버선발도 그만 깜빡.

이참엔 그 잠속에서 엄마가 아니라 버선발이 잠꼬대를 하게 되었다.

"야 이 개새끼들아… 일을 해도 해도 호박 한 포기 심어 먹을 땅 한 뙈기 없는 거, 이것도 사람 사는 데가 엉? 아니야, 이 새끼들아. 밟아 짓이겨야 할 얄곳(사람이 사람으로 살 수 없는 곳)이야 이…이… 개…새끼들아…."

그러면서 땅을 밟아대는데 어떻게 밟아댔더냐. 버선발이 마치 바람 주머니처럼 깡충 뛰어올랐다간 발뒤꿈치로 콩, 콩다콩 짓이기고 또 그렇게 뛰어올랐다간 또다시 콩, 콩다콩 짓이길 것이면 갈 데가 없었다.

어떤 때는 땅바닥이 움푹 꺼졌다. 또 어떤 때는 땅덩어리가 마치 먼지처럼 훠이훠이 날아가기도 하고. 그런데 바로 그 자리에서다. 하얀 모시 저고리에 쏠랑한(연한) 쪽빛 치마, 그것도 하늘과 땅을 몽땅 휘어 감는 긴 쪽빛 치마를 입으신 엄마가 펄럭펄럭 날아다니면서 그 치맛자락으로 감싸기만 하면… 그 자리에 이따만 한 호박이 주렁주렁한 넝쿨, 그게 우거진 밭이 쭈악 하니 펼쳐지는 게 아니냔 말이다.

뿐이랴. 조와 수수, 콩과 팥, 참깨, 들깨까지 우거진 긴 밭이 펼쳐지기도 한다.

이에 너무나 놀란 버선발이 "야, 멋지다 우리 엄마. 하지만 이제 그만… 그만 엄마… 그만하라니까."

그 소리에 놀라 눈을 번쩍 떠보니 아… 이럴 수가, 그건 한낱 꿈이 아닌가 말이다.

먹밤

ⓞ

 새벽이 밤에 먹혀버린 어두움, 그것을 뭐라고 하던가. 옳거니 그것을 '먹밤' 그런다. 또 밤새도록 피땀을 흘려 기어코 새벽을 일구어냈건만 못된 것들이 그 새벽을 빼앗아 새벽부터 캄캄한 어두움을 욱지르는(강제로 기를 꺾는) 사갈 짓(범죄), 그것도 똑뜨름(역시) 먹밤, 그러기도 하는 그 먹밤.

 어린 버선발은 그런 먹밤에 먹힌 것도 아니었다. 그런데도 그 희한한 꿈에 맴쳐(취해) 한술(한번) 떠버린 눈을 좀체 다시 붙일 수가 없었다.

 참말로 멋졌다. 내 어찌 잊을 수가 있으랴.

 우리 엄마가 어쩌자고 그 새하얀 모시 저고리에 빛나는 쪽빛 치마를 다 입으셨을까. 우리 엄마가 그런 치마저고리를 입으신 적은 단 한 술도 없었다. 아니 그런 치마저고리는 우리 집구석엔 그 어디에도 없다. 그런데도 그런 눈부신 치마저고리를 다 입으시다니 내가 어서 커서 참말로 그걸 입혀드려야지.

아니다, 안 될 말이다. 내가 해야 할 것은 무엇보다도 먼저 땅에 얽힌 우리 엄마의 한을 풀어드리는 일이다.

그리 생각되자 버선발은 엄마가 아직은 잠이 들어 있는 캄캄한 밤인데도 벌떡 일어나 밖으로 뛰쳐나갔다. 거기서 땅을 보자마자 그대로 콩 또 콩 짓이기며 나아갔다.

"땅이라는 땅, 네놈들의 그 버르장머리를 몽땅 바꿔놓고야 말 테다. 암, 바꾸어놓고야 말 터이다, 땅뙈기 요놈들" 하고 한쪽 발을 들었다가 내리 짓밟으며 콩.

버선발은 그 무더운 여름 내내 그렇게 짓이기며 여기저기 싸다녔다. 그래도 요만큼도 지겹지가 않았다. 지겹다니, 지치지도 않았다.

다만 한 가지 어려움이 없진 않았다. 맨땅을 밟을 적엔 괜찮았다. 그런데 돌멩이를 밟을 적엔 발바닥이 엔간히 아픈 게 아니다. 그렇다고 돌멩이 없는 맨땅만 골라 밟고 다닐 수도 없고.

버선발은 뚤커(용기) 하나를 생각해냈다. 아프든 안 아프든 돌멩이를 밟을 적마다 눈을 감을 게 아니다. 도리어 일부러라도 눈깔을 부라려 그 한가운데를 들이밟는 굴대(방법)를 쓰니 이러구저러구가 없었다. 맨돌이든 차돌멩이든 그냥 '와지끈 팍삭' 한다. 하지만 그 짓도 허구한 날 그러고 다니자 버선발의 발뒤꿈치는 말할 것도 없고 발바닥 한가운데 움푹에도 시커멓게 멍이 굳어갔다.

겨울로 접어들어 눈이 펑펑 내릴 적엔 참말로 힘이 들었다. 눈 덮인 돌멩이 위에서 다리를 들었다가 힘껏 짓이길라치면 몸뚱이가 통째로 찍 하고 나가동그라지곤 한다. 마침내 버선발은 온몸에 피멍이 들어 낑낑 앓아눕게 되었다.

낑낑 앓고 있으면서도 땅만 생각하면 벌떡벌떡 일어나지던 어느 눈 내리는 밤이었다. 먼 데서 웅성대는 사람 소리가 들려왔다.

그러자 가분재기(갑자기) 입술이 새파랗게 질린 엄마가 버선발에게 다가와 귀엣말로 "애야, 큰일 났다. 어서 일어나 여기를 빠져나가거라. 왜냐고 묻지도 말고 냉큼 저 부엌으로 해서 뒷들락(뒷문)으로 빠져나가거라. 저놈들한테 잡히면 넌 죽어도 그냥 죽지를 못한다. 그러니까 얼어 죽는 한이 있어도 어떻게든 잡히면 안 된다. 사람 사는 집이라든가 사람 사는 마을 같은 덴 얼씬도 말고. 이제부터 너의 집은 저 눈보라 치는 누룸(자연), 거기가 바로 너의 보금자리인 줄 알거라.

　자, 받거라. 이건 물푸레나무로 만든 지팡이다. 짐승이 덤벼들거들랑 다른 델 쳐선 안 된다. 아직 어린 너의 힘으로는 안 돼. 그러니 달겨드는 놈의 앞다리를 이 지팡이로 냅다 후려갈기란 말이다.

　또 이것은 나무칼이다. 열나(만약)에 힘에 밀려 짐승 밑에 깔리게 되더라도 사람이라면 그 누구에게나 죽기에 앞서 마지막 힘이 모아지는 모랏심(울뚝심)이라는 게 반드시 있게 마련이다. 바로 그 모랏심으로 딴 덴 안 된단 말이다. 놈의 먹다시(목)를 그냥 쿠악 찔러버리란 말이다.

　아무튼지 이 에미도 너를 다시 만날 때까지 죽어도 죽질 않고 살아 있을 거다. 그러니 너도 어떤 일이 있어도 죽어도 죽질 말란 말이다, 알가서?"

　그러면서 텀뻬알에 이르자 엄마가 걸치고 있던 웃저고리를 벗어 입혀주시며 버선발을 마지막으로 껴안을 적이다. 하마터면 버선발은 그대로 오실오실 소스라칠 뻔했다. 버선발을 꼭 껴안은 엄마의 몸이라는 게 갈데없이 꼬치꼬치 말라비틀어진 늙은 고염나무, 거기서도 너무나 말라 키만 훌쭉한 까치까치 삭쟁이가 아니냔 말이다.

버선발은 저도 모르게 울컥하다가 마지막으로 물어보아야 할 한마디를 그만 잊고 말았다.

"엄마, 내가 무슨 잘못한 것이 있어 이렇게 달아나야 돼, 응? 엄마…" 그 말 한마디는 반드시 물어보아야만 하는 건데 그만 던져보지도 못하고 캄캄한 먹밤 속으로 사라져갔다.

아, 엄마의 하나밖에 없는 겨울 저고리

 눈물이 앞을 가려 보이질 않는다, 그런 말은 누구든 이따금 듣곤 했을 것이다. 하지만 뜨거운 눈물이 끊임없이 솟구쳐 그것 때문에 얼어 죽지 않고 견뎌냈다, 이런 말이야말로 아마 그 누구도 쉽게 들어보질 못했을 것이다.

 그야말로 아닌 밤(한밤), 집을 나선 버선발 앞에 홱 들이닥친 건 무서운 짐승들보다 더 매서운 눈보라였다. 얼마나 차가웠던지 버선발의 콧잔등과 입술에 이어 손가락 발가락 마디마디를 몽땅 꽁꽁 얼쿠고 말았다. 그 때문에 엄마가 들려준 지팡이마저 여러 술 놓칠 뻔했다. 또 엄마가 버선발의 발에 발싸개를 감아주긴 했었다. 짚신도 아니고, 가죽신도 아니고, 썅이로구(도대체) 신발도 아닌 말 그대로 누더기로 칭

칭 감싸주신 발싸개.

 하지만 그것은 딱 한 술 눈 속을 디디자 그대로 눈 범벅이 되어 그 발싸개가 도리어 온몸을 꽁꽁 얼쿠는 얼음장이 되고 있었다. 이 때문에 춥다는 건 딴 게 아니었다. 사람을 갖다가서 선 채로 꽁꽁 얼음덩이로 얼쿼버리는 길나(과정)였다. 그런데도 마지막까지 얼쿼지지 않고 있는 게 있었으니 그것이 무엇이었을까.

 바로 삐꺽 뼈깡치만 남은 엄마 생각 때문에 끓어오르는 눈물보였다. 내가 비록 어린 꼬마라고는 하지만 뼈깡치만 남은 엄마를 홀로 두고 어찌 나 혼자만 내뺀단 말인가. 이건 나만 살겠다는 못나도 아주 못난 짓거리다. 그렇다, 차라리 이 길로 돌아가 죽어도 엄마하고 함께 죽으리라 하고 발길을 돌리다가 터지는 눈물이 곧바로 똥그란 얼음구슬이 되어 똑, 똑, 똑때굴.

 아, 하나밖에 없는 이 저고리를 나한테 벗어주셨으니 나머지 여름 홑저고리로 우리 어머니가 어떻게 이 추운 겨울을 이겨내신단 말인가.

끔찍하게 끌려가시는 엄마, 엄…마…아…

 그렇다, 돌아가자. 돌아가서 먹개(벽)에 걸린 횟대(옷걸이)에 이 웃저고리를 몰래몰래 걸쳐놓은 다음 달아나도 다시 달아나야 한다. 암, 그래야만 한다며 짜배기(진짜)로 살금살금 등성이를 넘어 저네 집을 내려다보던 버선발은 그냥 악, 그 소리도 채 못 지르고 그대로 털썩 주저앉고 말았다.

 벌써 놈들이 엄마를 이 눈보라 치는 한데에서 그것도 홀랑 발가벗긴 채 무릎을 꿇게 하고선 그 둘레에 삭쟁이와 마른 가랑잎 따위를 텀더미(산더미)처럼 쌓아놓았다. 그러고는 불을 지르는 시늉을 하고 있다.

 "요 앙똥한 계집, 버선발이 비록 네 몸에서 나왔다고는 하더라도 갸도 그렇고, 갸의 애비도 그렇고, 몽땅 머슴이라는 것을 그새 잊었단 말이더냐. 그러니까 갸도 네 마음대로 할 수가 없는 우리 알범(주인) 어르신네의 머슴, 이를테면 한낱 쓸 거(물건)이거늘, 그런 갸를 몰래 숨겨? 이 가래이(가랑이)를 갈기갈기 찢어 죽여도 시원치 않을 계집. 어서 불질 못할까. 어서 새시까만 숯덩이가 되기에 앞서 갸를 얻다 숨겼는지 불거라. 안 불어? 요 계집, 요 앙큼한 속임수나 쓰는 배틀어 죽여도 시원치 않을 계집, 요 계집."

이때다. 벌써 꽁꽁 얼어서 돌아가신 줄로만 알았던 엄마의 맞대(반응)가 나왔다. 하지만 그것은 마땅쇠(결코) 파르르 파르르 눈보라 속에 마른 잎 떠는 그런 안간(있는 힘을 다한) 소리가 아니다. 도리어 대차게 그 모진 매를 갈라치는 카랑카랑한 쇳소리로 내대시는 게 아니냔 말이다.

　"이봐, 네놈들이 제아무리 떼땅꾼(땅부자) 놈의 앞잡이 개망나니들이긴 하지만 사람을 이 한겨울 추위에 발가벗겨놓고선 얼어 죽기에 앞서 불을 질러 죽이겠다고? 어림도 없다, 이놈들아. 네놈들도 눈깔이 있을 터이니 똑똑히 보거라. 나는 보는 바와 같이 네놈들한테 살과 기름은 벌써 다 빼앗겨 뼈깡치만 남아 있다. 그래서 따로 타버릴 거라곤 고무래기 한 티도 남아 있질 않을 만치 삐꺽….

　하지만 그렇다고 얼어 죽을 내가 아닐뿐더러 그렇다고 불에 타 죽을 내가 아니라니까. 이내 몸에 마지막 남은 서돌, 짓밟힐수록 불꽃이 이는 불씨 서돌로 하여 온몸에 불을 당기고 있으니 그래 해볼 테면 해보자. 야 이 개망나니 새끼들아…."

　이때다. 웬일로 한 녀석이 엄마 앞으로 다가와 지난여름부터 비지땀과 한숨에 젖고 또 쩔은 홑치마, 홑저고리를 던져주며 나직이 입을 연다.

　"어서 입거라. 우리가 제아무리 된꼴(원칙)대로 사는 사람들이지만서도 너 같은 계집을 얼퀴 죽였다는 소리는 듣고 싶진 않다. 그러고 뭐? 네 몸에 짓밟힐수록 불꽃이 이는 불씨가 있다고? 그 불씨가 있다는 계집이 어찌해서 한살매(일생) 머슴이더냐. 그러니까 머슴이란 네 타고난 간들(운명)이야, 이 계집아.

그러니까 버선발 고놈의 간들도 어차피 머슴이야, 알겠어? 그러니까 잡혀도 안 잡혀도 그저 머슴. 자, 어서 이걸 입고 버선발을 얻다 숨겼는지 그것을 털어놓을 때까지 우리와 함께 가자. 가서 여러모로 좀 달구어야겠다. 너, 주릿대라는 걸 익히 알고 있다더냐. 가로 찜질도 알고 있고."

아, 우리 엄마의 그 어기찬 대들

그러는데도 엄마는 거침없이 말을 하신다.
"네놈들이 제아무리 나를 볶은들 우리 버선발이 있는 곳을 나는 모른다. 더구나 매질이라고 하면 뺏대기 매질보다 더 야싸한(더럽게 모진) 것이 있다더냐. 죽어라 하고 땅을 갈고 가꾸어도 땅 한 뙈기를 아니 남기고 몽조리 뺏어가는 뺏대기 매질의 아픔은 내 너무나도 잘 안다. 거기다가 이른 봄부터 그 무더운 여름 내내 낟알을 익혀놓아도 겨우 좁쌀 한 오큼, 보리쌀 한 오큼, 깡수수 한 오큼, 기껏 며칠 동안 입에 풀칠할 것만 겨우 내주고는 몽땅 앗아가는 깡아대기(날강도), 그 소름 끼치는 쥐어짜기.

일찍이 나는 대여섯 살 적부터 이렇게 마흔이 다 되도록 입 때껏 내 것을 바라고 일을 해온 적은 단 한때박(한순간)도 없어왔다. 다만 이 넓고 넓은 땅덩이, 아무도 손을 못 대는 거친 땅을 일구면 그 위에 그저 안간(마지막 남은 온 힘) 뿌리만 내리고 살 수가 있기를 새람껏(정성껏) 바라왔을 뿐이다.

그런데 그런 사람의 뿌리 같은 것은 아예 그 티도 못 내리게 해온 것은 누구더냐. 말 좀 해보거라. 그건 짐승도 아니고, 깨비도 아니었다. 바로 네놈들이었다. 받는 것 없이 그저 죽어라 하고 땅만 일구고, 그래도 거기에 뿌리마저 못 내리게시리 땅이란 땅은 단 한 자락도 아니 남기곤 몽땅 다 뺏어가고, 이 뼈만 남은 몸뚱이와 발바닥까지를 저 빈홀(허공)에서 뱅글뱅글 맴돌게 해온 것이 누구였단 말이더냐. 바로 네놈들, 알랑방귀들의 쥐어짜기라는 것이었다.

그렇다 머슴, 그것은 네놈들이 배틀어대고 알가대는 피눈물이었다, 이놈들아. 그것은 사람을 짐승으로도 아니 여기는 마구 죽이기였거늘. 그래 아직도 더 갈길 게 남았더란 말이더냐. 좋다, 실컷 갈겨보아라. 내 죽어도 네놈들의 손엔 못 죽을 터, 도리어 네놈들을 사그리 불을 지른 다음, 그 잿더미 위에 반드시 사람의 참씨앗, 서돌로 기어코 일어설 터이니 어디 실컷 갈겨보거라. 내키는 대로 짱다구니(악다구니)껏 실컷 갈겨보란 말이다.

이제부터 나의 싸움은 어느 놈이 참짜(진짜)인지 참목숨(참생명)과 사람 아닌 댄목숨(반생명)의 싸움. 사람이라고 하면 한 치인들 물러설 수가 없는 맞짱이라. 그래, 해볼 테면 해보자, 야 이 썩은 쓰레기처럼 억은(쓸모없는) 개새끼들아⋯."

버선발은 어머니의 이런 말씀을 듣다 말고 그만 놀라 자빠지고 말았다. 버선발이 듣기로 엄마의 말씀은 입에서 나오는 소리가 아니었기 때문이다. 온몸으로 해대는 대들(저항)이었다. 아니 그것은 그 어떤 채찍질보다 더 매서운 말 되매질이었다.

'아이구야, 그 어진 우리 엄마가 어떻게 저렇게 다부진 말씀을 다 하실까.'

하지만 놈들은 참말로 지긋지긋하게 끔찍했다. 엄마의 말이 떨어지자 한 녀석이 무지무지 큰 몽둥이를 높이 들고 달려오며 "야 이 피라미 말코보다도 못한 계집애야, 네가 꺼이(감히) 얻다 대고 엉? 얻다 대고" 하며 내리치려고 할 적이다.

뜻밖에도 한 녀석이 가로막으며 "야야 너는 인마, 오늘 왜 그리 출싹대. 우리는 이참(지금) 이 계집을 죽이자는 게 아니야 인마. 이 계집의 저 삐꺽 메마른 맨가죽을 끝까지 한 조박(조각) 한 조박마저 죄 뜯어내 마침내 입을 열게 한 다음, 이 계집의 그 못난 삐지(자식) 버선발을 찾아내자는 거야 인마, 알가서?"

그러면서 버선발의 엄마를 꽁꽁 얼붙은 홍어처럼 반들반들 얼음장 위로 질질 끌고 간다. 질질 끌려갈 적마다 엄마는 그 홑것만 걸친 채로 눈 더미에 푹 파묻혔다간 다시 드러나고 또 파묻혔다간 또 드러나고. 그래도 엄마는 아프다, 춥다는 말씀은 단 한마디도 아니하실 뿐만 아니라 너무하다느니, 사람 살리라는 넌더리 따위는 더더욱 안 하시고 있다.

한참 동안 넋살(정신)을 잃고 멍해 있던 버선발은 "엄마"라는 외마디와 함께 와락 엄마 품에 안기고 싶었다. 엄마 품에 안겨서 엄마와 함께 죽으리라 하고 "엄…엄…" 그러다가 그만 저도 모르게 멈칫했다.

이참 엄마가 해대고 있는 저 싸움은 무엇인가 말이다. 나 하나 살리자고 저러시는 게 아닌가. 저렇게 마구잡이로 짓밟히고 헐뜯겨도 사람 살리라는 안간 소리 한마디 안 하시는 우리 엄마는 쌍이로구 어떤 분이냔 말이다. 아무나 오르지 못할 엄마 됨의 까마득히 드높은 곳에 올라 계신 어르신네가 아니신가.

 그리 생각하며 발길을 돌리는 버선발의 몸에선 어쩐 일인지 김이 무럭무럭, 그 한 줄기 김을 길라잡이로 저 아득한 텀줄기(산줄기) 속으로 비칠비칠 사라져갔다.

텀속에서 만난 사냥꾼들

 몇 날째 으실으실 날리던 가루눈도 지쳤는지 시름시름 그쳤다.
 새벽이 터 오자 참말로 볼만했다. 크고 작게 이어진 텀줄기(산맥)들뿐이랴, 그야말로 하늘도 땅도 모두가 한 덩어리 새하얀 하눈. 저 속에선 엔간한 목숨이란 목숨은 벌써 다 얼어 죽었을 듯싶었다. 된캉(원래) 텀을 타고난 풋살이(갓 태어난 어린것) 짐승들만 숨을 쉬고 있을 것만 같았다.
 하지만 아니었다. 뜻밖에도 저 하눈 속에 얼라쿵 사람이 끼여 있었다. 그게 누구더냐. 바로 사냥꾼들의 꽹매기(꽹과리) 소리가 꽤갱 깽 깽 들려왔다. 이어서 텡~ 텡~ 앞을 길라잡는 징 소리가 질러가자 커다란 멧돼지를 목도로 멘 사람들만 내뱉는다는 어기영차 어기영차.

　그렇다, 어기영차! 모든 허리 굽은 것들을 몽땅 일깨우기 마련인 그 소리. 그런데 모를 일이다. 잡은 사냥감은 안 보이고 다만 빈 꽹매기, 징 소리만 시끄러워 듣는 이로 하여금 고개를 빼뚤하게 한다.

　아니나 다를까, 텀자락 허리께에 숨어서 짐승 떼가 몰려오기만을 기다리고 있던 날칼잽이(창잡이)가 고개를 들며 투덜댔다.

　"이거 오늘 어떻게 된 거야, 이거. 멧돼지란 놈들이 바로 우리들 눈앞에까지 다가오는 듯하다간 옆으로 새구 또 새구. 이거 어떻게 된 거냐구. 오늘 하루 동안만 해도 벌써 세 술(번)째가 아니냐구."

　"그러게 말이야. 틀림없이 놈들이 빠질 데가 아닌데도 마치 무언가에 놀란 듯이 모로 삐져버리니."

　몰이꾼들이 받아치는 소리에 이어 사냥꾼도 입을 열었다.

　"아다몰(이상한) 일이 있긴 있었어. 그래 저것 봐봐, 바로 저거."

　사람들이 뭘 보고 그래, 하고 휘둥굴해지다가 모두가 하나같이 입을 어안이 벙벙 벌리고 끝내는 코맹맹이처럼 맹맹거렸다.

바로 건너 가파른 텀에 한 떼거리의 멧돼지들이 타고 오르는 바로 그 뒤로 무언가가 쫓아가고 있다. 그런데 금세 그 빠른 멧돼지들을 앞질러 간다. 그건 틀림없이 사람인데도 사람 같질 않았다. 다그쳐 오르는 모습이 멧돼지들을 쫓는 꼴도 아니다. 두 팔을 벌려 펄럭펄럭, 마치 춤을 추듯 몰아가는데도 그 빠른 짐승 멧돼지 떼를 앞질러 간다.

'제기랄, 희한한 놈도 다 있구먼.'

그런 투덜마저 허리가 빠질 적이다. 사냥꾼의 우두머리 돌팔매가 날칼(창)을 높이 들며 소릴 질렀다.

"자자, 괴난(괜한) 소리들일랑은 집어치우고 날 따라와. 저놈이 뭔 짐승인지 알아보자구. 그래 보았자 이 텀의 으뜸이라는 깨비(신령)가 아니겠어. 그도 아니면 얽은 칡범(호랑이)일 테지 딴 거겠어. 자, 가자우."

이리하여 우쭐해진 사냥꾼들은 꽹매기부터 신나게 두드리려 했다. 그러자 "아, 아" 우두머리가 가로막아 그냥 맨으로 박차며 달려들 갔다. 하지만 아무리 힘껏 달려가도 그 춤추는 짐승을 따라잡을 수가 없었다. 죽어라 하고 쫓아가면 벌써 사라지고 없고, 그래도 또 쫓아가면 또다시 저만치 앞서 가고.

그러던 어느 날, 커다란 바위 모서리에서 김이 모록모록,

저건 또 무엇 하는 짐승일까 다가가보니 "엄~ 엄~" 그러는 듯한 코 막힌 소리가 들려 사냥꾼들은 하나같이 날칼과 활, 그리고 늘 챙겨갖고 다니는 돌찌기(돌맹이)를 빼들고는 한 발 한 발 바싹 다가서다가 그만 악 하고 외마디를 지르고 말았다.

사람은 사람인데 겨우 예닐곱은 되었을까. 그런 코흘리개 꼬마가 힘이 다한 듯 널브러져 있질 않은가. 얼굴은 종잇장처럼 말라붙었고 걸친 옷이라는 건 어느 아낙네의 다 떨어진 저고리.

'아, 이럴 수가' 하고 소리를 지르려다가 다들 멈칫했다. 아랫도리는 갈기갈기 다 처진(해진) 홑바지에 발은 그냥 맨발. 그것도 그냥 맨발이 아니다. 발바닥이라는 게 바싹 말라배틀어진 쇠똥보다 더 거칠게 딱딱 굳어 있는 맨발이다.

애재비가 되어버린 버선발

어린것이 어떻게 살아왔으면 발바닥이 이렇게 되었을까. 그렇게 시름 지을 겨를도 없었다. 그 어린것의 두 눈에선 무언가가 흘러나오는데 얼핏 살펴보아도 그것은 눈물이 아니다. 붉은 피다. 그 붉은 피가 흰 눈을 바알갛게 적시고 또 적시고 있다.

죽었는지 살았는지 손목을 짚어볼 것도 없었다. 그렇게 흐르는 피눈물에서 김이 모락모락. 사람들은 너나없이 머리카락이 오싹하고 곤두서 입이 있으되 입을 열 수가 없었다.

다만 사냥꾼 우두머리 돌팔매가 대뜸 윗도리를 훌렁 벗더니만 그 어린것을 얼떵(잽싸게) 감싸 안고는 그냥 달음질을 쳤다. 사냥꾼들은 저 어린것이 어떻게 저렇게 되었을까 고개를 빼뚜름해갖고 그저 쫓아만 가고 나서다. 아랫목에서 몇 날째 깨어나질 못하던 그 어린것이 갑자기 눈을 들어 두리번두리번. 몇 날째 사냥도 거르고 끼니도 잊은 채 그 애 옆을 지키던 돌팔매가 먼저 입을 열었다.

"애야, 네… 네 이름이 뭐더냐."

쭈뼛쭈뼛 하더니만 "버선발요."

"뭐? 이름이 버선발이라구? 거참 알지도 못할 따구니(악귀, 잡신) 이름도 다 있구나. 어쨌든 너네 집은 어디인데 대찬 참나무도 쩡쩡 얼어 터지는 이 한겨울을 그렇게 맨발인 채 이 깊은 텀골엔 어더렇게 해서 오게 되었더냐."

그래 물었건만 꼬마는 아무 말도 안 하고 그저 고개만 돌리고 있다. 복받친 돌팔매는 그 꼬마가 고개를 돌린 쪽으로 옮겨 가 거퍼 물었다.

"애야, 이 거친 텀골로 어린 네가 어떻게 그렇게 맨발로 오게 되었냐고 묻질 않더냐."

그제야 꼬마는 다시 고개를 돌려 입을 놀렸다.

"땅이 미워서 땅을 짓이기느라구요."

이 말에 그만 설핏 놀랐던지 돌팔매는 다부(다시) 묻진 않고 깊은 한숨과 함께 고개만 끄떡끄떡.

"너 참말로 이놈의 땅이 그렇게도 미웠더냐. 그렇다고 허면 됐다. 너 우리하고 같이 살면서 네가 미워하는 이 땅덩이를 실컷 네 마음대로 짓이기고 밟아대볼 테냐. 열나(만약)에 네가 좋다고만 하면 여기를 안 떠나도 된다. 이 아저씨가 너를 기꺼이 받아주겠다."

그때서야 버선발이 비실비실 일어나 앉으며 "나는 내 마음대로 저 땅을 들이밟고 다니는 애인데요. 그래도 나를 재워주고 먹여주는 건가요?"

"그렇지. 네가 사냥하는 우리 사냥터를 수굿수굿 따라다니며 네 썽깔껏 땅이란 땅을 짓이겨도 되고, 네 뜻대로 아주 우겨버려도 된다. 누가 꺼이(감히) 그런 너를 말리겠느냐."

그러자 버선발이 좋다는 시늉으로 고개를 꺼떡꺼떡.

그날부터다. 버선발은 그 깊은 텀자락(산자락) 사냥꾼들의 통나무집에 머물게 되었다.

새벽이 터 오자 사냥꾼들은 사냥에 나갈 매무(연장 챙기기)를 하느라 시끌시끌했다. 하지만 그때 이미 버선발은 일어나 한바탕 저 높은 텀자락까지 땅과 돌을 마음껏 짓이기고 돌아온 뒤라 씁씁이(아무렇지도 않게) 앉아 있는데, 한 아저씨가 다가오더니 다짜고짜로 버선발이 입고 있는 옷가지를 홀랑 다 벗긴다. 왜 그러느냐고 해도 덮어놓고 벗기더니 새 속옷을 입혀준다. 처음 입어보는 보들보들한 속옷이다. 이어서 가죽으로 된 바지를 입히고 똑뜨름(역시) 가죽으로 된 저고리도 입혀주며 하는 말이다.

"야 인석아, 이건 알로(사실)는 우리 아들놈을 주려고 해놓았던 염소가죽 바지저고리다. 하지만 이 텀골, 텀을 사는 사람들에게 앞뒤라는 게 있는 줄 아느냐. 없다구. 쭐이 타는(다급한) 놈부터 먼저 입고 보는 거다, 알가서?"

가만히 듣고만 있던 버선발이 "아닌데요, 아저씨. 난 남의 것은 안 입어요."

그러자 아저씨가 "얼씨구, 네놈이 그냥 뜨내기인 줄 알았더니 아니구나. 네놈이야말로 참짜 텀골 놈(산골에서 태어난 놈)이다, 텀골 놈."

그러면서 가죽으로 된 벙거지도 씌워주고 장갑, 귀마개, 목도리까지 걸쳐주며 "자, 가자. 너는 그저 너의 그 빠른 다리로 우리가 가라고 하는 대로 네 마음껏 땅을 짓이기며 달려가기만 하면 된다. 그게 사냥꾼이 되는 맨 첫발 애재비라는 거다. 어린 몰이꾼 말이다. 자, 가자우."

갈사위에 맞선 뿔대사위, 횃대사위, 깡대사위

오매 일곱 살의 어린 나이로 사냥에 나서는 어느 새벽녘이다. 뜻밖에도 버럭 하고 괏따 소리(거짓을 깨뜨리고 끊임없이 새롭게 태어나는 소리)가 들려왔다.

"야 벗어, 인마. 그 윗도리 벗으라니까."

크게 지를수록 버선발한테는 고깝게 들리는 억은(일그러진) 소리가 거퍼 이어졌다.

"야 인마, 그 웃저고리 그거 벗으라고 했잖아."

"아저씨, 그러면 난 안 갈래요."

버선발이 벌러덩 누워버린다.

"이봐, 꼬마야. 너 그 윗도리에 왜 그리 새름(정)을 두는 거냐."

돌팔매 아저씨가 엉금엉금 다가와 이렇게 다소곳이 귀엣

말을 앵기자 그때서야 버선발이 도리어 거침없이 내대는 말이다.

"난 이 옷이 좋아서 그래요. 이 옷을 입고 나서야만 기다란 소맷자락이 펄럭펄럭, 그것 때문에 발걸음이 더욱 가벼워진단 말이에요."

그러자 돌팔매 아저씨가 참말로 우스워죽겠다는 듯 시커먼 털이 덥수구레한 턱주(수염)를 손으로 감아 치켜올리며 거침없이 '으하하하'.

그 소리가 어찌나 우람하던지 저 먼 텀자락에 부딪쳐 메아리가 쳐 왔다. 으하하하하. 이어서 까갈깔 샌님 같은 웃음으로 갈아타더니 무슨 뜻에서인지 그 웃음소리가 어련듯(저절로) 스쳐 가버린 고개를 꺼떡꺼떡.

"너, 그 말 한술(한번) 잘했다. 그 기다란 옷소매가 너풀대 주기 때문에 너의 몸사위가 가볍게 풀린다 그 말이 아니겠느냐. 하지만 그렇게 나오는 몸사위를 일러 갈사위, 그러는 것도 알아야 한다. 갈사위란 거짓 사위 또는 헷사위, 이를테면 제가 저를 속이는 사위란 말이다. 그러면 어떤 몸사위가 짜배기(진짜)더냐.

뿔대사위, 횃대사위, 깡대사위가 불쑥하는 몸사위만이 참된 사람의 몸사위라는 거다, 알겠느냐. 그러니 오늘부터 그

소매 긴 윗도리일랑은 훌렁 벗고 가잔 말이다."

  아저씨의 말은 욱지르는 투가 아니었다. 매우 어여삐 타이르는 투다.

  그런데도 버선발의 맞대는 매우 드세게 나왔다.

  "싫어요. 이 옷을 자꾸 벗으라고 하면 난 안 갈래요. 내가 가던 데로 도루 갈래요. 오늘부터 아저씨네 집에서 자지도 않을 거구요."

  이 말에 돌팔매 아저씨의 두 눈이 가분재기 벌겋게 물이 들어갖고 하는 말이다.

  "야 버선발 인석아, 네 그 윗도리 말이다. 그거 네 거가 아니구 너네 엄마 것이지, 그치? 집을 떠나올 적에 너네 엄마가 얼어 죽질 말라고 걸쳐준 거지? 그렇다고 허면 고이 아껴 두었다가 엄마한테 도루 갖다드려야 하는 게 아니겠어. 자꾸만 입어서 알린알린(닳고 닳은) 처지고(해지고) 갈기갈기 찢어져 너덜너덜 넝마가 되면 너 그걸 어떻게 할 거냐, 응? 어떻게 할 거냐구."

  "그래도 좋아요. 오늘만이라도 입을래요."

  버선발이 그렇게 나오자 참으로 보기 드문 일이 벌어졌다. 어떤 말이든 한술 내뱉으면 그것이 곧 할대(법)고 길라잡이가 되곤 하던 돌팔매가 슬며시 물러서고 마는 건 처음이었다.

뒤를 이어 더 희한한 일이 거퍼 일어났다. 둘이서 주고받는 이야기를 듣고 있던 사냥꾼들로부터는 세찬 손뼉이 짝짝짝. 마침내 그 손뼉 떵딱(장단)에 발맞추어 사냥패 돌팔매가 나아 가는데, 얼마나 대차게 씩씩하던지 우당(전쟁)에 앞장선 욱꾼 (전사) 따위는 이에 견줄 게 못 되었다.

나 아직은 살아 있어, 엄마

휘이휘이 짐승몰이가 차름(시작)되었다. 억센 몰이꾼들이 다투어 달려들 갔다. 하지만 참말로 알 수가 없었다. 멧돼지 란 놈들이 사냥꾼들이 숨어 있을 곳을 눈치채고 막 옆으로 빠지려고 할 적이다.

저만치 앞서가던 버선발이 붕 하고 뛰어들더니 멧돼지들을 가로막는 게 아닌가. 이때 "야 인마 비켜. 넌 죽어 인마" 하고 일러주어도 그 어린것이 떡하니 가로막아 그날은 두발 따름 (2백 근)이 넘는 큰 놈을 한두어 놈이나 잡았다.

'띠루띠루, 어기영차' 잡은 멧돼지를 둘쳐메고는 그야말로 어기차게 내려들 왔다. 오늘따라 꽹매기와 징 소리에 앞서 새납(입으로 부는 악기) 소리까지 똘렐레 똘렐레. 그야말로 커단 싸움에서 이기고 돌아오는 욱꾼(병사)이 이보다 더 바라질 수가 없었다.

이런 일이 있은 뒤에도 돌팔매네의 사냥은 그 어린 버선발 때문에 마냥 신이 났다.

어느 날엔 사냥에서 내려오는 길목에서 갑자기 버선발이 텀자락에서 좀 쉬었다 가겠다고 한다. 벌써 그 까닭을 알겠다는 듯 돌팔매 아저씨가 그러라고 해 사냥꾼들과 헤어지고 나서다. 단숨에 마루턱에 뛰어오른 버선발은 두 팔을 한껏 벌리더니만 미친 듯이 울먹거리기 차름했다.

"엄마, 엄…마…아…."

거퍼 지르고 또 거퍼 지르고 난 뒤 버선발의 입에선 그동안 엄마한테 하고 싶었던 이야기가 마치 넘치는 장마 때 드세진 빗물처럼 다그쳤다.

"엄마, 엄~마~ 나 버선발이야. 나 있잖아, 아직은 죽질 않고 살아는 있어, 엄마. 언젠가는 너무나 배도 고프고 춥고 그래서 더는 어쩌질 못하고 눈 속에 파묻혔었어. 꼭 죽을 수밖에 없었어. 그런데 참으로 얼통에(우연히) 참말로 얼통이었어. 지나던 사냥꾼 아저씨들이 날 살려주었어. 엄마가 그랬잖아, 그 누구든 사람만큼은 만나질 말라고. 사람만 만나면 넌 잡혀 죽는다고. 때문에 사람 사는 마을, 더구나 우리가 살던 집 언저리엔 얼씬도 말라고 그랬었잖아.

그래서 그 사냥꾼의 집에서 하룻밤을 지내고 난 다음 슬며시 내빼려고 했어. 그런데 가만히 살펴보니 그 사람들이가 까닭 없이 나를 죽일 것 같진 않더라구. 그래서 이참은 그 사냥꾼들하고 같이 지내고 있어.

하지만 엄마, 엄마하고 한 말매(약속)를 어긴 건 아니야. 그 사냥꾼 아저씨들하고 같이 지내면서 생각했어. 사람이라구 해서 다 똑같진 않구나, 나쁜 놈들도 있지만 그렇지 않은 사람들도 있구나, 그리구 사람은 사람들끼리 서로 사람 같은 데를 만들어가고 나아가 더 좋게 살아보려고도 생각하는구나, 그런 생각을 하게 되었어.

엄마, 엄마가 준 엄마 저고리 있잖아. 어느 아저씨가 그것을 욱질러 벗기고는 속옷도 갈아입혀주고 또 바지도 갈아입혀주고 저고리도 갈아입혀주며 이것들은 다 우리 아들놈을 주려고 만든 옷이다, 하지만 이곳 텀속(산속)에서 사는 사람들은 네 거 내 거가 따로 없다. 먼저 입어야 할 놈이 먼저다, 그러면서 새 옷을 입혀주었어. 무슨 말인지는 잘 모르겠어. 어쨌든 추우니 네가 먼저 입으라는 거야.

엄마, 엄마도 어디선가 살아는 있는 거지, 응? 엄마. 죽지 마 엄마. 엄마가 나하고 다짐했잖아. 어떤 일이 있어도 엄마는 죽지는 않을 거라구.

 근데 엄마, 그 누구도 안 가르쳐주는 게 하나 있어. 살아남는 것도 어렵지만 죽질 않는다는 건 참으로 힘이 드는 것 같애. 그걸 누가 좀 찬찬히 일러줬으면 좋겠어. 엄마, 내가 몰래 저 아랫마을께로 내려가 물어볼 만한 그런 사람은 어디 없을까?

 그리구 아 참 엄마, 나 있잖아, 사냥하는 사람들 있잖아, 그 사람들의 몰이꾼이 되었어. 그런데 말이야, 거꾸로 우리가 살던 곳의 사람들은 모두 나를 죽음으로 모는 몰이꾼들인 것 같애. 엄마 말대로 사람들이가 무서워. 저 나무들도 모두 나를 잡으러 오는 사람들 같고, 저 바윗돌도 모두 그런 사람들 같고, 저 덧없는 바람도 다 나를 잡고자 하는 사람들의 씩씩대는 소리 같고. 모두가 너무너무 무서워.

 근데 엄마, 그 무서움 있잖아, 그게 죽는 것보다도 더 무서운 것 같애, 엄마. 하지만 엄마와 매긴(약속한) 대로 어떻게 하든 난 죽진 않을게. 그러니까 엄마도 내가 살아 돌아갈 때까지 죽어선 안 돼, 알겠지?

 엄마, 내가, 이 버선발이 언제쯤 엄마를 다시 만나 엄마 품에 안길 수 있을까. 그리하여 엄마 품에서 고이 긴 잠 한숨 푹 자고 싶어. 푹 좀 쉬고 싶어, 엄…엄…엄마아….”

그렇게 혼자 말글을 띄워대다가 내려오는데 어, 하얀 눈 위에 붉은 핏자국이 뭉뚝뭉뚝 떨어져 있는 것이 보인다. 웬 건가 하고 더듬어 가는데 아이구야, 사냥꾼들한테 칼을 맞은 이따만 한 멧돼지가 쓰러져 있다. 그 옆에 있던 젖먹이 새끼들은 버선발을 보자 후다닥 달아나고.

버선발은 너무나 가여워서 제 바짓가랑이를 찢어 부러진 다리를 처매주었다. 그러고도 그냥 돌아설 수가 없었다. 그래서 지난여름 모진 비로 무너진 비탈에 불쑥 내민 칡뿌리를 잡아 빼 쓰러져 있는 멧돼지의 입에다 대주며 웅얼댔다.

"야 이거 먹고 어서 달아나 인마. 사냥꾼들이 오면 넌 죽어 인마, 알가서? 아 어서."

그래도 꼼짝을 않고 있던 멧돼지란 놈이 냄새를 쿠룩쿠룩 맡더니 와작와작 씹어 먹는다. 먹음직스럽게 와작와작 먹는 꼴이 너무나 마음에 들어 버선발은 칡뿌리 하나를 더 뽑아다 주며 "이것도 먹고 어서 달아나 인마, 사람들이가 쓰러진 너만 보면 '지화자' 그런단 말이야. 나도 인마, 우리 엄마와 함께 사람 사냥꾼들한테 둘러싸여 꼼짝 못하고 있는 짝수라 피 흘리는 아픔을 잘 알아서 그러는 거야 인마. 그러니 어서 일어나 달아나라니까.

산다는 게 무언 줄 알아? 제힘으로 오로지 제힘으로만 새시까맣게 덮쳐오는 죽음을 넘어서는 거, 그게 사는 거야 인마, 알가서? 누가 살려주는 줄 알아? 아니라니까. 아 어서 일어나. 날이 어두워지면 더욱 추워져 너는 얼어 죽어 인마. 아어서."

한참 동안 을러대주고 돌아서는데 자꾸만 눈물이 났다. 그 쓰러진 에미 멧돼지 위에 엄마가 자꾸만 겹쳐왔기 때문이다. 그래서 버선발은 그냥 달려 내려오질 않았다. 한 발 한 발 땅을 내리 짓이기며 내려왔다.

'요 땅덩이 놈 요놈, 우리 엄마 괴롭히는 놈 요놈, 네놈을 알알이 앙짱(박살) 낼 때까지 내 가만히 있을 줄 알아? 어림없는 소리. 내 끝까지 네놈을 콩가루로 알랑알랑 바술 때까지 짓이기고 또 짓이기고야 말 거다. 우리 엄마를 울리는 요 우라질 땅덩이 놈 요놈….'

처음으로 들어보는 말, 설날 설빔

하도 땅을 짓이기다 보니 발바닥이 다 얼얼했다. 어기적어기적 집엘 돌아오니 어쩐 일로 돌팔매 아저씨만 홀로 계시고 다른 분들은 하나도 안 보인다.

버선발이 "아저씨들 다 어딜 가셨어요?" 하고 물으니 "저네 집으로 설빔을 하러 갔다"고 한다.

"설빔이라니요. 그게 무언 말인가요?" 하고 다그치듯 물으니 아저씨의 말씀이다.

"오늘부터 두 밤만 자고 나면 새해, 설날 아니가. 그래서 저네 애들하고 온 밥네(식구)가 다 같이 설빔도 해 입고 설을 쇠는 것이지."

그 말따구에 어벙벙해진 버선발은 더욱 바싹 다가갔다.

"아저씨, 그 설빔이란 무슨 말이며 설이라는 거, 그건 또 무어야요?"

그래 묻자 아무렇게나 누워서 묻는 대로 맞대를 하시던 아저씨가 찌끄득 몸을 돌리시더니 버선발한테 되려 물으신다.

"너, 그 설빔이라는 말도 처음 듣고, 그 설이란 뜻도 입때껏 못 들어보았다, 그런 말이더냐."

"니에…."

그러자 아저씨가 머리맡에서 부시럭부시럭 무언가를 꺼내 주신다.

"자, 받거라. 이게 바로 설빔이라는 거다."

얼김에 받아든 버선발이 "이게 무언데요?"

"속칼이다, 속칼. 이런 거친 텀속에서 사는 사람들은 누구나 반드시 품어야 할 게 둘 있단다. 하나는 제 목숨을 제 손바닥에 받쳐 드는 거다, 알가서? 제 목숨을 제 손바닥에 난딱 올려놓는 거. 또 하나는 그 목숨을 지킬 시퍼런 칼을 한 자루 지니고 사는 거다. 아 어느 때 어떤 일이 닥쳐올지 모르잖아."

그래 말씀을 하시고선 금세 꾸시렁꾸시렁 잠이 드신다. 버선발은 슬며시 밖으로 나와 우리 엄마는 어째서 나한테 설날 설빔 이야기를 한 술도 안 가르쳐주셨을까. '설날 설빔, 설날 설빔' 그러면서 밤길을 더듬었다.

"눈이 펑펑 퍼붓거나 말거나 나도 설빔이다, 이 새끼들아. 그런데 내 설빔은 네놈들 땅바닥을 사그리 짓이기는 거 그거다, 알가서?"

쿵 또 쿵. 그렇게 밟아대며 거친 텀을 넘고 또 넘고 또 넘어 옛 살던 집 뒤켠 마루턱에 올라 납작 엎드렸다.

아래께를 내려다보노라니 긴 한숨이 절로 나왔다. 살던 집은 벌써 납작하니 가라앉아 있고 그 지붕 위엔 마른 쑥대들이 서글프게 서로 부둥켜안고 있다. 하지만 돌로 쌓은 굴뚝 하나만큼은 옛 모습 그대로 우뚝하니 눈보라를 갈라치고 있다.

얼추(혹시) 하제(내일)가 설날이라니 우리 아버지도 오시고 우리 엄마도 오시질 않았을까 하고 어림하던 마음이 새파랗게 질린 듯 버선발은 괜히 오줌이 마려웠다.

그래서 냅다 갈기며 생각했다. 우리 집이라는 건 한 줌 땅도 아니고 기껏 해봐야 바윗돌 위에 세워져 있던 쑥 더미가 아닌가. 그래 생각되는 때박(순간) 핏대가 쭈뼛 서버린 버선발은 온몸이 절구깨(껍질 있는 낟알을 넣고 찧을 때 쓰이는 통나무)라도 되는 듯 그 커단 바윗돌을 부셔(원수)처럼 짓이기기 차름(시작)했다. 쿵 하면 텀자락이 꾸릉 하고 울렸다. 또 짓이기면 또 꾸릉.

밤을 지새우고 또 지새우고도 한 댓새 그렇게 바윗돌을 짓이기다가 아, 이 일을 어쩐다더냐. 버선발은 너무나 지쳐 그 텀마루(산마루)에서 그만 잠이 들어버리고 말았다. 으실으실해 일어나니 춥고 배고파 죽을 것만 같았다. 엉금엉금 기어 겨우겨우 사냥꾼 아저씨네 집으로 다시 돌아와선 그대로 쓰러지고 말았다.

아, 그 벅찬 설빔과 함께 온 어려움

몇 날 만에 찌끄득 깨어나자 아저씨가 하시는 말씀이다.

"너 어딜 갔다 온 것이더냐. 얼추(혹시) 찾아가서는 안 되는 너네 옛집을 찾아갔던 건 아니더냐. 참아야 하느니라.

  짐승을 잡으려고 하면 말이다. 잔머리가 발락발락한 짐승이든 무지무지한 그 무어든 딱 한 가지 꾀만 쓰면 갈데없이 걸리게 되는 것이 짐승이라는 거다. 무슨 말이더냐. 짐승의 참을힘, 그것의 끝 간 데(한계)를 돌려쓰기(역이용) 하는 거다.

  요놈의 짐승이 이 길로 지나갈 때가 되었는데도 꼼짝을 않고 숨어 있지만, 끝까지 참고 기다리노라면 요 배알(속)이 밭은 것이 더는 참지를 못하고 살살 밖으로 기어 나온다. 바로 그때다. 몰이꾼들이 '지화자' 하고 몰게 되면 그때 사냥은 끝이 나는 것이다.

  매한가지로 네가 너네 엄마가 그리워 되돌아가서는 안 될 곳으로 고개를 내밀게 되면, 알가서? 너도 그 짐승 꼴이 되는 거란 말이다. 그러니까 네 잔뼈가 굵어질 때까지 그리하여 사람 구실을 제대로 할 수 있을 때까지 그저 죽어라 하고 참고 때를 기다리란 말이다, 알가서?"

  버선발이 듣기로 아저씨 말씀은 너무나 그럴듯했다. 그래서 버선발은 잠이 덜 깬 척해야지 말똥말똥 눈을 뜰 수가 없었다. 벌써 돌팔매 아저씨가 버선발이 어떻게 해서 여기까지 오게 되었는지를 다 어림하고 있음이 드러난 것이다. 그렇다고 모든 걸 탈탈 털어놓을 수도 없고, 배는 고프고, 온몸은 들쏘셨지만 그저 모른 척 시치미를 딱 떼고 누워 있는데 무언가 코끝을 마구잡이로 어지럽히는 냄새가 난다.

견딜 수가 없어 저도 모르게 벌떡 일어나보니 그야말로 '아이구야'였다. 커단 옴박(함지박) 가득 고아진 통 꿩 여러 마리에서 솟는 된김이 무럭무럭.

"애야 버선발아, 어서 다가와 앉거라. 이게 바로 네가 없는 동안 아저씨가 너한테 줄 설빔이랍시고 장만했던 것이다. 자, 실컷 먹자우."

버선발은 때박(순간) 잠겼던 눈물이 왈칵했다. 텀골에서 태어나 오로지 텀골에서 살아왔지만서도 통으로 삶은 꿩찜은 처음이라 목이 메어 입에 댈 수가 없었다. 더구나 이때 아저씨가 하시는 말씀은 어린 버선발의 가슴을 덜컹 들었다 놓았다.

"너, 이 통 꿩찜을 보니까 너네 엄마 생각이 나서 그렇지, 그치? 하지만 그렇다고 해서 너의 그 배희짝한(삐쩍 마른) 허리를 모로 꼴 건 없다.

저 부뚜막의 솥을 좀 보거라. 저 뚜껑 열린 저 큰 가마솥, 거기에 있는 아직 손도 안 댄 꿩찜을 보란 말이다. 저게 무언 줄 알가서? 저게 바로 너네 에미한테 드리려고 일부러 좋은 쓸풀(약초)도 넣고 뱀술도 넣고 해서 땅불쑥하니(특별히) 고아놓은 거다. 그러니까 자잘한 마음 따위에는 얼젓질(휘둘리질) 말고 어서 실컷 그야말로 맘판 먹기나 해, 인석아."

그러시는 말씀에 버선발은 목만 메는 게 아니었다. 이거 내가 사냥꾼의 집이 아니라 꿈속에서도 없는 나라, 우리 엄마가 늘 들려주시던 푸덜한(인정이 넘치는) 될데(낙원)에 온 건 아닌가.

갑자기 뉘희깔(눈)에 뽀얗게 안개가 서려가고 있을 적이다. 매우 깊은 생각에 잠긴 듯한 아저씨의 말씀이 들려왔다.

"애야 버선발아, 놀라지 말고 듣거라. 네가 없는 동안 일이 벌어졌다."

느닷없이 벼슬아치들이 망나니 놈들을 앞세워 와갖고는 여기 사는 그 어린것은 누구냐고 물어왔다는 것이다. 아저씨가 눈치껏 딴 쪼알(꾸민 말)을 대며 아저씨의 아들이라고 하자, 아 그러냐고 머리를 긁적거리는 척하다가 갑자기 칼을 빼 아저씨의 멱다시(목)에 바싹 대며 아다몰(이상한) 웃음을 띄우더라고 했다.

"갸가 참말로 너의 아들이란 말인가. 갸가, 그 어린것이 얼마나 빠른지 텀마루를 내달리는 멧돼지를 앞지른다는데 그런 애가 참말로 너의 아들이란 말인가. 열나(만약)에 아니라는 게 들통 나면 넌 죽어 이 새끼야, 알가서?"

그러면서 날이 선 칼이 들어 있는 칼집으로 아저씨의 배시때기를 쿡쿡 찌르고 갔다는 것이다. 그러니 앞으로는 참말로 내 아들 노릇을 되지게 해야 할 거라며 껄껄 웃으신다.

하지만 어린 버선발은 등골이 오싹했다. 이 깊고 깊은 텀골까지 벼슬아치들이 나를 다 찾아다니다니….

버선발은 태어나고 나서 처음으로 맛있게 먹은 꿩고기가 거꾸로 뒤집히는 듯 속이 다 울렁거렸다. 그래서 슬며시 자리에 누워 하염없이 눈을 껌뻑거렸다.

내가 이 집에서도 발을 못 붙이게 되면 어딜 가지? 생각할수록 눈깔이 말똥말똥 더듬거려졌다. 머슴의 아들로 태어난 애는 이 땅 어느 구석 어디를 가든 모두 사람으로 살 수가 없는 얄곳, 이를테면 벌개(사람 못 살 지옥)로구나라는 한숨이 그리 깊어질 수가 없었다.

마침내 잡혀가다

버선발에게 가죽옷을 입혀주던 횃대 아저씨가 물었다.

"너, 올 새해엔 몇 살이 되지?"

"글쎄요. 전 이달이 이참(지금) 무슨 달인지도 모르는데요."

"녀석 같으니라구. 지난 섣달도 어느덧 다 가고 다시 새해가 밝아온 지도 벌써 몇 날이 됐다."

"그럼 저도 이제는 열한 살이 되었겠는데요."

"그래, 그럼 네가 여기 온 지도 벌써 다섯 해가 되었단 말이구나. 참말로 달구름(세월) 한술(한번) 빠르구나, 빨라. 그러나저러나 네가 벌써 열한 살이라. 그러면 열에다 열을 곱하면 무어라고 하는 줄은 아느냐."

"모르는데요. 그런 셈은 어느 누구도 가르쳐준 적이 없었거든요."

"그래? 아이구 딱도 해라. 그걸 발(백)이라고 한다. 사람의 두 팔을 잔뜩 벌린 것을 한 발, 두 술(번) 벌리면 두 발이라고 하질 않더냐. 그러니까 발이란 사람이 기껏 살아보았자 한 발(백 년), 다시 말하면 한 발 안에 끝난다 그 말이다. 그러면 그 발에다 열을 곱하면 그것은 또 얼마라고 하는 줄은 아느냐."

"모른다니까요. 발도 모르는데 그걸 어떻게 알아요."

"어허 불쌍코야, 그걸 짠(천)이라고 한다, 짠. 그러면 말이다. 이 짠이라는 것에 또 열을 곱하면 얼마인지도 모르지?"

"네."

"그건 한(만)이라고 한다. 한이란 이것저것 다 모였다는 뜻도 있고, 그리하여 모든 물방울 모든 물줄기가 한 골수로 흘러간다는 거, 이를테면 어마어마하게 굵거나 크다, 그런 뜻을 한이라고 하느니라.

아무튼 하제(내일) 사냥이 끝난 다음 날, 내가 쌀도 마련하고 또 옷감도 장만코자 저 마들(장마당)엘 갈 적에 말이다. 너를 꼭 데리고 가마.

사람이 이렇게 겹겹팀(첩첩산) 속에 살더라도 사람을 만나고 또 사람들이 많이 모이는 곳을 보고 거기서 부대끼고 그래야 사람이 무엇인 줄을 알게 된다. 이렇게 처진 데서 짐승이나 잡아먹으며 허구한 날 살아보았자 사람을 모르게 된다 그 말이다.

그래서 내가 다음 마들에 갈 적엔 너를 꼭 데불고 가마. 마들 말이다. 기다려라. 거기서 떡도 한 조박(조각) 사줄 터이다. 쌀로 빚은 떡 말이다, 구수한 떡."

이 말에 놀란 버선발은 입술을 파르르 떨었다. 무엇부터 물어야 할지 자못 헷갈렸기 때문이다. 그래서 혀를 굴리되 한참을 거꾸로 굴리다가 물었다.

"아저씨."

"왜 그러느냐."

"거 마들이라는 데가 무엇 하는 덴데요?"

이때 횃대 아저씨가 참으로 안됐다는 듯 한참을 빈허리를 긁적거리시더니만 맞대를 해주신다.

"거 마들 말이더냐. 그건 딴 데가 아니고 사람들이 서로 가꾸고 거둔 것들과 또 손으로 빚고 꾸린 것들을 저저끔(제각기) 들고들 나와 맞바꾸기도 하고, 또 쐬라는 거 있잖아, 돈이라는 것과 바꾸기도 하지만, 서로 어울려 사람 못 살 이눔의 얄곳 이야기를 서로 주고받기도 하고, 그러고는 술도 한 모금씩 나누는 곳이지. 아무튼 볼만하니까 기다려라. 내 이참엔 반드시 너를 데불고 갈 터이니… 쯔쯔쯔 불쌍도 해라."

아저씨 말씀대로 그 마들날(장날)을 기다리는 버선발의 바끌(조바심)은 그야말로 바끌바끌했다(안달했다). 노다지(늘) 들뜨다 못해 익은 낟알처럼 떼굴떼굴 놀아나던 일손이 다 제대로 내키질 않았다. 걷는 것도 어영부영해지고. 그래서 몰이에 나가서도 요따만 한 짐승 한 놈을 겨우 몰아 잡게 한 다음, 무슨 소리인지 모르지만 어쨌든지 콧노래까지 날리며 내려올 적이다.

신바람에 젖어 떠듬떠듬 걷느라 조금 뒤처졌는가 싶었는데 아, 이럴 수가.

여기서 불쑥, 저기서 불쑥, 어떤 놈은 번덕번덕 칼을 빼들었다. 또 어떤 놈은 날칼(창)을 들이대고, 또 어떤 놈들은 아에 화살을 겨누며 "꼼짝 마라!"

"아저씨, 왜들 그래요" 하고 돋친 댓말(항의)을 내뱉을 겨를도 안 주고는 철컥, 그물에 씌운 다음 마치 사냥감이라도 잡은 것처럼 힘센 아저씨들이 그 어린 버선발을 떠메고 간다.

마침내 꼼짝없이 머슴이 되어버린 버선발

그렇게 그물 속에 갇힌 채 가고 또 가기를 몇 날째였던가. 그 도막에 주먹밥은 어쨌든지 물 한 모금을 못 얻어먹어 이젠 내가 이렇게 죽는 거구나, 그런 무서움에 솜털이 곤두서는데 문득 엄마의 목소리가, 참말로 버선발 엄마의 목소리가 또렷이 들려왔다.

"얘야, 넌 잡히면 죽는다. 그러니 어떤 일이 있어도 사람에게 잡히면 안 된다, 알겠느냐."

그러시던 엄마 말씀이 떠오르자 버선발은 그물 속에서도 꼼지락꼼지락 꿍셈(궁리)을 더듬었다.

'욘석들아, 나는 죽어도 네놈들의 손엔 어떤 일이 있어도 죽지는 않을 거다. 때참(기회)을 기다렸다가 내빼는 내 솜씨에 네놈들의 화살인들 날 쫓아올 것 같으냐. 두고 보자 욘석

들. 내 죽어도 죽질 않고 반드시 달아나고야 말 거다, 요 얼치기 쪼무랭이 앞잡이 놈들아.'

그렇게 다지고 또 다지고 있는데 갑자기 쿵, 그건 내려놓는 게 아니다. 아예 던져버린다. 엉치가 바사지는 줄 알았다. 그래도 찍소리도 못 내고 참고 있노라니 띠따(큰소리로 치는 거짓부리)가 떨어졌다.

"욘석 요건 꽤 빳빳해 보인다. 그러니 마주재비(들것)로 돌리거라. 그리고 저것들은 죄 쿨룩쿨룩하다. 그러니 삽질 패로 돌리고. 아 어서!"

버선발이 곁눈질로 보아하니 엄청 큰 텀자락에 버선발과 엇비슷한 또래 애들이 마치 개미 떼처럼 바글바글 달라붙어 더러는 돌을 까고 더러는 흙을 파내고 있다. 버선발더러는 흙이 잔뜩 담긴 마주재비의 한쪽 귀를 들라고 한다. 하지만 흙더미가 얼마나 무겁던지 옴짝달싹도 안 한다. 도리어 들썩해볼수록 허리, 다리가 왜드라지는(뒤틀리는) 것 같으다. 그래도 어금니까지 뽀득이며 겨우겨우 들고 뒤척이면서도 버선발은 한사코 눈깔을 굴렸다.

'이 아저씨들이 이 들것을 들것이라 하질 않고 어째서 다 함께 일을 하고 다 같이 나누어 먹는다는 뜻의 마주재비라고 하는 걸까. 거참 아다몰(이상한) 일이구나.'

고개를 갸웃하다가 넋살(정신)이 퍼뜩 들었다. 어느새 날카로운 채찍이 짝 하고 등때기를 갈라치는 게 아니냔 말이다. 느닷없는 매질에 살이 갈라지며 핏발이 물씬, 그냥 아프기만 한 게 아니다. 아픈 데를 아예 물어뜯는 것처럼 아팠다. 그래도 아프다는 시늉도 못하고 앞으로 앞으로만 가는 마주재비가 쭈악 하니 끝이 없는 한 줄인데, 찍소리가 어디 있고 달가닥 소리인들 어디 있으랴. 오로지 죽음의 고요만이 가라앉고 있었다.

이때 갑자기 그 숨 가쁜 고비를 한사위로 깨는 으악 소리가 불쑥했다.

'엄마, 엄마아아~ 여기, 여기가 썅이로구(도대체) 어드메가, 응? 이 아저씨들 이거 왜들 이래. 어서 엄마가 와서 날 좀 살려줘, 응? 엄마. 나 이참(지금) 나, 나, 나, 이참 죽어가고 있단 말이야. 엄마아아~'

그런데 참말로 버선발 바로 앞에서 질척이던 마주재비 하나가 털썩 주저앉더니만 "엄, 엄, 엄" 그럴 뿐 차마 "엄마" 하는 그 '마' 소리 하나를 이어 붙이질 못하고 피식 쓰러지고 만다.

버선발은 그저 아뜩하기만 했다. 하지만 그 "엄, 엄, 엄" 소리는 그대로 그 마주재비들의 죽음의 판을 깨는 새뚝이(주어진 판을 깨는 미적 전환의 계기)라는 듯, 즐비하게 이어지던 마주재비들이 여기저기 멈춰 서면서 하나같이 "엄, 엄, 엄" 하는 소리를 냈기 때문이다.

하지만 그 "엄, 엄, 엄" 소리도 얼짬(잠깐). 채찍을 들고 설치던 한 아저씨는 "엄마" 소리도 못 내고 쓰러진 그 어린것을 갈대가 사람 키보다도 더 높이 우거진 늪 속으로 그냥 휙 던져버리니 철퍼덩. 이에 한 애가 웅얼댔다.

"어매야 저것 보시게. 죽어서도 마주재비도 못 타본다고 하더니 저 어린것이 무슨 사갈(죄)을 저질렀다고."

그러다가 또다시 채찍을 맞고 쓰러지고 만다.

이를 본 버선발은 제 넋살을 스스로 가눌 수조차 없었다. 그냥 가라는 대로 가는 길밖에 없었다. 거의 열 해에 걸쳐 때로는 그 무거운 마주재비를 들고 우거진 수풀을 한없이 헤쳤다. 때로는 턱을 넘고 또 넘어서야 눈앞에 서걱대는 아, 그 끝없는 갈대밭. 뱀과 먹자구(개구리), 거머리와 모기들만 바글대는 그 갈대 늪.

그 끝없는 늪, 거기다가 버선발이 들고 온 흙을 부으라는 것이다. 다른 마주재비들도 줄줄이 이어 와 흙을 붓고 또 부어도 파리를 꿀꺽한 두꺼비처럼 소리도 자죽도 없는 그 끝없는 물구덩이. 그 짓을 하루에 일곱 술(번)씩 하노라면 눈을 가로 뜰 짬도 없었다.

하루 한 끼 주는 그 알량한 주먹밥도 씹고 자시고가 없었다. 그냥 맨으로 아귀아귀 욱여 처넣어야만 했다. 또 뒤를 볼 적에도 아무 데서나 까고 그저 낑 하면 그것으로 끝이었다. 한때박(한순간)이라도 꾸물댔다 하게 되면 매서운 채찍이 엉덩이를 가르니 어쩌느냔 말이다.

밤이 와 겨우 잠이 든 이른 새벽부터 벌떡 일어나 그렇게 가고 또 가기를 어느덧 열 해가 넘었다. 하지만 하루쯤 쉬라는 입발림이 어디 있으랴. 그 모진 부대낌에 절로 나오는 깊은 시름 한 술 돌릴 수조차 없었다.

두려움과 일에 지친 머리 위로 거퍼 가파르게 억은(잘못된) 띠따(몹쓸 명령) 소리에 쫓겨 오기를 거듭해오고 나서다. 이참엔 모두가 하나같이 나서 그 끝이 안 보이게 땅이 되어버린 울퉁불퉁한 갈대밭을 맨발바닥으로 다지라고 한다. 그때 비로소 애들의 입에선 한숨도 자지러져 나왔다.

이런 말도 들려왔다. 이 갈대밭 끝엔 또 다른 늪이 있다. 거기에 우리들의 눈물겨운 죽음과 함께 야싸한(몹시 고약한) 서러움을 아울러 숨기려고 놈들은 우리들을 산 채로 던져 그 늪을 메울 거라고 수군대기도 했다.

아, 삶의 바루에서 절로 빚어진 노래, 모뽀리

 버선발도 죽을 가팔(위기)인 건 다른 애들과 다를 바가 없었다. 땅만 보면 네 요놈, 네놈이 우리 엄마를 괴롭히는 놈이지 하고 그냥 지레밟던 그 억센 뒷뺄(기상)도 오간 데 없이 코가 꿰여 끌려가는 망아지나 다를 바 없이 비실비실했다.

 아니나 다를까, 버선발이 갑자기 미약 하고 쓰러졌다. 돌부리에 걸린 것이다. 딴 때 같았으면 벌떡 일어나 그 돌부리를 짓이기고 갔을 것이다.

 하지만 이참엔 일어날 수가 없었다. 그러면 갈데없이 산 채로 깊은 늪에 내동댕이쳐진다는 걸 뻔히 아는데도 아이구야 어쩌겠는가. 도통 꿈적거려지지도 않았다. 그래서 비칠비칠, 이를 악물며 다시금 마주재비(들것)를 들었다. 이를 본 애들이 손가락을 머리에 대고 뱅글뱅글 돌렸다. 드디어 저 녀석 저거, 이름도 알 수가 없는 저 녀석이 팽그르 돌았다고.

 하지만 어쩌겠는가. 아예 땅을 기는 것처럼 죽어라고 벌벌 가는데 갑자기 애들이 우르르 몰려들 간다. 무언가 싶어 모처럼 고개를 돌려보니 매우 안타까운 설운내(비명)가 삐져나왔다.

 "쟈가 저거 몇 해 앞서 쓰러졌던 갸가 아니가."

"맞어. 갸야. 어떻게 여기 이 늪에서 몇 해 동안 살아남았지?"

"그러게 말이야."

또 이런 말도 들려왔다.

"야야 개나발(쓸데없는 소리)들은 작작 좀 지껄이고 누구든 쟤를 먼저 업어, 이 새끼들아. 어쨌든지 빨리 사람 사는 데로 가서 숭늉이라도 한 사발 얻어먹여야 살려낼 게 아니냐. 아, 누구 없느냐구. 달겨들어 업으라니까. 개마름(아주 못된 앞잡이) 놈들이 뭐라고 하면 그땐 뱀을 잡던 길이라고 둘러대면 될 게 아니냐. 아, 누구 없느냐구!"

이런 안타까운 발 구름에 버선발의 귀도 쏠깃. 다가가 비집고 보다가 아이구야 너무나 놀라 눈망울이 팽 하고 뱅글뱅글했다. 사람이라는 게 어쩌다가 두 다리는 안 보이고 삐꺽 말라붙은 두 팔과 대갈빼기 그리고 몸뚱아리만 남은 어절씨구, 하지만 그게… 그게… 놀랍게도 개암이가 아니냔 말이다. 버선발은 너무나 놀라 온몸을 던져 그대로 껴안아버렸다.

"야 너… 개…개…개암이 아니가 엉? 개암이."

두 다리는 없고 대갈빼기와 두 팔 그리고 몸통만 남은 개암이지만 그의 입에선 또렷한 말이 튕겨 나왔다.

"맞어, 내가 바로 개암이야. 넌 버선발이지?"

"그래, 근데 네가 어떻게 해서 이렇게 된⋯."

"그걸 몰라서 묻니. 이런 데서 머슴의 멍에에 끌려다니노라면 그 끝판이란 게 다 이런 거 아니가."

그제야 버선발은 그 개암이를 안은 채 냅다 뛰는데, 어찌나 약이 올랐던지 한 발 한 발 디딜 적마다 푹푹 땅이 꺼졌다. 그러자 놀라버린 것은 딴 애들이었다. 저렇게 발자국을 남기면 안 되지, 그러면 저 발자국을 따라 개마름 놈들이 말을 몰아 달겨들 텐데 어쩐다지. 아니나 다를까, 누가 시킨 것도 아닌데 애들이 너나없이 아다몰(알지 못할) 노래와 함께 그 발자국을 메우기 차름(시작)했다.

에루 어기야

에루 어기야

밟고 가네 밟고 가

네깐 놈들 네깐 놈들

짠해(천년)를 찢고

한해(만년)를 갈라놓은들 우린 우린

모두 하나 되어 한 오큼 한 오큼으로 메꾸나니

아, 어⋯얼씨구 저⋯얼씨구

잘도 다지고 잘도 다지네

아…아…아… 울어라 먹구름아

날개 없는 목숨들이여 그래도

이렇게 죽을 순 없지 않는가

그렇다 울어라 먹구름아

그렇다 울어라 먹구름이여

애들만 그러는 것이 아니다. 그 노랫소리가 어찌나 찡했던지 하늘을 날아가던 새들도 어절씨구, 스치던 바람도 다 함께 어얼씨구 저얼씨구. 그 소리가 얼마나 눈물겹고 우람하게 울려 퍼지던지 그때부터다.

이 땅에는 새로운 낱말이 하나 태어나게 되었다. 모뽀리(합창)다. 짐승과 풀나무, 갖은 벌레, 떠가는 구름과 바람, 거기다가 뿔대 돋힌 사람들까지 다 함께 하나가 되어 다 함께 부르는 목숨의 노래를 일러 모뽀리, 그래 온 것이다. 가슴을 울리고 온 널땅(대지)을 울리고 하늘도 울리는 무지무지 큰 쇠, 무지무지 큰 널북 같은 피멍 맺힌 노래, 모뽀리라는 한바탕이 처음으로 불러지게 되었다는 것이다.

눈물겨운 개암이의 깨우침

 하늘땅을 들었다 놓는 듯한 그 어기찬 모뿌리(합창), 그 바람에 개암이를 안은 버선발은 감쪽같이 그 죽음의 갈대 늪을 까마득히 뒤로할 수가 있었다. 잽싸게 깊은 텀골로 꺾어 들 적이다. 마침내 개암이가 입을 여는 것이다.
"야 버선발."
"응."
"나 있잖아, 내가 말이야, 목이 너무너무 말라 죽을 것만 같거든."
"뭐라구…?"
 버선발은 냉큼 바위 밑 샘으로 갔다. 개암이를 내려놓은 다음 손오큼(두 손바닥을 모은 손)으로 물을 떠 한 방울 한 방울 개암이 입에 떨구어주었더니 꼴깍꼴깍 잘도 받아먹는다.
"야, 참말로 씨원하구나. 이렇게 씨원한 샘물을 먹어보는 것이 어느덧 열 해가 넘었네. 그 도막에 난 말이다, 그 사람 잡는 늪에서 무얼 먹고 살아온 줄 알아? 밥… 아니야, 아침 풀잎에 맺힌 그 하염없는 이슬이었어. 야 버선발, 네 눈빛처럼 맑은 이슬 말이야.
 그도 아니면 여름엔 빗물을 입으로 받아먹었고, 겨울엔 하늘에서 날리는 눈발이 아니면 시린 얼음덩이로 목을 적셔왔어. 그러는 도막에 말이다, 뎅그렁 부러진 채 뎅그렁 붙어만 있던 내 두 다리는 하나씩 떨어져 나갔고 거기다가 허리까지도 못 쓰게 되니 기어 다닐 수가 있어야지. 아무튼 버선발아, 너를 만나니 참말로 죽어도 살아날 것만 같구나."

이때다. 시커먼 구름에 가리어져 있던 햇살이 쨍 하고 개암이의 얼굴을 비춘다. 그러자 눈이 반짝, 그건 틀림없는 그때 그 개암이다. 푸른 바다, 허옇게 입을 벌리며 달겨드는 텀더미(산더미) 같은 몰개(파도)를 갈라치던 아, 그때 그 어린 개암이. 그때 그 옛일이 너무나 또렷해 버선발은 눈물겨운 입을 열지 않을 수가 없었다.

"야 개암아, 그놈들이 말이다, 제놈들이 시키는 대로 일을 하다가 다친 너를 갖다가서 왜 고쳐줄 생각은 아니했을까. 똑같은 사람들인데 말이다. 어떻게 너를 갖다가서 한술(한번) 빠지면 다시는 헤어 나올 수가 없는 깊은 늪 속으로 내다 버렸더냐 그 말이다. 얼추(혹시) 네가 두올(쌍)도끼라도 들고 덤벼들 줄 알고 그랬던 건 아닐까."

이래 물었는데 개암이는 전혀 뜻밖의 말을 한다.

"아니야. 놈들은 말이다, 내 거밖에 모르는 막매 놈(네 귀가 죄 꽉꽉 막힌 놈), 귀도 멀고 눈도 멀고 숨도 멀고 핏줄도 멀고 새름(정)도 멀고 마음도 멀고 그저 몽땅 다 멀고 몽조리 다 꽁꽁 막힌 막매 놈들이야. 그 떼땅꾼(땅부자) 놈들 그것들은 말이야, 사람을 죽여서라도 내 거만 만들면 된다는 마구잡이 가이새끼(개새끼)들이야. 그러니까 나한테서 빼먹을 것은 다 빼먹었으니 그네들의 뚱속(욕심)에 따라 내 몸뚱이를 갖다가서 그 넓은 늪을 메꾸는 한 줌 흙으로 내던져버린 거라구.

야 버선발, 너 팥배 녀석 생각나지? 갸는 또 어떻게 죽은 줄 알아? 멀뚱멀뚱 살아 있는데도 나보다 더 깊은 늪에 던져 죽였어. 나는 허리가 삐지고 두 다리마저 부러지고 바사졌지만 두 팔만큼은 움직일 수가 있었거든. 그래서 갈대를 잡고 몰래몰래 좀 얕은 늪가로 기어 나올 수가 있었어. 근데 우리 팥배는 두 팔을 몹시 다쳤거든. 그러니까 그 넓고 넓은 늪을 메꾼 땅은 무언 줄 알아서? 우리들의 죽음으로 메꾼 무덤이라구. 그런데도 그 무덤마저 내 거라고 하는 건 뭐이가서. 사람도 아니고 개보다 못한 짐승도 아닌, 그저 무어든지 다 꽉꽉 막힌 막매 놈들이라니까.

아무튼 그 늪에서 나는 무얼 먹고 살아온 줄 알아? 너 거머리 알지? 사람의 살결에 바싹 달겨붙어 피를 빨아먹는 놈, 그 놈을 지글지글 잡아먹기도 하고, 왱왱 모기를 잡아먹기도 하고, 애들이라고 하면 누구나 좋아하는 소금쟁이 알지? 그놈도 잡아먹고, 때로는 뱀과 먹자구(개구리), 두더지를 잡아먹으면서 입때껏 살아남은 거라구.

또 추위는 어떻게 견디어냈는 줄 알아? 말도 마라, 야. 마른 갈대를 하나씩 하나씩 꺾어다 깔고 버들가지 껍질을 벗긴 줄기로 가랑닢을 엮어 거적을 만든 다음, 온몸을 둘둘 말아 추위를 이겨냈단 말이다.

그렇지만 참말로 어려운 게 또 있었어. 그게 무언 줄 알아? 내 목숨을 노리는 짐승 놈들을 물리치는 거, 그게 그렇게도 내 힘에 부쳤어. 끝판엔 힘이 달려 내가 저놈들한테 하는 수 없이 먹히겠구나 그랬어. 그렇게 앞뒤가 몽땅 아득해지는 바로 그때야. 나도 모르게 옛날 우리 할머니가 들려주시던 말씀이 떠오르는 거야.

얼추 텀길(산길)을 가다가 사나운 짐승을 만나게 되면 단 한 발자국이라도 물러서면 안 된다, 그건 곧 죽음이다, 하지만 '네놈이 어줍지 않게시리 꺼이(감히) 나한테 덤벼?' 하고 눈깔을 꼬나보고 눈싸움을 벌이란 말이다. 그러면 그 어떤 짐승도 사람의 핏대 돋친 두 눈살엔 못 견딘다, 그러시던 할머니 말씀이 떠오르는 거야.

그 말씀대로 나도 눈깔을 부릅뜨고 해볼 테면 해보자고 웅크르자 글쎄 그 싸나운 승냥이, 늑대, 곰, 얽은 츰범(호랑이)

까지가 더욱 저네들의 눈깔에 힘을 주는 거야. 불길이 활활 일어 내 눈깔을 숯덩이로 만드는 것 같더라구.

하지만 버선발아. 내가 겪어보니까 말이야, 죽음이란 깜빡(순간)이 아니더라구. 목숨을 건 한살매(일생) 싸움이더라구. 죽음까지 먹어치우는 먹튀(침묵)하고 외로이 맞붙는 한판 싸움이더라니까.

그래서 내가 어떻게 한 줄 알아? 그야말로 죽기 살기로 눈깔을 똑바로 뜨며 소리를 질렀다 아니가. '야… 이 텀골보다 더 처진 고을 놈들아, 네 이놈들 비켜, 인마. 네놈들은 얼떵(냉큼) 비키라니까. 안 비켜? 난 이참 네놈들하고나 맞서 있는 게 아니란 말이다. 우리 꼬마들의 피땀으로 일군 이 땅을 몽땅 뺏는 놈들, 제 거밖에 모르는 미친 막매 놈들의 사갈 짓(범죄)과 딱하니 맞뜨고 있단 말이다, 알가서? 그러니 이 쩨쩨한 놈들아, 어서 꺼져. 안 꺼져? 꺼져 이 새끼들아. 꺼져, 꺼지라니까!' 그렇게 소리소리 질러 그 무서운 짐승 놈들을 모두 물리쳤다니까."

개암이의 말을 듣는 동안 버선발은 귀도 막히고 숨도 콱콱 막혔다. 그래서 딱 한마디밖에 거들질 못했다.

"야 개암아, 너는 참말로 엄청난 놈이구나. 네놈이야말로 온갖 짐승들의 가갈(기)을 오로지 네 목숨 하나로 뒤희꺾어 팡개친 놈이다. 그러구 네 이야기를 들으면서 내가 모르고 있던 너를 알게 된 게 또 하나가 있다. 그게 무언 줄 알가서?

 너, 어떻게 그렇게 너의 말이 그럴듯하냐. 참말이지 놀랐다 놀랐어. 제 거밖에 모르는 미친놈들이, 아뿔싸 착한 사람들의 죽음으로 된 날무덤까지를 내 거라는 그 막매 놈들이 너를 깨우쳤다는 말은 참말로 이 하늘땅에 하나밖에 없는 깨우침, 그야말로 어먹한(위대한) 깨우침이다 그 말이다."

 그런 말끝에 버선발은 늘어지는 긴 한숨일랑은 송곳니, 그렇지 바로 그 송곳니로 그야말로 우라지게 자근자근 문 채 고개를 홱 돌린 다음, 저도 모르게 들썩들썩 울어버리고 말았다. 그러자 개암이도 함께 들썩이며 하는 소리다.

 "야 버선발, 그까짓 거나 깨우치면 무엇 하냐."

 "아니야, 개암아. 나나 너나 올해로 모두 열아홉 살. 그러니까 우리들이 살던 옛살라비(고향)를 떠나온 지도 어느덧 열 해 하고도 또 두어 해가 지났질 않았니. 그 긴 나날 동안 난 단 하루도 안 잊고 너를 만나면 꼭 물어보려고 했던 것이 하나 있었어. 그게 무엇인 줄 알아?"

 "그게 무언데."

 "너네 그 옛집 말이다. 그 집이 들어서 있는 집터가 무엇이었느냐 그 말이다. 흙으로 된 땅이었어, 아니면 바윗돌 위에 세워진 집이었느냐 그거야. 그걸 꼭 물어보고 싶었어."

그 말을 듣고 있던 개암이가 가분재기 미덥지 않다는 듯 눈살을 찌푸리며 하는 말이다.

"야 그걸 말이라고 묻는 거냐. 집이란 그 어떤 집이든 땅 위에 짓는 거야, 인마. 그러니까 그때 우리 집도 두말할 것도 없어. 아무려나 땅 위에 지어져 있었지.

열나(만약) 바윗돌 위에 지어져 있었으면 그런 집의 기둥이 밤나닥 불어오는 거센 돌개바람, 그도 아니면 한번 몰아칠 것이면 제 눈깔을 잃는다는 그 드센 돌개바람에 남아났겠어? 그냥 와장창 통째로 날아가버렸지. 그러니까 바윗돌 위엔 집을 안 짓는 거야, 인마. 근데 너 그건 왜 묻는 거냐?"라며 더욱 말똥말똥 바라본다.

버선발은 다시금 말머리를 돌리는 수밖에 없었다.

"아니야, 아무것도 아니야."

버선발은 다시금 개암이를 난딱 안고 "자, 또 가자. 아무튼 사람이 살던 자국이란 꼬무래도 안 보이는 더욱 깊은 텀골로 가야 우리가 살아날 수가 있어"라며 두리번두리번 둘레를 살폈다.

얼추 씨갈이꾼(농사꾼)들의 호미 자루라도 떨어진 건 어디 없나, 또 사람들이 무언가를 구워 먹고 간 끄실린 돌멩이는 또 어디 없나 살피며 깊은 텀골을 지나 더욱 깊은 텀골, 아득한 텀골로 자꾸만 자꾸만 들어가는 골짝은 너무나 거칠었다. 바윗돌은 들쑥날쑥 아니면 깨진 독처럼 삐죽삐죽. 그것을 비껴가는 거센 냇물은 집어삼킬 듯 굽이치고, 그래 그런지 아무 소리도 안 하고 있던 개암이가 한참 만에야 입을 여는 것이다.

"야 버선발, 나 있잖아. 네 품에 안겼는데도 왜 이리 힘이 드냐. 더는 못 가겠어. 속이 뒤집힐 것만 같애. 얼추, 얼추 말이다, 살냄(사람 냄새 나는 먹거리)이라는 거 있잖아. 거 왜 소돌치라는 거 있질 않느냐구. 물에 끓인 눌은밥이라는 거 말이다. 그거라도 한 모금, 딱 한 모금만이라도 얻어먹을 순 없을까. 속이 울렁거려 정말 죽을 것만 같애. 더는 못 견디겠다니까."

어마어마하게 커다란 배포

버선발은 눈시울이 오싹했다. 그렇구나, 야가 이거 지난 몇 해 동안 낟알기라고는 꼬무래(꼬물)도 못 얻어먹어서 그렇구나. 한때박(한순간)이라도 얼쩡거리다간 야를 이거 아주 죽일 수도 있겠구나. 그래서 개암이를 처진 바위틈에 뉘어 놓으며 말을 했다.

"야 개암아, 너 여기 이렇게 꼼짝도 말고 그대로 있어. 내 얼짬(잠깐)만 다녀올게."

그러고는 냅다 달려 내려갔다.

입때까지는 개암이를 살려내겠다고 사람 사는 데를 일부러 비껴 깊은 텀골로만 들어갔었다. 어떤 사람이든 사람만 만나면 우린 곧바로 죽는다고 여겨져 사람을 한사코 비껴서 예까지 왔기 때문이다.

그런데 그런 쭐레(사정) 같은 건 아예 새시까맣게 잊고는 내가 죽더라도, 그렇다 내가 죽더라도 개암이를 살릴 수만 있다면 무슨 짓이라도 하리라는 생각밖에 딴 더듬(꿍꿍이)은 있을 수가 없었다.

버선발은 그냥 달려갔다. 하지만 그 빠른 걸음으로도 이레째 밤낮을 꼬박껏 달려가도 사람 사는 마을은커녕 사람의 냄새도 맡을 수가 없었다.

어이쿠, 내가 이거 길을 잘못 든 건 아닌가. 두리번거리는데 어럽쇼, 앞자락 텀뻬알(산비탈)에 사람 하나가 어기적대는 것이 눈에 들어온다. 때박(순간), 버선발은 저도 모르게 쭈뼛 솜털이 곤두섰다.

안 되지, 자그마치 열세 해 동안이나 안 만난 사람을 이제 와서 다시 만나다니, 내가 죽을지도 모르는 건 아닌가 하고 어정이다가, 아니다, 나는 이참 내 목숨보다도 내 동무 개암이를 살려내야만 한다는 생각이 덧없이 울컥하자 숨을 고를 짬도 없었다. 그대로 다가갔다.

한 할아버지가 몽땅 돌멩이뿐인 돌밭 한복판에 있는 커단 바위, 빗대서 말을 하면 연자방앗간만 한 바윗돌을 그 알량한 곡괭이로 낑낑 파내고 있다. 버선발은 게를(예의)이고 나발이고를 가릴 것이 없었다. 말부터 걸었다.

"할아버지, 제가 좀 도와드리면 안 될까요."

할아버지는 힐끗 쳐다보는 듯하더니만 택도 없는 소리 말라는 투로 "관둬라. 이 바윗돌은 누가 도왔다고 해서 제 뿌리를 내놓을 그런 착치(착한 놈)가 아닐세. 그러니 괴난(괜한) 생각일랑은 대뜸 접고 어서 자네 가던 길이나 가시게."

이 말에 버선발은 어찌해야 할지를 몰라 그저 바보 멍청이처럼 어기적댈 수밖에 없었다. 잔머리라는 게 아예 있지를 않아 모눈깔인들 뺑으로(거저) 돌아갈 턱이 없었던 것이다.

하지만 이때였다. 할아버지가 자루가 빠진 쇠스랑을 새로 끼우려고 밭머리 쪽으로 가신다. 버선발은 덮어놓고 바로 이때다 하고는 펄쩍 뛰어 바윗돌 위에 올라서버렸다, 쿵 하고.

그러자 어더렇게 되었을까. 어더렇게 되긴. 그 커단 바윗돌이 그대로 아그그 바사지며 빈 쌀자루처럼 푹석 꺼지는 게 아니냔 말이다. 놀라되 뒤로 발랑 자빠질 만치 놀랄 일이다.

 하지만 이를 본 할아버지는 놀라기는커녕 되려 끽쇠(역정)를 부리신다.

 "이봐 젊은이, 자네는 사람이 아니고 깨비(귀신)인가 부지, 그렇지? 깨비라고 해서 날 우습게 보구선… 쯔쯔쯔 그따위 놀투(장난)나 부리질 말고 어서 그 바위를 다시 제 모습 고대로 만들어내게. 아 어서."

 이에 버선발은 갸우뚱한 맞대를 하지 않을 수가 없었다.

 "아니 할아버지, 할아버지께서는 조금 앞서까지 밭을 만드시려고 그 바윗돌을 낑낑 캐내고 계신 거 아니었나요?"

 이에 할아버지께서는 서슴없이 맞받아치신다.

 "이봐 젊은이, 나는 그 바윗덩이가 밉살스러워 그냥 캐내려고 한 게 아니라구. 내 할아버지, 이어서 내 아버지 적부터 곡괭이 짓을 해왔고 이어서 나도 그러고. 그것이 내가 하는 일이란 말일세."

 "그러니까 제가 그 바위를 아주 바숴버렸으니까 잘된 거 아니냐구요. 이제부터 그 자리에 낟알의 씨만 뿌리시면 되는 거 아니냐구요."

"이봐 젊은이, 자네가 바윗돌을 없앤 그런 놀투에 놀랄 내가 아니라네. 그건 한낱 눈속임이 아니면 잰날(잔재주)이란 말일세. 그 잰날은 일나(노동)가 아니란 말일세. 어째 그런 줄 아나? 씨갈이(농사)를 해보면 씨갈이를 죽어라고 해도 밥을 굶게 되고, 씨갈이 같은 그런 어려운 일은 요만큼도 안 하고 빈둥빈둥 놀아도 밥을 굶는 건 매한가지라는 걸 알게 된다네. 그러니까 땀을 흘려 일을 해보면 일나가 밥을 먹여주는 건 아니라네. 따라서 참된 일나란 무언 줄 알가서? 일을 하면 밥은 거뜬히 먹을 수도 있지만 짜배기(진짜)로는 일을 하는 모든 사람들을 죄 살리고, 사람 사는 곳도 살리고, 나아가 사람 사는 이 누룸(자연)도 살리는 거, 그게 참짜 일나라는 걸 깨닫게 된다니까."

"할아버지, 할아버지께서는 이참 무슨 말씀을 하시는지요. 저는 생각이라는 걸 그렇게 깊이 해본 적이 없어서 할아버지 말씀은 잘 못 알아듣겠습니다. 다만 한 가지 다부(부탁)를 드려도 될까요."

이에 할아버지께서 곧바로 맞대를 해주신다.

"뭐라구? 깨비인 자네가 사람인 나한테 다부할 게 다 있다고? 어허, 얼썬지고(모를 일이군). 아무튼 다부할 게 있다고 하면 한술(한번) 말이나 해보게. 자네 같은 깨비가 나 같은 늙은

이한테 기댈 게 다 있다니 나 원 참, 어서 말이나 해보라니까."

버선발은 그제야 마른 혀에 없는 침을 달달 긁어 묻히며 말을 했다.

"네, 딴 게 아니구요, 딴 게 아니구, 저… 우리 집안에 좀 어려운 일이 있어서 그러거든요. 얼추(혹시) 먹다 남은 소돌치(눌은밥)라도 있으면 더도 말고 딱 한 주걱만 얻어갈 순 없을까 해서요."

"이봐, 기껏 그따위 다부나 하려고 우리 할아버지 적부터 캐내려고 해도 캐내지 못했던 저 바윗돌을 자네가 날름 없애버렸다 그 말인가. 거참 오래 살다 보니 엉뚱한 깨비 녀석도 다 보겠구먼. 어쨌든지 나를 따라나 와보게."

씁씁이(아무렇지도 않게) 따라가다 보니 가슴부터 삐꺽했다. 눌데(방)라곤 딱 하나밖에 없는 통나무집, 그나마 기우뚱해 곧바로 주저앉을 것 같은 다 된 낡은 집이다. 거기에 아침에 먹다 한두어 숟갈 남은 노란 조밥 소돌치를 박박 긁어 쪽박에다 홀랑 떠주신다.

버선발은 가슴이 울렁울렁 너무나 벅차 "할아버지, 고맙습니다. 할아버지처럼 어진 마음씨는 오래오래 사셔야 합니다, 할아버지" 하고 막 돌아서려고 했다. 이때 울타리 밑에 녹슨 가마솥 하나가 버려져 있는 게 보였다.

"할아버지, 저기 저 버려진 가마솥 말입니다. 저것을 제가 가져가면 안 될까요? 이 소돌치를 데우려면 아무래도 이 바가지로는 안 되고 솥이 하나 있어야만 할 것 같아서요."

이렇게 말을 하고는 '아이쿠, 내가 안 할 소리를 했구나' 하고 손으로 입을 가리며 덤덤해했다.

"네놈이 제멋대로 내빼버린 머슴 놈이구나" 하고 낫으로 내 등때기를 내려찍을 것만 같은 두려움이 오싹했던 것이다. 그런데 뜻밖에도 부드러운 목소리가 들려왔다.

"안 될 거야 없지. 하지만 녹이 슨 솥이라 쇳물이 자꾸 나와서. 그 쇳물을 먹으면 가려움 탈이 들어 안 될 텐데 이를 어쩐다지."

그러면서 부뚜막에 하나밖에 없는 솥을 덥석 잡아 빼주시며 "자, 가져가려면 이걸 갖고 가게" 그러신다.

버선발은 입이 쩍 벌어졌다. 그래서 제대로 조아리지도 못하고 비실비실 물러서려고 했을 적이다.

뜻밖에도 할아버지가 불쑥 가로막으며 "여보게, 자네 그 발바닥 좀 보세" 그러신다. 버선발은 얼김에 발바닥을 들어 보였다. 발바닥을 이리저리 들어 보시더니 "어허, 이건 도통 알 수가 없구먼. 이건 깨비의 발바닥이 아닌데. 틀림없이 일에 못이 박인 자국이 또렷한 사람의 발바닥인데 참말로 알 수가 없구먼" 그러신다.

 버선발은 달려가면서 혼자 웅얼댔다.

 '마음밖에 줄 게 없어 아예 빈 솥을 훌쩍 빼주시는 이, 그런 이를 일러 배포라고 한다더니 저 할아버지야말로 참짜 배포, 저 우람한 묏줄기(만고강산)에 비길 배포, 아 그런 어먹한(위대한) 배포이시구나.'

참짜 춤꾼

 그 할아버지 때문만은 아니다. 개암이를 살리고자 이곳저곳으로 비럭질을 다니면서 버선발은 사람을 보는 눈이 이렇게 저렇게 흠썩 달라지게 되었다. 사람이라고 하면 버선발처럼 가진 게 없는 사람들만 골라서 마구잡이로 잡아다가 부려먹고 때로는 죽이기도 하는 그런 고얀 것들만 있는 줄로 알았다. 하지만 그런 고얀 것들과는 전혀 다르게 겉도 따뜻하고 속은 더욱 넉넉한 사람도 많다는 것을 알게 되었다.

 멀리서 쾌가다 칭, 쾌가다 칭 하는 꽹매기 소리가 들려온다. 이건 또 뭔 소리인고. 나를 잡으려고 몰이꾼들을 몰아치는 소리는 아닐까. 아뿔싸, 그런 두려움이 쭈뼛해지며 등덜

미와 함께 솜털까지를 곤두세운다. 하지만 저 쾌가다 칭, 쾌가다 칭 소리엔 어떤 그림이 새겨져 있는 듯한 어림도 배어 나와 슬며시 다가가보니 아이구야 딴 게 아니다. 널찍한 마당에 사람들이 빼곡히 모여, 보길 처음 보는 굿판을 벌이고 있는 게 아니냔 말이다.

 버선발은 저도 모르게 에구머니 하고 막 돌아서려고 했다. 춤이 아니라 지랄 같고, 판이 아니라 개판 같았기 때문이다. 뭐이가 그리 좋다고 저리 덩 덩 덩더쿵이냔 말이다.

 그래서 막 돌아서려고 하는데 한 낯모를 아주머니가 "이봐 젊은이, 여기 이 굿판까지 와서 함께 어울리질 않고 그냥 가는 건 무언 줄 알가서? 밝은 달이 훌쩍 떠오르는데도 짐짓 등을 돌려대는 그런 못난 빼뚝이야 인석아, 덮어놓고 빼뚤어지기만 하는 빼뚝이, 알가서? 여긴 한바탕 굿판이야. 그러니 가더라도 이거나 하나 먹고 가" 하고 떡을 한 조박(조각) 집어 주신다.

 버선발은 떡이라는 걸 태어나고 나서 처음 볼뿐더러 하물며 먹어본 적이 없는지라 어떻게 해야 할지를 몰라 머뭇댈 수밖에 없었다.

 이를 눈여겨보시던 그 아주머니가 한 술쯤 어깨를 덧없이 듬썩 하더니만 물동이에 담겨 있는 김칫국을 한 바가지 덥석 떠주시며 "자, 이것부터 먼저 한 모금 마시고 나서 들게. 그래야 새름(정) 깊은 가위떡(마음이 담긴 떡)이라는 것도 그대로 꿀꺽하고 잘 넘어간다네" 그러신다.

버선발은 김칫국 바가지를 입에 대고 꿀꺽꿀꺽하다가 갑자기 눈시울이 핑, 하마터면 에맥없이(맥없이) 넘어질 뻔했다. 언뜻 엄마 생각이 뭉클했던 것이다. 이를 본 아주머니가 하시는 말씀이다.

"왜, 아우들 생각이 나서 그러는 건가?" 하고 널찍한 시루떡을 또 하나 집어주신다.

버선발은 바람이 아니 부는데도 가시 하나가 홱 눈에 들어온 것처럼 뜨끔거려 막 돌아서려고 했다.

바로 그 참이다. 웬 할아버지가 "자, 이걸로 저 뒤켠엘 가서 얼떵(재빨리) 갈아입게. 여기 이 굿판에 오려면 말일세. 옷은 좀 빨아 입고 와야지, 자네가 걸친 그게 뭔가? 너덜너덜 누더기도 아니고. 어서 가서 이 새 옷으로 갈아입으라니까."

그제야 버선발도 이 굿판의 판놀음이라는 게 어떤 것이라는 걸 어련한 듯 어림하고선 "제 아우도 와 있는데요" 그랬다.

"그으래? 자네 아우도 왔다고? 그렇다고 허면 한 벌 더 가지고 가서 갸도 갈아입혀야지. 어떤 굿판이건 굿판이 한술 벌어졌다 하면 이 새 옷이 너덜너덜 다 닳아지도록 춤을 춰야 하는 거라고. 사람의 뜻은 채가 되고 사람의 마음은 긴북(장구)이 되어 가분재기 휘몰아치는 휘몰이, 그게 바로 이 벌개(사람이 사람으로 살 수 없는 세상) 따위는 발칵 뒤집어엎어버리고 사람이 사람으로 살 수 있는 벗나래(참세상)를 만들려는 몸짓, 그게 춤이라는 걸세, 알가서?"

버선발은 할아버지의 그 말뜻을 맹이로구(전혀) 알 수가 없었다. 그렇지만 덮어놓고 "네, 알겠습니다" 하고는 으쓱한 데로 가서 잽싸게 옷을 갈아입었다. 몸에서 배틀어져 나오던 꾀죄죄한 꼬랑내가 가분재기 옛새김(추억)처럼 구수해지는 것 같았다. 입때껏, 아니 한살매(일생) 어깨박죽을 짐짓 짓누르고 있던 무언가 무거운 것이 모진 비바람에 때 지난 김장우리(김장독을 감싼 짚)가 훌렁 벗겨지듯 온몸이 살랑대니 버선발인들 어찌 제멋(속에 잠겨 있던 흥)에 아니 들썩이랴.

버선발은 불쑥 그 술렁대는 굿판에 비집고 들어갔다. 하지만 남들처럼 덩 덩 덩더쿵 하진 않았다. 저도 모르게 떵 하는 북소리에 따라 배를 땅에 깔고는 꿈실댔다. 배를 땅에 깐 채 발가락에서부터 온몸이 끔찔대다가 파르르 떨고, 파르르 떨다간 갑자기 찬비를 맞은 풀닢이 속으로 젖어들듯 숨을 고르다가 쿵 하면 꿈실, 깨갱 하면 꼼실, 똘렐레 하고 새납이 놀래싸면 부들부들.

그것은 어쨌든지 입때까지 보기 쉬웠던 춤은 아니었다. 그야말로 몸서리라고나 할까. 그것도 걷잡을 수 없을 만치 속에서 우러나오는 몸서리. 아무튼지 이를 본 치게(악사)들은 치던 손을 놓았고, 덩실대던 사람들도 모두 숨을 죽여 하는 말이다.

"저 젊은이 저건 누구야. 한이 맺힌 나간이(장애인) 아니야."

아니란 소리는 차마 못 내고 눈짓만 찔경했다. 또 어느 누구는 나직이 입을 삐쭉였다.

"이 신나는 굿판에 저건 또 무어야. 저건 데데한 뜨내기 지랄쟁이 아니야."

그렇게 뱰뱰 꼬듯 웅질대자(중얼대자) '쉿…' 하는 내둘(표현)로 입을 삐쭉, 그 삐쭉한 입술에 손가락까지 갖다 댄다. 개소리 좀 작작하고 입 좀 닥치라고.

그러거나 말거나 버선발은 때로는 부들부들, 때로는 따르르 떨면서 땅에 깔았던 배를 꿈실꿈실 일으켜 속이 없는 오뚝이처럼 일어나 앉았다. 아니, 앉는 듯하다간 비칠대고 비칠대다간 넘어지되 모로 넘어지다가 금세 가로 넘어졌다. 이를 본 사람들은 어찌나 희한한지 입만 쩍 벌리는 게 아니었다. 어떤 이는 침을 셀겔 흘리고, 또 어떤 이는 눈자위에 이슬이 맺혀 때마침 깃든 노을 빛살에 빠끔히 시름 짓기도 했다.

왜 그랬을까. 그렇게 주저앉은 채 엉덩이로는 낑낑 밀고 짚은 두 팔엔 온몸을 싣고선 뱅글뱅글, 이어서 두 팔로는 마치 노를 젓듯이 '어기여차 어기여차'를 거퍼 대는 게 아니냔 말이다. 그것은 갈데없는 앉은뱅이 몸사위이지만 아울러 무지무지 커다란, 찌그득 삐그득 하늘과 땅을 커다란 맷돌처럼 벅벅 한없이 갈고 뭉개는 연자방아라.

참말로 눈물겨웠다. 저 새시파란 애송이 젊은이가 어쩌다가 저렇게 두 다리를 못 쓰는 앉은뱅이가 되었더란 말인가. 그런 한숨에 더욱 눈물겨운 한숨을 자아내게 하는 건 이미 못 쓰게 된 두 다리, 거기에는 마땅히 붙어 있어야 할 힘살이라곤 단 한 줄기도 없을 뿐만 아니라 어떻게 된 까닭인지 뼈만 앙상했다. 아무튼 일어나보았자 그 다리로는 몸을 버텨낼 수 없을 듯한 것이 그리 안타까워 엉엉 울어 예는 사람들이 한둘이 아니었다.

보다 못한 한 아저씨가 "이거 봐요, 무엇을 그리 꾸물거려. 저 젊은이 저거, 그만 놀아나게 저네 집으로 냉큼 돌려보내버리질 않고 왜들 그렇게 가만히들 있어요" 하고 떨리는 소리를 내뱉기도 했다.

어쨌든지 이 한마디에 사람들은 서로 눈깔의 흰자위만 남아 이리 왔다 저리 왔다 그랬지만 또 다른 할아버지가 하시는 말씀엔 잘못 돌아가던 눈자위와 이리저리 뺑을 치던 검은 자위가 모두 제대로 돌아왔다.

"이봐, 무슨 말을 그렇게들 해. 저 젊은이 저게 누구이기에 그렇게들 말을 하는 거냐구, 엉? 저 젊은이의 저 몸짓이 누구의 몸짓인 줄 알아? 저게 바로 우리들의 몸짓이야. 우리들의 이 어지러운 한살매라니까, 알가서?"

그러는 할아버지가 있거나 말거나 버선발은 앉은뱅이인 꼴에 어찌어찌 엉덩이를 들더니만 두 다리를 세우려고 안간(있는 힘을 다한) 몸부림이다. 그것은 어찌 보면 까치까치 여름 햇살에 달구어진 모래밭, 거기에 냅다 버려진 굼벵이의 몸부림으로도 비길 수가 없는, 아, 그 안간 몸서리. 두 다리를 세우려고 하다간 속절없이 주저앉고, 그래도 다시 세우려고 하다간 마치 모래 더미처럼 스스로 무너지고.

그래도 한사코 꿈틀, 또 움찔.

그것은 지푸라기를 갖고도 집의 기둥을 삼으려는 한갓된 몸부림이나 다름없었다. 아니 그것은 이미 거덜 난 눈물로 지팡이를 삼으려는 속절없는 짓거리라, 모두가 제 한숨처럼 가슴을 쥐어뜯고 있을 적이다.

어디서 누군가가 '지화사' 하고 외쳐대는 소리가 들려왔다. 그러자 마침내 버선발이 꿈실 일어나고 여기저기서 '얼쑤, 어기여차'라고 메겨대는 소리가 들려오는가 했더니 마침내 그 많은 굿패들이 한바탕 휘젓는데 누군가가 웅얼댔다.

"그래그래, 이게 바로 한판이구먼. 주어진 판은 깨고 우리 무지랭이 니나(민중)들의 판을 한사위로 일군다는, 아, 그 한판. 그렇지 그렇구말구. 바로 니나인 우리들의 한판이구말구."

바로 그 얼김 통(바빠 헷갈리는 속)에서다. 버선발은 슬며시 그 춤판을 빠져나왔다. 그러고는 쫓기듯 발길을 서둘렀다. 한참을 달려와 텀뻬알(산모퉁이)을 막 돌아드는데 아까 만났던 그 할아버지가 언제 따라오셨는지 불쑥 옷 한 벌을 또 하나 내주신다.

버선발이 얼핏 일그러지던 낯빛을 얼떵(금세) 사리고는 "아까도 주셨는데 또 주시다니요"라고 하자 "자네가 춤을 추다가 떨구었던 것일세. 자, 받아."

"할아버지, 고맙습니다. 하지만 할아버지, 아까 저는 춤을 춘 게 아니구 아…아… 아니구요, 제가 살아온 몸서리였던 것 같은데요. 저는 춤이라는 걸 누구한테 배운 적이 단 한 술도 없었거든요."

"어허 그렇다니까. 춤이라는 게 제 삶, 제 한살매에서 나오는 바투(현실)요, 나아가 어기찬 꿈이지 누가 빚고 그것을 누구한테 일러주고 그러는 것인 줄 아나? 아니라구. 그러니까 자네야말로 타고난 춤꾼일세. 자네 나름으로 살아온 한살매를 하나도 남김없이 몸으로 빚고 판으로 일구었으니 자네야말로 한바탕 참짜 춤꾼이라니까."

사람이라는 것의 뜸꺼리

 우당탕우당탕 뛰는 가슴을 겨우겨우 부여안고 개암이가 기다리는 곳으로 다시 돌아온 버선발은 먼저 개울에 나가 가마솥을 부셨다. 솥에 물을 붓고 떡을 뜯어 넣은 다음, 삭쟁이 불로 끓이니 떡이 곤죽이 되어 풀떡풀떡.
 버선발은 깨진 바가지에다 그 머얼건 풀떡을 듬뿍 떠 개암이한테 먼저 내밀어주었다. 꿀꺽꿀꺽 마시는 품이 꼭 메마른 에미의 젖을 머리로 직끈직끈 받으며 빨아대는 젖먹이 같으다. 그런데 하는 말만큼은 마냥 어른스러워 버선발은 개암이의 한마디 한마디를 그냥 헤설피 듣질 아니했다. 곱씹어 들었다.
 "야 버선발, 너 이 솥 어디서 났니?"
 "엉 그거, 내가 밭일을 하고 계시는 할아버지를 도와드리

곧 '할아버지, 얼추(혹시) 먹다 남은 소돌치(눌은밥)라도 한 주걱 얻을 순 없을까요?'라고 했지. 그러자 소돌치가 남아 있는 솥을 통째로 빼서 주시더라고."

"그러니까 그 할아버지가 소돌치 한 주걱이 아니라 아예 할아버지의 속을 회까닥 다 빼주셨구나."

버선발은 개암이의 그 말이 꼭 우거진 솔밭의 바람소리처럼 쑤악 하고 머리칼을 곤두세우는 듯했다. 그래서 "야 너 그게 뭔 말이가"라고 물었다.

"사람들은 말이다, 빌뱅이가 찾아오면 식은 밥 한 술을 쪼개주고는 나누어주었다 그런다. 그것도 눈물겹게 아름다운 마음이긴 하다. 하지만 가난은 말이다, 가난이란 그렇게 새름(정)만 나누어서 풀리는 게 아니란 말이다.

그런데 한 술 식은 밥이 아니라 솥째 빼주신 것은 무어냐. 그건 가난은 함께 갈라쳐야 할 거친 수렁, 사람과 사람의 새름까지 삼키는 고얀 것들의 끔찍한 빨대, 그것을 그 뿌리부터 발칵 뒤집어엎어야 한다, 그런 뜻이란 말이다."

버선발은 그렇게 말하는 개암이의 말을 더더욱 알 수가 없었다. 그래서 더는 캐묻질 않았다. 그냥 말없이 주워 온 녹슨 도끼부터 돌멩이에 쓱쓱 갈았다. 한참 만에야 날이 서자 물푸레나무로 도끼 자루를 새로 해 넣고서는 아래께 소나무 숲으로 갔다. 쭉쭉 뻗은 것들만 골라 기둥감도 다듬고 서까랫감으로도 골라갖고 와서는 석석, 뚝딱뚝딱.

나무와 나무의 입을 고르게 맞추어 이름하여 통나무집을 얼기설기 엮었다. 이어서 지붕의 이응은 잎새가 넓은 도토리나뭇가지로 여러 겹이나 겹치고, 아무려나 널찍한 돌을 주워다 구들도 놓으니 그럴싸한 코촉집(방이 하나밖에 없는 집)이 되었다. 그 코촉집 뒤켠엔 언젠가 주워다 심어놓은 호박씨가 싹을 틔워 어느덧 기다란 넝쿨을 뻗고 있어 젠창(꽤) 그럴듯한 집의 울처럼 보였다.

버선발은 개암이를 난딱 안아다가 눌데(방)에다 뉘어주었다. 그랬더니 개암이의 얼굴이 마치 새벽 진달래꽃처럼 환하게 피어난다. 더구나 밤이 내려 흙으로 메꾼 나무 먹개(벽), 거기에 빠끔히 뚫린 틈새로 밝은 달빛이 들어오자 무언가 생각이 떠오른 듯 개암이가 입을 열었다.

"야 버선발, 너 사람과 짐승이 어떻게 다른 줄 아니?"

"몰라."

"너도 알고 있다시피 사람은 짐승과는 달리 맨땅에 집을 짓는 데 꼭 있어야 할 쓰레(쟁기, 도구, 기계)를 만든 거야. 그 슬기로 사람보다도 힘이 셀 뿐만 아니라 날랜 짐승들을 잡아먹기도 하고 부려먹기도 해왔지만, 알로(사실)는 거기서부터 사람은 짐승보다 더 고약한 짐승이 되어가고 있는 거라구.

 짐승들은 말이다. 한축(일단) 제 배지(배)가 부르면 더는 뚱속(욕심)을 안 부린단 말이다. 하지만 사람은 뺏을 건 다 빼앗아 먹고도 모자라 사람을 갖다가서 사람의 머슴으로 부리고 끝내는 사람을 죽여서라도 내 것을 더 만들겠다는 그 끝없는 뚱속이 짐승과는 마냥 다른 것이다.

 그러니까 사람을 사람답게 만들려고 하면 말이다, 아무려나 사람부터 바꾸어야 하겠지만 사람과 사람 사는 이 살곳(사람이 사람으로 살 만한 곳)을 따로 떼서 생각하면 안 된다. 사람과 함께 사람의 이 알곳(사람이 사람으로 살 수 없는 곳)을 아울러 바꾸어야 한단 말이다."

 버선발은 개암이의 말을 여기까지 듣다가 그만 가슴이 텅했다. 그래서 좀 더 깊이 새기기도 할 겸 슬며시 일어나 밖으로 나와버렸다.

 개암이가 버선발을 부르는 소리가 들렸다.

 "야 버선발!"

 버선발은 못 들은 척하고 아랫마을로 달려 내려갔다.

놈들한테 개암이를 빼앗기고

 아랫마을로 달려가는 버선발의 골빠구니에는 온통 뜨시끈뜨시끈한 개암이의 말따구로 가득 차 어절씨구 생각은 마냥 산뜻해지고 마음은 더없이 넉넉해지는 것 같았다. 그래서 아래께로 달려가는 버선발의 발길이 그렇게 가벼울 수가 없는데, 날씨는 자못 다르게 고약한 것 같았다.

 새녘(밝아오는 동쪽 하늘)은 아직 깊은 잠에 들어 있는데도 하늘에선 밤잠은 아니 자고 마냥 우릉우릉 꽝, 꽈다당 굵은 비가 한 방울 한 방울 나뭇잎을 쌔릴 적마다 후드득. 그 소리는 마치 어느 머슴집 막내 꼬마 하루거리(학질) 앓드키 으실으실 몸서리를 치게 했다.

 아랫마을은 아직 멀었는데 마침내 모가다비(폭우)로 퍼붓자 금세 도랑물이 큰 줄기가 되어 좔좔, 골짜구니와 넓은 들을 몽땅 쓸어 팡개친다. 하늘이라는 게 곧바로 뜨저구니(심술)인 듯싶었다.

 거기다가 아질아질한 시장기까지 버선발을 못 견디게 뒤흔들었다. 나도 이렇게 어질어질 괴로운데 우리 개암이는 얼마나 속이 뒤틀릴까. 그런데도 모를 일이다. 버선발은 괜히 사람 사는 마을이라는 데로 달려가기가 싫어졌다.

에라, 모르겠다. 여기저기 펄쩍대는 먹자구(개구리)라도 몇 놈 패대기를 쳐갖고 개암이한테 먹자구 멀턱죽(멀건 죽)이라도 쑤어줄까. 안 된다. 그것 갖고는 안 된다. 살넴(사람 냄새 물씬한 낟알 끓인 것)이라도 한 주걱 얻어 가야 개암이를 살리지 싶어 서둘러 달려왔지만서도 몸과 마음은 마냥 뱅글뱅글했다.

아, 또다시 어느 집엘 가 기웃거려본단 말인가. 금세 내키는 데도 없어 어느 낯모르는 집 처마 밑에 들어가 좍좍 쏟아지는 비부터 비키려고 했다. 하지만 거기도 사람들과 함께 짐승들까지가 바글바글. 그렇다고 다시 빗길에 나서기도 무엇해 어기적거리는데 어디선가 사람 살리라는 소리가 들려온다.

"저기 저것 좀 보세요. 오늘 시집가던 새색시가 꽃가마째 떠내려가고 있어요."

이런 소리가 들려오는가 하면 내 딸, 내 색시, 내 며느리 살려달라는 안간(있는 힘을 다한) 소리가 그 거센 빗소리를 시퍼런 칼날처럼 곤두세우고 있다.

버선발은 언뜻 개암이 생각을 하느라 마음까지가 뜨물에 빠진 쌩쥐 꼴이 되어 모든 게 다 아리까리했다(희미했다). 하지만 사람 살리라는 그 쭐이 타는(다급한) 소리만큼은 못 들은 체할 수가 없었다. 그래서 처마 그늘을 나서다가 에구머니 하고 입을 크게 벌리고 말았다.

거센 빗물에 떠내려가는 것은 시집가는 새색시의 가마뿐이 아니다. 이 마을 저 마을이 온통 통째로 떠내려가고, 사람뿐이랴, 소 돼지도 깜빡깜빡. 더구나 누르죽죽한 흙탕물에 떠내려가던 웬 젊은 아낙이 발을 구른다.

"아이구 내 새끼, 저녁도 굶긴 내 새끼. 남의 쌀뒤주를 훔쳐서라도 밥 한 끼만큼은 끓여먹였어야 하는 건데 저렇게 주린 채 휩쓸려가다니. 야 이 억은(잘못된) 놈, 말코 같은 하늘 놈, 네 이놈, 네놈도 목숨이 있는 놈이가, 엉? 숨을 쉬긴 쉬는 놈이냐구. 어쩌자고 배가 고프다고 밤새 울던 내 어린것을 그렇게 끔찍하게 집어삼킨단 말이가, 엉? 그 누구보다도 야싸한(모질고 끔찍한) 하늘 놈, 네 이놈…."

버선발이 듣기로 그건 바로 저녁도 못 얻어먹고 떨고 있는 어린 버선발을 몸서리치시던 엄마의 안간 떨림, 바로 그 울음이라. 온몸이 부들부들 떨리다가 끝내는 와들와들 떨렸다.

때박(순간) 버선발은 제 뿔대(분)에 못 이겨 미친 듯 굽이치는 훌떼(강, 강물)로 달려가 저도 모르게 한 발을 높이 들었다가 그냥 쿵 하고 들이밟은 것뿐이다. 그런데 난데없이 그 시커멓던 하늘이 반짝 부싯돌처럼 열리며 그 모진 비가 보라는 듯 뚝 하고, 이어서 쑤악 하는 소리와 함께 그렇게도 넘쳐나던 시뻘건 흙탕물 홀떼가 온데간데없이 사라지는 게 아니냔 말이다. 이에 비에 젖던 들녘도 놀라고 굽이치던 홀떼도 놀라고 날아가던 물새들도 놀라는데, 똑뜨름(역시) 사람들만큼은 샛노랗게 달랐다.

어떤 이는 바로 눈앞에서 허부적대는 남의 어여쁜 어린것들은 놔두고 떠내려가던 저네 새색시부터 업어 오는가 하면, 또 어떤 이들은 사람을 건져낼 생각은 아니하고 떠내려가다가 널브러진 소, 돼지, 개 새끼부터 끌고 오기도 한다.

또 둑이나 언덕에서 발을 구르던 사람들은 더더욱 여러 갈래였다. 난데없이 무릎을 꿇고는 "하눌님, 고맙습니다. 하눌님의 그 너그러우신 사랑이 마침내 우리 딸을 살렸습니다. 뿐만 아니라 마을도 살려주시고 여러 짠(천) 해 동안 피땀으로 일구어온 기름진 밭이 깔깔한 모래밭으로 쌔코라지는(망가지는) 걸 살려주셨나이다. 고맙습니다, 하눌님. 우리들은 하눌님의 그 크신 끼국(은혜)을 목숨으로 갚겠사옵니다. 암, 반드시 갚겠사옵니다. 하눌님… 고맙습니다, 고맙습니다, 하눌님."

버선발은 어절씨구 그 무진(어지러운) 골빠구니가 또다시 왱 했다. 하눌님이 살려냈다니, 아 그렇구나, 사람들은 모두 제 생각대로 말을 하는구나, 그렇게 여겨졌다. 그러나 그런

낌새를 낯빛으로는 전혀 내비추질 아니했다. 그냥 덤덤히 이따위 나무들이 빼곡히 우거진 언덕께로 꺾어드는데 웬 아저씨가 앞을 가로막으며 팔을 내민다.

"이건 찰수수 한 오큼이오. 자 받아요. 얼추(혹시) 찾는 소돌치(눌은밥) 한 주걱보다는 낫질 않을까 싶어서요."

버선발은 대뜸 가슴이 뭉클, "고맙습니다, 아저씨" 그러는데 눈앞이 트릿했다(가물가물 흐릿했다). 그래서 일부러 발길을 서둘러 '저 사람이 얼추 내 발구르기를 엿본 건 아닐까' 그러면서 손수 지은 통나무집을 언덕 위에서 내려다보다가 아이구야, 가분재기(갑자기) 뉘희깔(눈)이 모로 꼬나박혀버리고 말았다.

그야말로 어영차 지은 그 통나무집이 한 줌 잿더미가 되어 모진 샛바람에 횡횡 날리고 있질 않는가 말이다. 하늘이 무너진다더니 참말로 하늘이 팍삭 꺼진 듯싶었다. 더군다나 개암이가 보이질 않아 버선발은 미칠 것만 같았다. 얼추나 해서 잿더미를 뒤져보았다. 잿더미 속엔 타다 남은 숯불만 바람에 이글거릴 뿐 개암이는 보이질 않았다. 버선발은 참말로 넋살(정신)을 잃고선 개암이를 거퍼 불렀다.

"개암아, 야… 개…암…아…."

개암이를 찾아 미친 듯 텀(산) 고랑마다 뒤지고 낭떠러지란 낭떠러지는 죄 찾아 오르내렸지만 그 불쌍한 개암이의 자락은 그 어디에도 없었다.

마침내 마루턱에 올라 개암이를 부르고 또 부르다가 버선발은 문득 '우리 개암이는 내가 죽였구나'라는 몸서리가 오싹했다. 내 손으로 살려야 할 애를 내가 죽인 꼴이 되었으니 내가 산다는 게 뭔 뜻이 있겠는가.

버선발은 갑자기 죽어야겠다는 생각이 들어 깎아지른 낭떠러지에 올라 엄마한테 마지막 말월(말로 하는 글월)을 목이 메어 띄웠다.

엄마한테 띄우는 마지막 말월

"엄마, 나 버선발이야. 엄마도 나하고 말매(약속)한 대로 어딘가에 살아는 있지? 그래, 나도 엄마하고 말매한 대로 아직은 살아는 있어. 근데 엄마, 나는 더는 엄마하고 맺은 말매대로 살아갈 수가 없을 것 같애, 엄마. 오늘 엄마의 아들인 내가, 내가 말이야, 난 죽어야만 할 것 같애. 그래서 마지막으로 엄마한테 한 말씀 올리는 거야.

글쎄 내가 사람을 죽였단 말이야. 엄마, 아랫마을에 살던 개암이 알지. 갸를 내가 죽였단 말이야.

고얀 놈들한테 머슴으로 부려지던 갸가 크게 다쳤었어. 두 다리가 부러졌단 말이야. 그런데 갸를 살릴 생각은 아니하고 갸를 갖다가서 한술 빠지면 도통 헤어 나올 수가 없는 갈대늪에 갖다 버렸어. 거기서 끝배는 죽고, 개암이만 살아났는데 어떻게 살아났는 줄 알아? 봄에는 피라미, 여름에는 거기에 득실대는 거머리, 모기 따위를 잡아먹고, 가을에는 갈대를 씹고, 꽁꽁 얼어붙는 겨울에는 갈대를 꺾어 까래와 덮개로 해서 살아났대.

그러니까 갸는 그 어떤 꾸리(기적)로 살아난 게 아니야, 엄마. 갠 목숨 아닌 것들과 맞싸워 참목숨인 살티를 일군 제보기(본보기)였단 말이야. 그런 애를 내가 지켜내질 못하고 놈들에게 다시 빼앗겼으니 내가 무슨 낯짝으로 살아가겠어. 살아 있다고 하더라도 내가 엄마를 모시려고 하면 사람이 사람으로 살 수가 없는 이 얄궂일랑은 그냥 뒤집어엎어버리고 사람이 사람으로 살 수가 있는 살곳을 만들어야만 하는 건데….

참말로 무시무시한 죽음을 이겨낸 우리 개암이. 갸의 목숨마저 보듬질 못했으니 내가 어떻게 엄마를 기다리겠어. 무슨 낯짝으로 말이야. 내가 죽는 게 엄마를 살리는 것 같애. 엄마, 그러니까 살아 있는 나를 더는 기다리질 마, 엄마. 사람이 산다는 것이 무엇인지를 이제야 겨우 깨우친 이 아들놈을 생각해봐, 엄마. 그보다도 더 떳떳한 한살매(일생)가 어디 있겠어. 서운하게 생각하질 마, 엄마. 엄마 사랑해, 어딜 가나 엄마 사랑해. 참말로 아주마루(영원히) 사랑해, 엄마. 참말이라구, 엄…엄…엄마아…"

회까닥 돌아버린 버선발

 엄마한테 띄우는 마지막 말월(말로 하는 글월)을 끝내고 가파른 낭떠러지를 내려다보던 버선발은 눈시울이 파르르 떨렸다. 어디선가 날아오던 가랑닢 하나가 펄럭이다가 이내 자죽도 없이 사라지는 모습이 눈에 들어왔던 것이다.
 '아… 그렇구나. 떨어지는 것들은 모두 저렇겠구나. 나도 눈을 딱 감고 몸을 앞으로 기울이기만 하면 그만이라고.'
 발뒤꿈치를 막 들려고 하는 바로 그 때박(순간)이다.
 을씨년스러운 바람만 수엉대는 저 까마득한 아래께에서 한 아낙의 안간(있는 힘을 다한) 설운내(비명) 소리가 가냘프게 들려왔다. 그것은 모든 하제(희망)가 목이 마르고 또 마르다가 마지막 남은 서러움마저 안개처럼 번지는 듯한 그런 설운내 소리라 더더욱 몸서리가 쭈뼛했다.

"이봐요. 이 땅별(지구)에 이렇게도 사람이 없는 겁니까? 사람 같은 사람이 그렇게도 없느냐구요. 사람 좀 살려달라구요. 나는 내버려두고 한 살밖에 안 된 내 아들, 내 아들놈을 좀 살려달라구요, 네? 누구 없냐구요. 사람, 사람 좀 살려달라구요."

뭐라구? 한 살밖에 안 된 내 아들놈 좀 살려달라는 소리가 어찌나 뭉클했던지 버선발은 떨어져 죽어야겠다는 생각은 그만 까마득히 잊고는 무턱대고 아래께로 달려 내려갔다.

한참 만에 그 깊은 골짜구니에 다다르니 웬 피비린내가 목덜미를 까뒤집는 듯 니글니글 메스꺼웠다.

이 외로운 골짝에 웬일인가 하고 살펴보노라니 또다시 "이렇게도 사람이 없느냐구요. 사람 좀 살려달라구요. 나는 내버려두고 한 살밖에 안 된 내 아들, 내 아들 좀 살려달라구요, 네?" 어찌나 안타깝게 울려오던지 버선발은 또다시 등골이 오싹. 그 소리가 나는 아래께로 미친 듯 달려 내려가질 않고선 배길 수가 없었다.

헐레벌떡 다가가는데 웬일로 콧날이 팽, 무언가 썩는 냄새가 더욱더 속을 훌렁 까뒤집는 듯했다. 이 깊은 텀골에 무어가 이리 썩는 냄새일까 하고 발길을 옮기다가 이참에야말로 털썩 가슴이 내려앉고 말았다. 하나둘이 아니다. 자그마치 여러 짠(천)도 더 되는 사람들이 그야말로 끔찍하게 널브러져 있다.

에구야… 끔찍도 해라. 어떤 이는 목이 뎅겅 나가 있다. 또 어떤 이는 아뿔싸, 허리가 철컥 두 동강이 나 있고, 또 어떤 이는 차마라는 말밖에 아니 나왔다. 두 다리와 두 팔이 잘렸지만서도 차마 눈을 못 감고 있는 그 눈자위에 쉬파리 두 놈이 앉아 무언가를 속삭이고 있다.

바로 그 옆에서다. 돌잡이쯤 되는 꼬마가 피투성이로 울고 있는 것을 보고는 가슴이 그냥 억해(기가 막혀) 대뜸 소맷자락을 찢었다. 그 헝겊으로 어린것의 상채기를 둘둘 감아 한축(일단)은 피를 멎게 해주었다.

또다시 제 바짓가랑이를 찢어 칼 맞은 그 애기 엄마의 상채기를 감싸주노라니 나직한 아낙의 괴로움이 눈물겹게 삐져나온다.

"아…저…씨…."

버선발은 놀랐다. 나는 아직은 애지, 아저씨가 아니라는 생각에 "저… 저는 아저씨가 아… 아니…" 그러다가 말꼬리를 화들짝 뺄 수밖에 없었다. 그 아낙의 괴로움이 너무너무 숨가쁘게 이어졌기 때문이다.

"아저씨, 주린 배를 죽어라 하고 움켜쥐고 이 땅별에서 가장 처진 한구석, 그 아무도 발길이 안 닿는 꼬지꼬지 처진 온통 자갈밭을 내 손으로 겨우겨우 일구어 씨를 뿌려 살겠다는 것도 사갈 짓(범죄)이 되는 건가요."

버선발은 이 말에 그만 목이 콱 막혀 입은 열었으되 차마 말이 안 나왔다.

'다만 우리 엄마와 똑같은 말을 하시는 엄마는 저렇게 칼을 맞는가 보구나.'

그런 생각이 들자 버선발은 얼핏 그 자리를 비키고만 싶었다. 그런데 그 아낙의 말이 사뭇 어줍지 않은 버선발에게 얼싸 꾸짖듯 달겨 붙든다.

"아저씨, 그 내 거라는 게 무엇입니까. 그 내 거 때문에 남이 일군 땅을 어거지로 빼앗았으면 그만이지 어째서 사람을 죽이되 일을 해야만 입에 풀칠이라도 하는 사람들의 팔다리를 어쩌자고 뎅겅뎅겅 잘라 죽이는 겁니까. 그러니까 그 네 거 내 거로 되어 있는 이 사람 사는 곳이라는 데가 몽땅 도둑놈들의 얄곳(사람이 사람으로 살 수 없는 곳)이 아니겠냐구요, 네? 아저씨…."

이와 엇비슷한 말은 언젠가 개암이한테서도 들은 적이 있었다. 모든 도둑의 뿌리는 그 내 거라는 데 있다는 뜻말 말이다. 퍼뜩 그런 생각이 겹쳐오자 버선발은 가분재기 등때기의 솜털이 뾰족한 바늘처럼 곤두서는 것을 느꼈다. 그래서 이참에야말로 모르는 체 막무가내로 돌아서려고 하는데 그 아낙이 비칠대는 버선발의 눈길을 또다시 부여잡는다.

"아저씨, 저기 있는 내 젖먹이를 나한테 좀 안겨줄 순 없을까요?"

"그거라면…."

버선발이 얼핏 피투성이의 그 어린것을 난딱 안아다 주니 아낙이 그 어린것한테 젖을 물리며 하는 말, "어서 먹거라. 이 에미의 마지막 젖 한 방울까지 다 빨아 먹고 어떻게 하든 너는 살아나거라. 이 에미는 죽더라도…."

그러고는 한없이 눈물범벅이다가 또 말을 이어가는데 이렇게 이어간다.

"하지만 아저씨, 이내 말씀(화두) 하나만큼은 사람들한테 꼭 이어주실 순 없겠어요? 이 못난 에미는 그래도 마지막까지 남은 젖 한 방울, 이 에미의 마지막 눈물 한 방울까지도 모두 이 어린것한테 다 물려주고 가더라는 말, 그 말… 그 말…."

그러더니 스르르 눈을 감는다. 이어서 그 어린것도 이내 빨던 젖을 물리더니 철렁 고개를 떨구고.

아… 아… 그 눈물 젖은 설운내, 아니 그 안타까운 끓탄(비극)에 버선발은 아주 회까닥 돌고 말았다. 그래서 미친 듯이 외치고 다니지 않을 수가 없었다.

"사람들이여, 내 말 좀 들어보소. 오는 세 달(삼월) 첫하룻날(초하룻날) 새벽에, 애든 어른이든 아니 있는 놈이든 없는 놈이든, 어쨌든지 사람이라고 하면 다들 작대기 하나씩만 들고 바닷가로 나와 한 줄로 서시오. 그리하면 곧 그 바다를 없애 몽땅 땅을 만들 터이니 그 누구든 제 마음껏 달려가 그 작대기를 꽂기만 하면 거기를 제 땅이라고 쳐주겠나이다."

한바탕 하늘과 땅을 회까닥

이런 나발(소문)을 떠들고 다닌 지 이레째 되는 날부터다. 사람들의 말뜸(화두)은 몽조리 저 널린 바다가 대뜸 땅이 될 거라는 새뜸(새 소식)을 두고 왁자지껄했다.

어떤 놈은 "그 녀석 그거, 제놈의 거짓말이 잘 안 먹혀들었던가 부지. 거짓말치고는 너무나 터무니없는 나발을 불고 다니는구먼."

또 어떤 이는 이렇게 이죽대기도 했다.

"아니다. 그놈은 거짓말쟁이가 아니다. 얄궂은 벼슬아치일 거다. 일을 해도 해도 살 수가 없고 사람을 만나려고 해도 사람 같은 건 단 하나도 없이 몽땅 거짓말쟁이들뿐이라, 견디다 못한 니나(민중)들이 발칵 들고 일어나려는 오늘의 이 쾟쌍(위기)을 엉뚱한 데로 돌려 김을 빼려는 속임수일 게 틀림없다. 그도 아니면 매우 엉뚱한 놈이 놀투(장난)를 놀아나고 있는 거라. 바로 이런 때에 참짜 나라라는 게 나서야 한다. 나서갖고 그놈을 잡아다가 다섯 갈래로 갈기갈기 찢은 다음, 말똥가리나 처먹으라고 텀 고랑 아무 데나 내던져버려야 한단 말이다. 암, 그래야만 하고말구."

하지만 이와는 사뭇 다른 말뜸(문제의 제기)도 자자했다. 어떤 말뜸이더냐.

아무튼지 이참(지금) 우리들이 살고 있는 이 땅에는 두 가지 밴발(국경) 때문에 살 수가 없다. 모든 사람, 모든 짐승의 살터인 이 어엿한 땅별(지구)에다 제멋대로 쳐놓은 내 나라라는 밴발이 그것이오, 또 하나는 그 밴발 안에서도 또 네 거 내 거라는 밴발이 꽁꽁 빈틈없이 쳐져 있어 살 수가 없는 사람들의 바람을 엇비춘 꼭짓(점)이 없는 건 아니니 어디 한술(한번) 두고 보자.

어찌 되었든 참말로 세 달 첫하룻날 새녘(동쪽 하늘)이 터

오자 그 한없이 쭉 늘어진 바닷가로 사람들이 몰려들 오는데 그건 그거야말로 안타까운 여러 해 가뭄에 한바탕 비를 머금은 떼구름이지 딴 게 아니었다.

덧없이 수군대는 사람은 단 한 사람도 없었다. 헷기침하는 사람도 하나 없고. 그렇다고 한 술쯤 속아도 괜찮다는 이죽으로 투덜대는 이는 그 어디에서도 삐져나오질 않았다.

그저 긴가민가해 모두가 가쁜 숨을 죽이고들 있는데 갑자기 바닷가 한 모퉁이에서 '얼러라' 하는 소리에 이어 떵~ 하고 무언가가 울렸는데 그건 쌤말(단언)컨대 북소리는 아니었다. 누군가가 그 큰 바다를 마치 북으로 삼아 딱 한 술 짓찧는 발길질 소리 같았다. 아무튼지 그 발길질이 얼마나 되쌌던지 그 너른 바닷물이 쏜살보다 더 빠르게 쏴 하고 날아가버리는 게 아니냔 말이다. 그러니 어더렇게 되었을까.

어더렇게 되긴. 그 큰 바다가 짜배기(진짜)로 회까닥 없어져 땅이 돼버리고 말았다.

읍내 소리와 함께 거꾸로 시껍먹은 버선발

그러자 와~ 하는 읍내 소리(배 밑에서 우러나오는 소리)와 함께 그야말로 작대기 하나씩만 든 헤일 수도 없이 많은 사람들이 달려들 가는데 그건 이 땅별(지구)이 빚어진 뒤, 아니 사람이 이 땅별에서 살아오게 된 뒤로 처음 있는 한판. 아니다, 그야말로 맘판이라고 아니할 수가 없었다.

석 달 열흘 내리 몰아치는 비바람이 제아무리 거센들 이에 견줄 수가 있을까. 없었다. 그따위 비바람쯤은 들락(문)에 매달린 쇠젓(종)이나 땡땡 울리는 마파람이지 택도 없었다.

그러면 바다 밑 쌈불(화산)의 불덩어리가 모두 한꺼술에(한꺼번에) 와장창 터지는 꼴이 이에 맞설 수가 있었을까. 어림쪽도 없는 소리, 그것쯤은 애들 소꿉놀이에 지나지 않았다.

와~ 하고 내지르며 달려가는 사람들, 달려가다 엎어져도 웃으며 일어나 또다시 달려가는 사람들…. 그야말로 맘판, 그렇다 맘판이 아니곤 그 어기찬 들뜸을 딴 낱말로는 꺼이(감히) 내둘(표현)할 수가 없었다.

참말로 이 이야기를 귀로 듣고 눈으로 읽고 보는 여러분, 맘판이란 말을 채 잊진 않으셨겠지요. 그렇다, 그 한판은 말 그대로 맘판이었다. 거짓말이나 나불대는 것들은 단 한 놈도 오를 수가 없는 다락(경지), 제 마음껏 즐기고 제 성깔껏 풀어대는 아, 맘판. 그 웃음은 곧 하늘 가득한 함박눈이요, 그 기지개는 끝없는 하늘을 끝없이 나래치는 구름떼, 아니다, 하

151

늘과 땅이 왕창 뒤바뀌는 회까닥(천지개벽) 같은 맘판이지 딴 게 아니었다.

이에 모처럼 입가에 웃음이 스친 버선발은 모르는 척 그 너른 땅덩이에 슬며시 낑겨들다가 아뿔싸, 기껍기는커녕 그만 사갈사갈 시껍먹고 말았다. 웬 곱상한 젊은이 하나가 그 끝이 없는 땅덩이의 맨 가녘, 바다굴과 조갑지 껍질 따위가 다닥다닥한 쪼매난 바위 모서리에서 꼼지락거리는 것이 눈에 띄었기 때문이다.

버선발은 슬며시 다가가 시치미를 뚝 떼고 말을 걸어보지 않을 수가 없었다.

"아니, 여보시오 젊은이, 젊은이는 어째서 저 한없이 뻗은 땅덩이는 모두 그냥 내버려두고 그 쪼매난 바위 모서리에서 굴을 따는 애들처럼 그렇게 꼼지락대고 있는 거요. 저 끝이 없이 열린 널땅(대지)으로 한숨쯤 기지개를 쭉 펼쳐보시질 않으시고…."

그러자 그 젊은이의 의젓한 맞대에 버선발은 그만 뒤통수를 한 대 좋이 주어맞은 것처럼 온몸이 뱅뱅했다. 뭐라고 했더냐.

"네, 저는 바로 여기다가 우리 엄마가 그렇게도 갖고 싶어 하시던 장독대를 하나 만들어드리려고 하는 겁니다."

"아니 여보시오. 그러려고 하더래도 집터부터 먼저 잡아놓고 그 뒤꼍에다 장독대를 마련하는 게 제벌(순서)이 아니겠습니까."

"아니올시다. 저의 집은 저 아랫마을에 하나 있습죠. 비록 우리 알범(주인)의 땅 위에 지은 코촉집이긴 하지만서도 집이라는 건 제가 살다가 가면 됐지 반드시 제 땅 위에 지으려고 하면 그 땅을 아주마루(영원히) 차지하려는 쓸데없는 뚱속(욕심)이 아니겠어요."

"그럼 장독대는요?" 하고 버선발이 다그쳐 묻자 "장독대는 아주 다르지요. 장독의 간장, 고추장, 된장, 그것들은 그 어느 것이 됐든 밥을 먹고자 하는 이들 모두의 건건이(반찬)라. 우리 엄마가 말씀하시드라구요. 장독대가 서 있는 그 자리는 내 것도 네 것도 아니라고."

버선발은 그만 가슴이 벌커덕 했다. '그 엄마에 그 아들'이란 이런 젊은이를 두고 한 말이었구나 그런 생각을 하며 가는데, 이참엔 웬 아저씨가 작대기를 여기도 꽂고 저기도 꽂고 돌아가 바짝 다가가 물어보지 않을 수가 없었다.

"아니 아저씨, 아저씨는 무엇을 하시려고 그렇게 많은 땅을 차지하시고 있는 겁니까."

"아, 보면 모르시오? 나는 이참(지금) 널밭(농장)을 하나 차릴 참입니다. 나는 텀뻐알(산모퉁이)의 짜투리 땅 따위로는 썽에 안 차는 사람이란 말이오. 그래서 커단 널밭을 하나 만들어갖고 머슴도 부리고 또 그 머슴 놈들을 다룰 마름도 부리며 떵떵 치려고 이러는 겁니다."

버선발은 아저씨의 그 말에 하마터면 눈깔이 모로 곤두박힐 뻔했다. 사람이 사람을 부리는 머슴이라는 게 모두 서로 내 거라고 땅을 차지하는 것 때문에 이루어지는 막발(마구잡이)이다. 그래서 모든 사람들에게 땅에 얽힌 한을 화들짝 제 씽껏 풀어줌으로써 머슴이라는 틀거리(제도)를 아예 송두리째 없애려고 바다를 땅으로 만들었거늘. 뭐? 그런 땅에다가 제 널밭을 만들어 또다시 머슴을 부려먹겠다고?

사람이란 참말로 알 수가 없구나. 그래서 한마디 하려고 미기적대는데, 그 아저씨가 먼저 말머리를 잡고 나서는데 이렇게 나선다.

"왜, 내가 만들고자 하는 널밭이 마음에 안 들어서 그러시우? 그러면 이렇게 넓고 넓은 땅을 어떻게 누가 다 일군단 말이오. 배포가 커 사람을 부릴 줄 아는 이들이 나서야 되는 게 아니겠어요. 나 원 참 괴난(괜한) 꼴도 다 보겠네. 어서 가슈. 이 내 팔뚝으로 젊은이의 다리몽뎅이를 앙짱(박살) 내기 앞서서 꺼지라니까. 꺼져 이 새끼야. 안 꺼져?"

버선발은 놀라진 않았다. 하지만 메마른 가슴일망정 짐짓 여며져 못 들은 척 씁쓸이(아무렇지도 않은 것처럼) 돌아설 수밖에 없었다.

아 내가, 내가 크게 사갈 짓을 저질렀구나

 아, 사람의 꼴새, 사람의 됨됨이라는 게 참말로 크고 작은 텀줄기(산줄기)보다도 더 들쑥날쑥하구나, 그런 생각을 하면서 가는데 웬 아저씨는 아들딸, 핏줄의 여덟결(팔촌), 이를테면 핏줄이란 핏줄들일랑은 몽조리 다 데불고 나와 여기저기 작대기를 꽂고 있다.
 버선발은 그 노리는 바가 자못 못 미더워 묻지 않을 수가 없었다.
 "아니 아저씨, 아저씨는 어떻게 그렇게 온 밥네(식구)들이 다 나서 여기저기 작대기만 꽂고 다니는 겁니까."
 이때 그 아저씨가 꼬나보는데 그 눈은 갈데없는 짤눈이다. 사람을 잡되 까닭 없이 맨으로 잡는 그 짤눈마저 똑바로 곤추 박으며 하는 말.
 "왜 그러슈. 그대는 얼추(혹시) 개망나니 벼슬아치 아니오?

이 너른 바다를 땅으로 만든 다음, 제 힘껏 달려가 작대기만 꽂으면 제 것으로 쳐준다고 해서 여기저기 작대기를 꽂고 있는데 그까짓 사람이나 잡는 개망나니가 무슨 되바라진 벼슬이라고 이 너른 땅 여기까지 와서 아낚시(안다리걸기)를 걸고 나서는 거요. 그게 무슨 쥐뿔 난 쥘락(권력)이라고 얼씬대는 거냐구요."

버선발은 자기를 두고 사람 잡는 벼슬아치 개망나니라고 하는 소리에 놀라 돌아섰다기보다는 대뜸 풀어야 할 꼬나(오해)라고 생각돼 냉큼 맞대를 해주었다.

"아니올시다. 저는 되바라진 벼슬아치도 아니구요, 그렇다고 사람 잡는 개망나니는 더더욱 아닙니다. 그저 지나다가 한술 물어본 것뿐입니다. 저렇게 넓디넓은 땅은 다 무엇에 쓰려고 그러시는가 하고 제 고개가 제멋을 잊은 채 그냥 빼뚤해졌었거든요."

그렇게 맞대를 하자 마치 기다렸다는 듯한 날선 송곳이 쌩 튕겨 왔다.

"보면 모르오? 나는 이참(지금) 나라를 하나 만들려고 이러는 거요, 새 나라."

그 말에 버선발은 언뜻 등때기가 섬찟해 되받아치지 않고는 배길 수가 없었다.

"아니 아저씨, 나라라니요. 우리나라가 따로 있는데 또 나라를 만드신다니…"

그렇게 말끝을 채 맺지도 않았을 적이다. 그 아저씨가 버선발을 마치 돌림배지기처럼 난딱 끌어안더니만 뱅글뱅글 돌다가 냅다 패대기치듯 말을 내뱉되 홱 뱉어낸다.

"아니 여보시오, 우리나라라니. 그게 임금의 나라요, 그와 한축(한패)인 떼돈꾼의 나라지, 어떻게 그게 우리나라란 말이오. 거기에 나는 왜 갖다가서 우거지처럼 낑겨 넣는 거요. 아따 그러고 보니 젊은이 야싸한(모진) 게잡이(정보원, 정탐꾼)로구먼. 어서 가시우, 다시는 여기서 얼씬대질 말란 말이우. 오늘부터 여기는 내 나라란 말이오. 글을 잘하고 칼도 잘 쓰는 이들을 떡허니 내 무릎 아래에 거느리고는 내 마음대로 쥐락펴락하는 내 나라의 임금을 내가 하겠다는데 그대는 뭔 줼락으로 댄투(반대)하는 거요. 꺼지시오, 어서 꺼져요. 대갈빼기를 악살, 박살 내기에 앞서 어서 꺼지라니까."

뉘휘깔(눈)에 흰자위만 내밀어갖고 우겨대는 으름장을 받고 나자 버선발은 왜 그런지 그 넓은 들을 다시는 쳐다보고 싶지도 않아졌다. 그래서 비실비실 쫓기는 사람처럼 어기적거리는데 웬 할아버지가 작대기는 아니 꽂고 바닷물이 빠져나가다가 검부러기에 막힌 물꼬를 다시 트고 있다. 버선발은 너무나 제 뜻 같질 않아 물어보지 않을 수가 없었다.

"아니, 할아버지께서는 거기서 뭔 물꼬를 다시 트고 계신 겁니까?"

"거 몰라서 묻는 거요? 바닷물이 다시 들어올 수 있도록 해보는 겁니다."

"바닷물을 다시 들어오게 하다니요. 사람들이 바다를 없애고 땅을 만들었다고 저리들 좋아들 하는데."

버선발이 이렇게 말을 하자 그 할아버지가 주섬주섬 다가서더니 "여보시오, 거 넋살(정신) 좀 바로 하시우. 이렇게 바다를 없애버린 건 바다의 목숨을 죽인 겁니다. 바다를 사는 그 숱한 물고기들과 바다 물풀들을 다 죽이고, 나아가 이 바다를 살던 고기잡이들과 뱃사공들도 죄 죽이고. 다시 말하면 마땅쇠(결코) 죽여서는 안 될 이 누룸(자연)을 죽인 내주(용서) 못할 사갈(죄)을 저지른 겁니다, 사갈… 알겠어요? 언젠가는 그놈을 갖다가서 목을 치되 한두 술(번)만 쳐선 안 될 겁니다. 그저 열 토막, 스무 토막, 아니 서른 토막, 발(백) 토막으로 앙짱(박살)을 내야지. 그리하여 다시 살아난 바닷고기의 한 끼 밥이 되도록 바다에 처넣어야 한다구요, 알겠어요?"

그 말에 버선발은 씁쓸이 돌아설 수밖에 없었다. 나를 두고 고맙다고 하기는커녕 도리어 내주 못할 사갈 놈(죄인)이라니…. 나는 사갈 짓(범죄)을 할 생각은 요만큼도 한 적이 없어 왔다. 그런데 아 이럴 수가, 속절없이 걸어가는데 눈 아래에 야트막한 톳(바다풀)처럼 밟히는 게 있다.

찬찬히 보아하니 다섯 살쯤 되어 보이는 꼬마 가시나와 일곱 살쯤 돼 보이는 꼬마 가시나, 그리고 아홉 살쯤 되어 보이는 꼬마 가시나, 이렇게 세 언애(형제)가 웬일로 머리카락이 하얗게 세어갖고, 짜배기(진짜)로 늙어서 머리가 하얀 할머니 한 분을 뺑 둘러싸고 울고 있다.

그 모습이 너무나 엔간칠 않아 "얘들아, 너희들은 아직 어린 세 언애들이 아니더냐. 그런데 어찌해서 머리가 그렇게 하얗게 세어갖고 그렇게도 슬프게 울고 있는 거냐."

그렇게 물은 것뿐이다. 그런데 대뜸 꼬마의 말살(입으로 된 화살)이 날아와 버선발의 가슴에 확 박히되 마치 모닥불에 시뻘겋게 달궈진 쇠꼬치처럼 팍 꼬라박힌다.

"이게 다 버선발 아저씨 때문이 아니겠어요?"

"아니 내가 너네들의 머리를 언제 그렇게 하얗게 세게 했다는 거냐. 무슨 말을 해도 어째 그렇게 하는 거냐구."

"그걸 몰라서 되묻는 겁니까?"

"아니 내가 되묻는 건 그게 아니어서 그러는데."

"무슨 말씀을 그렇게 하시냐구요. 아저씨가 이 너른 바다를 땅으로 바꾸면서 뭐라고 하셨어요. 누구든 작대기 하나씩만 갖고 나와 제 힘껏 달려가 여기다 싶은 곳에 그 작대기를 꽂기만 해라. 그리하면 그 땅을 마음대로 부쳐 먹을 제 땅으로 쳐주겠다 그랬잖아요."

"그야 그랬지. 그런데?"

"그래서 우리들도 신이 나 달려가 바로 여기다 싶은 곳에 작대기를 꽂으려고 하면 '아, 거긴 벌써 내 거 내 땅이다, 딴 데나 가보거라' 그러는 겁니다. 하는 수 없이 딴 데를 가보아도 달리기를 잘하는 사람들이 모두 차지했다고 그러고.

우리처럼 늙으신 할머니를 모시고 사는 힘없는 애들은 땅이 저렇게 한없이 넓게 열려 있는 듯하지만 이 작대기 하나를 꽂을 데가 없었습니다. 가도 가도 몽땅 네 거 내 거였습니다. 그래서 땅 한 줌을 차지하지 못하고 더구나 커보지도 못하고 이렇게 겉늙어버렸으니 이게 다 누구 탓이겠냐구요. 바로 버선발 아저씨 탓 아니겠어요.

아저씨, 그 좋은 힘을 가지고 참말로 쓸 데 가서 쓰시라구요. 힘이 세고 뚱속(욕심)에 찬 놈들만 몰아 살 수가 있는 고얀 벌개(사람 못 살 지옥)만 또다시 만들질 마시고.

에이, 난 버선발 아저씨가 미워. 버선발 아저씨의 말만 믿다가 우리들은 이제 여기 이 아득한 들에서 힘이 다해 오도 가도 못하고 죽게 되었으니…. 우리 할머니는 너무나 힘이 다하셔서 더는 걸을 수도 없고, 우리 꼬마 세 언애도 허리, 다리, 어깨가 모두 퉁퉁 부어 꼼짝달싹도 할 수가 없고.

땅을 먼저 차지한 사람들은 예나 이제나 이웃은 아랑곳도 아니하고 저저끔(서로) 한 뼘의 땅이라도 더 가지려고…. 저것들 좀 보세요, 서로 패고 죽이고 벅적거리는 걸 보시라니까요.

버선발 아저씨는 사람들을 내 거밖에 모르는 뚱속쟁이(욕심꾼), 그 때문에 사람을 갖다가서 저렇게 사람을 죽이는 때갈꾼(죄인)으로 만들었다구요, 때갈꾼."

버선발은 이 말에 그야말로 어절씨구 하염이 없었다.

'아… 내가 참말로 큰 사갈을 저지르긴 저질렀구나.'

그런 생각이 들자 더는 미기적댈 수가 없었다.

그래서 눈 딱 감고 뛰었다. 뛰되 성큼성큼 뛸 수도 없었다. 그리하면 땅이 꺼질세라 저 멀리 아득한 언덕 너머 또 그 너머까지 걸음아 날 살려라 하고 냅다 빠르게, 하지만 콩다콩 뛰질 않고 살금살금 뛰었다.

버선발의 한숨

버선발이 한 해 내내 뜨겁기만 한 이곳 바다 한가운데까지 와서 하는 짓이라곤 들입다 한숨만 쉬는 거, 그 짓밖엔 없었다. 어쨌든지 그 다할 줄 모르는 한숨 주머니만을 안고 어떻게 이 넓고 넓은 바다의 한복판, 외로운 섬까지 왔는지는 알 수가 없었다.

하늘에서 쏟아지는 햇살은 그냥 뜨겁기만 한 것이 아니다. 후끈 단 아궁이의 불을 그냥 통째로 쏟아붓는 듯 지글지글 뜨거웠다. 그렇게 달구어진 모래밭, 그 위에 높이 솟아 있는 뜨거운 땅의 나무들이 어쩐 일로 누웠다 일어났다 마구잡이 춤을 추고.

그럴 적마다 나무 위에서 놀다가 곤두박질을 친 잰나비(원숭이)들이 뿔대(화)가 난 듯 둥근 박처럼 되어먹은 열매를 버선발한테 냅다 집어던진다.

'에끼 이 개새끼, 이거나 처먹어라.'

뻑 또 뻑. 아마도 버선발이 한숨을 내뱉을 적마다 그 김이 어찌나 되쌌던지 그 덩메(덩치) 큰 나무들이 통째로 누웠다 일어섰다 하는 통에 뿔대가 돋친 잰나비들이 버선발한테 수박 통만 한 나무 열매를 던지는가 보았다.

뻑 또 뻑. 이에 버선발은 눈탱이가 팅팅 붓고 어깨박죽에 피멍 든 자국이 하나둘이 아니었다. 그래도 버선발은 하나도 고깝지가 않았다. 따라서 그 잰나비들을 비키고 싶은 생각도 없었다.

　발술(백번)을 갈겨보아라. 이제 내가 할 수 있는 건 단 하나, 한숨밖에 더 있다더냐. 때문에 네놈들의 뿔대가 솟구쳐 나를 때려죽인들 이 안타까운 한숨을 내 어찌 거두겠는가.

　이리하여 버선발은 그칠 줄을 모르는 그 한숨을 쉬고 또 쉬며 웅얼댔다.

　'하긴 내가 어리석긴 어리석었다. 내가 바보 멍청이가 아닌 다음에야 어떻게 그 어마어마한 땅을 그냥 사람들의 내킴(마음먹기)에만 내맡겼더란 말이더냐. 못난 새끼, 멍청이보다도 못난 땡충이 새끼.'

　생각할수록 한숨은 더욱 쓰라리게 나왔다.

　'그렇다. 내가 사람이라는 걸 전혀 몰랐었구나. 사람의 뚱속(욕심)이란 끝이 없다는 것을 어찌해서 일찍이 알지를 못했더란 말인가.'

　또다시 나오는 한숨엔 어렵쇼, 피가 묻어 나왔다. 그 피의 한숨이 어찌나 드세던지 한술(한번) 자빠진 아름드리나무가 뿌리까지 뽑혀 일어나질 못한다. 이에 따라 일어나는 모래바람이 도리어 버선발을 깨우치게 했다.

'그렇구나, 첫판부터 이내 엄청난 내 발구르기 콩다콩으로 바다를 없애는 게 아니었구나. 우리 엄마처럼 일을 해도 해도 호박 한 포기 심어 먹을 한 뼘의 땅도 가질 수가 없게 되어 있는 이 사람 못살게 구는 잘못된 틀거리(제도), 그리하여 남의 것을 빼앗는 고얀 놈들만 떵떵거리며 살아가는 이 잘못된 벌개(사람 못 살 지옥)를 들이밟아버리고는 사람이 사람으로 살 수 있도록 땅이란 땅들을 모든 사람들이 골고루 부쳐 먹는 벗나래(세상)가 되도록 했어야만 하는 게 아닌가. 아… 바로 그걸 못했구나.'

이렇게 하염없는 한숨을 쏟아내는데 어럽쇼, 팅팅 부은 눈자위에 무언가가 찍 하고 앵겨온다.

'에케, 이건 또 뭐람' 하고 문질러보니 아이구야 새똥이다. 아니나 다를까, 날아가던 제비란 놈이 하늘 높이에서 떨어지는 돌멩이처럼 쌩 하고 속꽂이(물속으로 머리를 박으며 곧바로 들어가는 모습)로 내려오며 하는 말, "아저씨, 아저씨가 버선발 아저씨인 거 맞지요?"

"니에, 제가 버선발인 건 맞습니다만."

그렇게 맞대를 하자 마치 한사코 기다렸다는 듯 쏘아붙인다.

"댓님(당신), 거 쌔코라질(망할) 한숨 좀 때려치우세요."

이때 버선발은 꺼이(감히) 한 날짐승인 꼴에 우리 사람들과 똑같이 말을 하는 것에 께껍기도(언짢기도) 했지만서도 꺼이 사람의 일에까지 낑기는 게 아니란 생각에 대뜸 쏘아붙여버렸다.

"여보시오, 거 희바라진(희건방진) 소리 좀 집어치우시오. 날개 가진 날짐승이라고 함부로 뇌까리는 게 아니란 말이우. 내가 비록 머슴의 몸이긴 하지만서도 내 마음대로 내 한숨도 못 쉰단 말이우?"

입때껏 그 누구의 앞에서건, 아니 버선발의 입에서 그렇게 앙칼지게 대들(저항)하는 소리가 나온 적은 단 한 술도 없었다. 그래서 버선발도 그렇게 내뱉고는 알로(사실)는 속이 다 후련했다. 하지만 이때 제비는 물푸레나무 매질인들 그보다 더 야싸할(모질) 수가 없는 소리를 내질러버린다.

"이봐요 버선발 아저씨, 댓님의 그 한숨이 무언지 알기나 해요? 그건 바로 차디찬 눈발이었단 말이오. 때로는 함박눈, 때로는 싸락눈, 때로는 가루눈. 그 눈발들이 때때로 갈라가며 퍼붓는 몇 달 동안 어떻게 된 줄 아시냐구요. 댓님이 바다를 없애 만들었던 그 너른 땅에 말이오, 눈이 사람의 잔뜩 벌린 팔 길이 댓 곱도 더 되게 쌓여 그 속에 세워졌던 그 많은 집과 마을들뿐이겠어요? 밭과 널밭(농장)도 죄 없어지고 더군다나 여기저기 세워졌던 여러 나라라는 것들도 몽땅 그 눈 속에서 다 폭삭했단 말이오.

그런데도 아직도 한숨이나 쉬고 누웠으니 그 눈 더미들이 어떻게 되겠어요. 이 땅별(지구)을 몽조리 그 눈 속에 파묻어 버릴 짝수란 말이오. 알겠어요? 그러니 어서 그 억은(쓸모없는) 한숨 좀 때려치우시라니까요."

'뭐라구? 내 이 안타까운 한숨이 펑펑 눈이 되어 쌓이고 또 쌓여 저 넓은 땅이 몽조리 다 눈 속에 파묻혔다구?'

너무나 놀란 버선발의 한숨이 이참엔 뜨거운 눈물이 되어 펑펑 쏟아졌다. '아, 내가 잘못했구나, 내가 모자랬어' 하며 쏟는 뜨거운 눈물은 그야말로 하염이 없었다.

그런데 이참엔 하늘 높이 떼 지어 날아가던 기러기 한 마리가 똑뜨름(역시) 제비 새끼처럼 잽싸게 속꽂이를 해 내려오더니 묻는 것이다.

"여보시오, 댓님이 얼추(혹시) 버선발 아저씨가 아닌가요?"

버선발이 맞다고 고개를 끄떡거리자 기러기가 하는 말이다.

"맞다고 허면 그 헤설픈 눈물 좀 걷어치우시오. 댓님의 그 눈물이 무슨 눈물인 줄 아시우? 그게 바로 비가 되어 내리는데 얼마큼 내리고 있는 줄 알기나 하시냐구요. 바로 오늘 새벽까지 자그마치 석 달 열흘을 내리 퍼붓고 있단 말이오. 석 달 열흘 동안.

그래서 어떻게 되었는 줄 아시냐구요. 댓님의 그 한숨으로 하여 까마득히 쌓였던 눈 더미가 몽조리 다 녹고, 나아가 그 눈물의 비로 하여 집이고 나라고가 몽땅 다 꼴까닥 하고 있단 말이오.

그러니까 댓님의 그 눈물은 바로 사람과 더불어 이 누룸(자연)을 아울러 죽이는 때갈(죄)이다 그 말이오. 이 하늘과 땅에 다시없을 끔찍한 때갈. 그러니 때갈 아저씨, 대뜸 그 헤설픈 눈물 좀 때려치우시라니까요, 대뜸."

'뭐라구? 내 눈물이 끝이 없는 비가 되어 또다시 그 많은 사람들과 그 숱한 짐승들을 죄 죽이고 있다구?'

버선발은 너무나 어이가 없어 저절로 쉬어지던 숨결이 대뜸 뚝 그치는 것만 같았다. 아니 가분재기 온몸이 하염없이 부들부들…. 이 때문에 그 굳센 버선발도 제 시름에 지치지 않을 수가 없었다.

한살매 머슴 할머니를 만나다

◉

 아, 나 버선발은 이제 끝이 났구나. 끝나도 미지게(용서란 어림도 없게) 끝이 났구나. 그렇다고 허면 죽을 때 죽더라도 이참에야말로 어떡허든 어머니는 한슌 만나 뵙고 싶은데 볼 낯이 없습니다.
 그래서 죽어도 말없이 죽어야겠다는 생각이 써물댔다.
 하지만 이게 웬일일까. 그렇게도 멀쩡하던 몸뚱아리가 마치 석 달 가문 밭머리의 호박닢처럼 배시짝(바짝) 말라배틀어져 단 한 발자국도 꼼지락거릴 수가 없으니 어쩌느냔 말이다. 거기다가 바로 눈앞에 바다라는 건 온통 검댕이 끄름을 풀어놓은 것처럼 아예 새시까매 어디다 어떻게 발을 디뎌야 할지 알 수가 없었다.

  하늘이라는 것도 그냥 하늘이 아니다. 검은 구름까지 그냥 몽조리 샛노오래 어질어질할 뿐 아무것도 아니 보이니 쌍이로구(도대체) 무엇을 길라잡이로 하여 우리 어머니가 계실 옛 살라비(고향) 땅으로 돌아간단 말인가.

  버선발은 저도 모르게 "엄마, 난 이제 안 되겠어. 참말로 죽는단 말이야, 응? 엄마… 엄…마…" 하고 엄마만 부르다가 그만 깜빡 넋살(정신)을 잃고 말았다.

  때결(시간)이 얼마나 흘렀는지는 알 수가 없었다. 뱃속은 절로 쪼르륵쪼르륵, 넋살은 그저 깜빡깜빡. 먹튀(침묵)가 먹튀까지 삼킨 먹밤이라구 하더니, 하늘도 땅도 바다도 몽땅 캄캄한 먹밤의 고요, 죽음의 고요, 시름의 고요라 그 어디에서 바시락 소리인들 달싹하겠는가.

  그런데 알 수가 없었다. 그 먹밤의 검은 그림자가 땅에 쩔은 어머니의 치맛자락처럼 살며시 제껴지며 가냘픈 노랫소리 같은 것이 버선발의 귓싯방매(볼따구)를 자갈자갈 간질이는 것 같았다.

  저 몰개(파도) 물더미는 뉘 몰개
  그늠 그 알범(주인) 놈 몽뎅이찜질이지 뭔 몰개

저 몰개 물더미는 뉘 몰개
그늠 그 알범 놈 횃대 찌(물똥)지 뭔 몰개

그 소리를 듣자마자 버선발의 그 말라배틀어진 입술에도 자못 알 수가 없다는 듯 멋쩍은 웃음이 비꼈다. 그렇다, 저건 틀림없이 그 옛날 늦잠 자는 나를 일깨우시던 우리 어머니의 흥얼거림인 게 틀림없다. 그렇다고 허면 여기가 얼추(혹시) 우리 집은 아닐까 하고 어눌어눌 눈을 들다가 버선발은 입을 벌리되 그만 헬렐레 벌리고 말았다.

웬 꼬부랑 할머니의 허리가 얼마나 기울었던지 부엌 바닥에 아주 맞닿은 맵(각도)으로 꾸부러진 채 그것도 설설 끓는 솥단지에서 누에 실을 빼내며 흥얼대는 소리가 아니냔 말이다.

저 몰개 물더미는 뉘 몰개
그늠 그 알범 놈 몽뎅이찜질이지 뭔 몰개
저 몰개 물더미는 뉘 몰개
그늠 그 알범 놈 횃대 찌지 뭔 몰개

주어진 일만큼은 요만큼도 아니 거르고 그야말로 뼈가 빠지게 일을 하면 할수록 일은 자꾸만 더 많이 앵겨지고, 그리

하여 일을 하면 할수록 배는 더 고파가는 삶이라는 게 참말로 얼마나 힘에 겨웠으면 아… 그 엄청난 바다의 거센 몰개를 두고 알범 놈의 물똥, 횃대 찌라고 하시는 걸까. 버선발은 갑자기 눈시울부터 찡했다. 그래서 진흙바닥에 밑 빠진 독처럼 갈갈 가래 끓는 소리를 내대는 길밖에 없었다.

"저… 저…."

그제야 할머니께서 이래 맞대를 하신다.

"얼씨구, 기어이 깨어나긴 깨어나시는군. 이제는 살아났다구, 인석아. 자네가 얼마 동안이나 잠을 잔 줄 알아? 한 달하고도 한 보름쯤은 더 잤어. 나는 아주 못 깨어나는 줄 알았어.

하기야 굶주려 쓰러진 놈은 마땅쇠(결코) 죽질 않는다는 말이 있긴 있지. 바로 그 배가 고픈 기가 사시나무처럼 콕콕 찌르니 죽을 수가 있겠어? 마침내 던적(악귀, 잡신)처럼 벌떡 일어선다고 하더니. 자네야말로 자네의 그 시장기 때문에 깨어났을 걸세. 그렇게 오랫동안 끼니를 걸렀는데도 한사코 살아났으니….

자 이거, 이제는 이 바가지의 국물부터 어서 들게. 소금 간은 좀 했으니 이 건건 찝찔한 국물부터 먼저 훌훌 마시고 열나(만약)에 속에서 더 땡길 것이면 그땐 이 건덕지(건더기)도 먹게. 누에고치에서 실을 빼고 남은 번데기라는 것일세.

아, 무얼 그리 꾸물거려 인석아. 이거라도 어서 마시고 이 할미도 좀 도와주란 말이다. 보아하니 자네의 그 몸통 말일세. 비록 뼈껏 마르긴 했지만 그건 하늘땅에 비길 놈 없을 힘꾼 쇠뿔이인 게 틀림없는데. 쇠뿔이 말이야. 그러니 이걸 어서 들이키고 일어나 날 좀 도와달라 그 말일세."

버선발은 할머니가 하라는 대로 건건 찝찔한 국물부터 후룩후룩 마셨다. 빈속이라 짜릿짜릿, 그 앙칼 때문에 얼라쿵 죽었던 제 모습이 마치 도둑처럼 살아나는 듯했다. 이어서 그 번데기라는 것도 입에 넣고 오물오물하며.

슬그머니 할머니를 흘겨보다가 어럽쇼, 버선발은 목이 칵 막혀버리고 말았다. 할머니의 허리라는 게 꼬부라지다 못해 아예 가랭이 밑으로 내려가 있어 버선발을 쳐다보시는 눈길이 마치 까마득한 맞뚜레(굴)로 빨려 들어가는 철지난 반딧불이 아닌가 싶으다. 그래서 조금은 어정이다가 말을 뱉어버렸다.

"할머니, 아까 저더러 무엇 좀 거들어달라고 하시질 않으셨습니까? 그게 뭐지요?"

갑작스런 그 말에 할머니는 한참을 하염없이 바라보시다가 "자네가 아까 코를 고는데 말일세, 그 콧김이 어찌나 되싸던지 굵다란 살구나무를 통으로 짠 저 묵직한 들락(문짝)이 다

열렸다 닫혔다. 찌꾸득 꽝, 삐꾸득 꽝 그러더라구. 그래서 더 듬었다네. 저 녀석은 아무래도 힘꼴을 써도 엔간히 쓸 놈이 아니다. 그러니 저 너머로 끌려가서 제 애비 저리(대신)로 꼽머슴을 살고 있는 내 새끼 애뚝이를 좀 뺏어와 달라고 해야겠다. 그런 생각을 했다네."

"애뚝이라니요. 할머니 아들이신가요?"

"아닐세, 내 늘매(손자)지. 눈은 애꾸요, 다리 하나를 잘 못 쓰는 찍뚝이라 이름을 애뚝이라고 했지. 근데 아주 고얀 놈들, 우리 갸의 눈과 다리를 어그러뜨린 제놈들이 그 불쌍한 애를 다시 끌고 가 죽기보다도 더 힘든 막머슴으로 부리고 있다 그 말일세.

이 할미에게 마지막 끓탄(비극)이 하나 있다고 하면 그런 불쌍한 애를 빼앗기고도 아무 손도 못 쓰고 있는 이 꼬라지라. 여보게, 내 자네가 먹을 수 있는 대로 이 번데기만큼은 한 술쯤 실컷 먹여줄 걸세. 그러니 우리 갸, 우리 애뚝이를 다시 뺏어다 줄 순 없겠느냐 그 말일세."

"그 애뚝이가 끌려간 곳이 어디쯤인데요."

이때 할머니가 바싹 다가앉으시며 한숨으로 여울지는 말씀이 "자네가 한술쯤 나서주겠다 그 말인가? 그러면 내 말을 하지. 가만히 있자, 여기서 저 거친 앞텀(앞산)을 넘고 곧장 앞으로 또 넘고 몇 술을 그렇게 넘어가면 말일세. 맨 처음으로 눈에 들어오는 다락골이라는 데가 있을 걸세. 마을이 꼭 텀허리(산허리)에 다락처럼 매달려 있어서 다락골이라고 하지. 바로 그 고을에 왈통 놈(사람 잡는 개새끼)일 뿐만 아니라 민둥이 놈(용서 못할 놈), 그놈의 집에서 머슴으로 부려지고 있으니 여보게 딱 한 술만 이 할미의 바람(꿈)을 좀 풀어줄 순 없겠나? 그 엄청난 힘으로 말일세."

여기까지 말씀을 하신 뒤다. 갓다나(가뜩이나) 꾸부러진 허리가 모로 퍽석 하더니만 그대로 가로 널브러지시고 만다. 이에 뉘희깔(눈)이 망짝만 해진 버선발이 냉큼 안아다가 아랫목에 눕혀드리고선 그대로 휙~ 그 다락골 왈통 놈을 찾아 나섰다.

"여보게, 내 말 좀 더 찬찬히 듣고 나서 가시게. 그놈 그 왈통 놈은 워낙 응큼하고 싸나워 제아무리 쇠뿔이라고 하드래도 넋살 차리질 않으면…"

그런 말이 들려오거나 말거나 버선발은 그냥 뺑치듯(도망치듯) 달려 나갔다.

소갈머리 없는 왈통 놈

 사람이 오르내리기가 힘들 만치 가파른 텀을 넘고 또 넘고 몇 나를 더 넘고 나서야 할머니 말씀대로 사람 사는 쪼매난 마을 하나가 눈에 들어왔다. 버선발은 앞 못 보는 판수의 가슴이 대뜸 열리는 것처럼 갑자기 눈앞이 환해졌다. 그래서 다가가 아무나 붙들고 그냥 턱없이 물었겠다.

 "아저씨, 얼추(혹시) 이 마을의 이름이 다락골인 거 맞지요? 그래서 묻겠습니다. 얼추 이 고을에 살고 있다는 분, 왈통 아저씨를 찾고 있는데요."

 이래 물었는데 얼씨구 맞대는커녕 도리어 입을 삐쭉이며 돌아선다.

 '여보시오' 하고 더 물을 수도 없을 만치 쌀쌀하다. 속절없이 발길을 옮기는데 이참엔 웬 곱상한 아낙이 물동이를 이고 아장아장 버선발 앞으로 다가온다. 버선발은 몇 걸음 앞서부터 마치 능구렁이 앞에 절로 굽어버린 개개비(조그마한 새)처럼 굽실대며 물었다.

 "아…아주머니, 얼추 이 마을에 왈통이라고 하는 아저씨가 사신다는데 그 집이 어디쯤인지를 아시는지요."

 그래 물었는데도 그 아줌마는 느닷없이 뽀죽돌로 가분재기

(갑자기) 마빡을 까드키 뻑 하고 한마디 던지며 비껴간다.

"여보시오. 그런 개망나니 가운데서도 개망나니인 왈통 새끼, 그 께끔한(더러운) 이름을 왜 내 입에 담으라는 거요. 길손이 누구인지는 모르겠으되 우리 마을에선 그런 놈의 집 데(주소) 따위는 묻질 말란 말이오. 어서 조용히 지나치란 말이오."

이 말에 버선발은 퍼뜩하고 무언가 느낌이 서렸다. 그놈 그 왈통 놈은 엔간히 밉살스러운 놈이 아닌가 보구나. 그렇더라도 아무튼지 내가 만나긴 만나야겠다는 뜻은 접을 수가 없다는 생각에 또 다른 마을로 꺾어 들면서부터는 아예 소리부터 고래고래 질러버렸다.

"자, 들어들 보시오. 나는 왈통 아저씨를 찾는 사람인데요. 그 왈통 아저씨네 집을 아시는 분이 있거들랑 좀 알으켜주시오. 그분한테 제가 할 말이 있단 말이오. 그러니 날 좀 도와주시면 안 되겠어요?" 하고 주전부리(군것질거리)마저 다 빼앗긴 당아니(거위)처럼 소릴 왜객 질러댔지만서도 어디를 가나 맞대를 해주는 이는 아무도 없었다.

하는 수 없이 높다란 등성이 꾸부정한 소나무 밑에서 겹겹이 쳐진 텀줄기를 하염없이 내려다보고 있는데, 어라 저럴 수가. 웬 녀석이 소먹이꼴(소먹이풀)을 한 짐 잔뜩 지고 가파른 비탈을 찔뚝찔뚝 내려오다가 웬일로 삐꺽하더니만 그냥 때굴때굴 구른다. 어… 어… 어라 그러고만 있을 수밖에 없는데 꽝 꽈당 꽈다당 하고 널브러지는 소리가 들린다. 꽈당 꽝 꽝 꽝다당.

'아이쿠 저런, 저 녀석 저건 죽어도 악살이 나 죽었겠구먼.'

그런 딱친(터무니없이 다그쳐오는) 걱정만 하고 있는데 판은 그게 아니었다. 어디선가 말 탄 녀석들이 뜬금없이 달려들더니만 널브러진 그 녀석을 일으켜주는 게 아니다. 대뜸 늘찐늘찐 휘청이는 물푸레나무 채찍으로 짝짝 후려갈기며 하는 소리가 들린다.

"야 이 새끼야, 널보고 꼴을 베어 오라고 했지, 지겟다리를 부러뜨리라고 했어, 엉? 예부터 지겟다리를 부러뜨리는 놈, 그런 놈은 그 다리몽뎅이를 마저 부러뜨리라고 했어, 이놈아."

쓰러진 놈은 마지막 남은 목숨의 소리, 설운내(비명)마저 못 지르고 그저 살살 빌고만 있다.

"나으리, 왈통 나으리. 제 다리를 마저 부러뜨리는 한이 있어도 다시는 어르신네의 지겟다리만큼은 고이 모시고 일을 하겠습니다. 제발 한 술만 살쿼주이소, 한 술만, 네? 왈통 나으리."

버선발은 귀가 바싹했다. 옳거니, 저렇게 사람 패는 저놈을 두고 왈통이라고 했겠다. 버선발은 한달음에 달려가 그 왈통 놈을 가로막으며 입을 열어버렸다.

"아저씨, 왈통 아저씨, 이러시면 안 되지요. 사람이 다쳤는데 그까짓 지겟다리나 부러뜨렸다고 그렇게도 모질게 나무라시면 되겠습니까."

 이 말이 아직 혀끝에서 채 잦아들지도 않았는데 "넌 뭐야, 이 새끼야" 그러면서 그 늘찐늘찐한 채찍으로 내려치려고 든다. 버선발은 날래게 왈통 놈의 채찍을 낚아채자마자 녀석의 먹다시(멱살)를 꼬나들며(바싹 들어올리며) 한마디 했다.

 "이봐, 아까는 이 젊은이가 지겟다리를 부러뜨렸지. 하지만 이참에 나는 말이다, 네놈의 다리몽뎅이를 앙짱 내겠다"며 더욱 바싹 들어 올렸다가 그대로 태맹일 쳐버렸다. 그러자 마치 미친 개새끼가 돌개바람에 날아가던 자갈을 맞고 널브러지듯 윙 하고 나가떨어져 파르르 떤다.

 버선발은 거퍼 메다치려고 하다가 멈칫한 까닭이 있었다. 그렇게 매를 맞던 젊은이의 얼굴에 있어야 할 눈깔 하나가 없는 게 아니냔 말이다. '어라, 이 녀석 봐라' 하고 아랫다리를 보니 아랫도리도 찔뚝이라 버선발은 고개를 끄떡일 겨를도 없었다. 녀석을 그냥 냉큼 안아갖고는 한달음에 그 할머니한테 갖다드리고선 혼자서 중얼거렸다.

 '아, 이 막바라진(외롭게 버려진) 텀골에도 사람 못 살 벌개가 다 있단 말인가. 참말로 꺼딴 일(별일)도 다 있구나, 꺼딴 일…. 어쨌든지 나를 살려준 할머니한테 끼국(은혜)은 한축(일단) 갚았으니 잘됐지, 뭐' 하고 혼자 웅얼대며 텀뻬알을 막 돌아서고 있을 적이다.

 "이리 와보게" 하는 소리가 비록 덤덤하나 그 숨결만큼은 자못 가파르게 울려온다.

 짐짓 고개를 돌리니 뜻밖에도 그 애뚝이의 두 팔에 안긴 할머니가 하시는 말씀이다.

 버선발은 너무나 놀라 "아니, 할머니께서 어떻게 이 거친 골짜기까지 오셨는지요."

 이때 할머니의 말씀이다.

 "내가 여기까지 왔는가, 자네가 여기까지 내빼버렸지."

 그러구선 뚜껑을 해 단 커다란 통박 하나를 버선발 앞에 밀어주신다.

 "할머니, 이게 뭔 박인데요?"

 "몰라서 묻는가. 새름(정)이라는 것이라네."

 "새름이라니요."

 "풀이를 하면 새름이란 사람의 애뜻, 다시 말해 무언가라도 남을 주어야만 그때 비로소 꽝꽝 막힌 속이 씨원히 풀린다는 뜻 아닌가. 이를테면 새름을 주었으면 새름을 받고 가야지 그냥 내빼는 건 무슨 짓인 줄 아느냐구. 그게 바로 사람에게서 가장 값진 새름을 깨는 놈, 싸통이라는 것일세. 사람이 사람이기를 스스로 짓밟는 몹쓸 놈, 싸통 말일세.

내 늘매 놈을 살려주었으면 고맙다는 꾸벙(인사)쯤은 받고 갔어야지. 자, 어서 들게. 그 속엔 찰조로 빚은 술이 들어 있으니…. 그러나저러나 자네 얼추 술을 먹어본 적은 있나?"

"아니요, 저는 이적지 술이라고는 단 한 모금도 입에 대어 본 적이 없었는데요."

"그러니까 입때까지 자네는 살아도 헷살아왔구먼, 헷살았어. 하지만 이제 그 술을 몽조리 한숨에 꿀꺽하시게. 그리하면 이제부터가 자네가 참짜 사람이 되는 고비가 될 걸세."

"할머니, 저는 이참 할머니께서 하시는 말씀이 무슨 말씀인지를 잘 모르겠는데요."

"에끼, 이 애벌꾸벙(간을 빼주는 듯한 맨 첫 번 인사)도 모르는 덜 익은 녀석 같으니라구."

퍼뜩 깨우친 버선발

그러면서 하시는 할머니 말씀은 입으로 하시는 것이 아니다. 아쉬움만 남은 이의 구슬픈 한숨이라고나 할까. 아니다 아니야, 갈기갈기 찢겨진 시름이라고 해야 한다. 아니다, 그것도 아니라니까. 그럼 무엇이더냐. 그냥 온몸에서 마지막으로 배어 나오는 티 없이 마알간 샘물이되 갓 떠온 샘물인 것 같았다.

"여보게, 내 늘매(손자)를 살려내준 거, 그거 참말로 고마웠네. 하지만 그런 말이나 하려고 내 늘매의 팔뚝에 안겨 예까지 온 건 아니라네. 알로(진짜로) 말을 하면 말일세. 우리 늘매를 뺏어 와달라고 한 나의 다부(부탁)부터가 잘못이었네.

왜냐. 우리 늘매가 자네 때문에 그 죽음의 머슴살이로부터 한축(일단) 날래(해방)를 찾기는 찾았다네. 하지만 이제부터 우리 늘매는 한살매(일생) 꽁꽁 숨어서 살아야만 한다 그 말일세. 또 어쩌다가 장가를 들어 애들을 낳게 되면 그 어린것들도 숨어서 살아야 하니 그게 어째서 참짜 날래냔 말일세.

때문에 내가 짜배기(진짜)로 자네한테 다부를 하려고 했으면 말일세. 사람이 사람을 갖다가서 내 거라며 부려먹는 그 머슴이라는 사갈(죄)과 함께 그 틀거리(체제)를 왕창 부셔달라고 했어야 하질 않았겠나. 그런데 이 소갈머리 야싸한(어리석게 모자란) 할미가 내 늘매부터 살려내라고 했으니… 그건 내 늘매만 살릴 수만 있다면 사람이 사람을 부려먹는 이 사람 못 살 고얀 틀거리는 그냥 내버려두어도 괜찮다는 것이었으니 자네한테 앵긴 내 다부부터가 어리석은 잘못이 아니면 그 무엇이었겠나."

그러면서 눈물로 범벅이 된 할머니의 입에서 나오는 안타까운 설운내(비명), 그것은 듣는 것만으로도 솜털이 까칠해지는 할머니의 지난날이다.

할머니께서는 제내(철)가 들기 앞서인 대여섯 살 적부터 여든이 넘은 입때까지 머슴살이를 하시면서 여덟 술이나 내뺐다가 여덟 술이나 붙잡혔다고 하신다. 그러다가 마침내 또다시 내빼기 아홉 술 만에야 겨우 여기까지 오셨다는 것이다.

하지만 여기까지 와보았자 한 해 내내 사람이라곤 단 한 사람도 만날 수가 없는 이 깊은 텀자락. 그나마 여기서 살 수가 있는 건 그 앉은뱅이 몸으로나마 뽕을 따다가 누에 기르기와 그 누에고치에서 실을 빼 옷감을 짜는 솜씨 때문이라고 하신다.

하지만 이제부터 할머니의 간들(운명)은 또 달라졌다고 하신다. 늘매 녀석이 살아서 돌아왔지만서도 어김없이 그놈들이 또다시 야를 잡으러 올 것이다. 때문에 다시 더 깊은 텀골로 내빼는 길밖에 없다고 한숨을 지으신다.

"뼈 빠지게 씨갈이(농사)를 한들 한 오큼도 안 남기고는 몽조리 다 빼앗아가고 피땀으로 누에 옷감을 한 해에 스무 발(아름)씩이나 짜도 내 몸엔 단 한 오락도 걸쳐볼 수가 없이 한켠으로는 지긋지긋한 뺏어대기, 또 한켠으로는 매서운 굶주림과 맞서는 것도 모자라 머슴이라는 덫과 싸워야 하니 이게 참말로 어쩔 수 없는 내 짤끼(팔자)이겠나. 아니지 아니야, 한 살매를 두고 깨트려야만 살 수가 있는 들씌워진 간들이라네. 아무튼 안맴(미안)이네. 그러니 다시는 나 같은 어리석은 할미의 다부 따위는 받아주질 말고 자네가 가던 길이나 수굿수굿 가시게. 나도 이 길로 어딘가로 떠나겠네" 하고 말꼬리를 자르지 않은 채 돌아서신다.

말뜸

버선발도 더는 붙들 수가 없어 돌다섰다. 하지만 무언가 안타깝게 목을 메게 하는 게 있어 에라, 모르겠다 하고 그대로 달려가 앞을 가로막으며 "할머니" 하고 거의 매달렸다.

"왜 그러나" 하고 할머니가 돌다서자 버선발의 목에선 마냥 우는 소리가 삐져나왔다.

"할머니, 거 사람이라는 게 어째서 사람을 갖다가서 머슴으로 부려먹는 거지요?"

이래 말을 하자 할머니께서는 마침 기다렸다는 듯 아주 반기는 낯빛으로 맞대를 해주신다.

"그야 뻔한 게 아닌가. 내 거라는 것이지."

"아니, 사람이 사람을 갖다가서 내 것이기 때문에 내 마음대로 머슴으로 부려먹는다 그 말씀이신가요."

"그러니까 머슴이라는 건 사람이 부릴 짓이 아니라네. 그거야말로 내주(용서) 못할 사갈 짓(범죄)이지. 어쨌거나 자네는 머슴이 아니고 그러면은 옹근(완전한) 사람으로 살아왔다 그 말이던가. 자자, 더는 그 기가 막히는 말꼬리일랑은 질질 끌질 말고 자네 갈 데로 어서 가시게."

하지만 버선발은 물러설 수가 없었다. 그래서 할머니 앞으로 더욱 바싹 다가가서 물었다.

"할머니, 거 사람이 사람을 갖다가서 내 거라고 하게 되면 그 내 거라는 거, 그건 쌍이로구 무엇인가요. 어째서 사람이 사람을 갖다가서 내 거라고 하는 거냐구요. 사람이라는 게 저네 집 아궁이에 처넣을 땔감도 아닌데."

이렇게 물었더니 눈매에 금세 똑똘이(유난히) 빛나는 불기를 머금은 채 활활 내뱉으신다.

"여보게, 자네 이참 이 늙은이의 한살매(일생)는 어떤 것이었나, 자네 이참 어물쩍하고 그것을 캐고 있는 건 아닌가? 에끼 인석."

이에 버선발도 조금은 쭈뼛해서 "아닌데요, 할머니. 그 내 거라는 거, 그게 무엇인가 그걸 좀 더 또렷하게 알고 싶어서 그러는데요" 하고 조금은 멋쩍어 어적이자 할머니의 말씀은 뜻밖에도 모진 회오리처럼 쌩 하고 버선발의 귀싸대기를 후려갈기는 듯하다.

"거 내 거라는 거, 그거 말인가. 그 내 거라는 걸 똘똘히 꼬집으면 말일세. 그게 바로 거짓이라는 것이라네. 모든 거짓의 뿌리요, 모든 거짓의 알짜(실체)지."

"그 내 거라는 게 거짓이라니요."

"내 거란 곧 거짓이요, 거짓은 썩물(썩음. 부패)이요, 그리하여 그것은 곧 막심(폭력)이요, 따라서 그 막심은 바로 사갈(죄)이라 할 수가 있다네. 그런데도 그걸 정말 모른다고?"

"모르겠는데요."

"손출하지(간단하지). 사람이 서로 새름(정)을 나누는 게 아니라 사람을 갖다가서 덮어놓고 머슴이라며 소처럼 부리고 패는 고얀 짓이 곧 거짓이 아니면 무엇이겠나. 따라서 그 거짓은 나만 썩는 게 아니라 이 살곳도 썩히는 썩물이요, 그것은 곧 끔찍한 막심이다. 따라서 그 막심이란 바로 사갈이라. 사람이 사람으로 살고자 하면 그 내 거라는 거짓부터 짓부숴야 한다 그 말일세."

"할머니, 그 내 거가 어째서 그렇게 몹쓸 거짓일까요."

"이봐 젊은이, 우리가 먹고 입고 자고 그러는 것이 모두 어디서 나오는 것인가. 모두 일나(노동)에서 나오는 거 아니겠나. 그런데 정작 뼈 빠지게 일을 하는 일래(일꾼)들은 죄 굶주리고 헐벗어 죽는 거, 그게 바로 거짓이 아니면 뭐이겠나. 자, 보잔 말일세. 남의 것을 빼앗은 놈들은 죄다 떵떵 치며 잘살다가 제 핏줄한테 물려줘 그 내 것을 아주마루(영원히) 누리는 거, 그게 바로 거짓이 아니면 그럼 그 무엇이 거짓이겠나 이 말일세."

"그러면 할머니, 그 거짓이 거짓이면 됐지, 썩물이라니 그건 또 무슨 말씀이신가요."

"자네 힘일랑은 그렇게 쇠뿔이처럼 욱하면서 그 힘으로 그 거짓의 줄기, 바탕도 입때까지 더듬어보질 못해왔다 그 말이지. 자, 보시게. 남의 피눈물을 뺏고 되싸게(심지어)는 남의 목숨까지 뺏어갖고 그것을 내 거라고 하는 것은 사람의 입으로만 그러는 게 아니라네.

 그것을 틀거리(체제)로 만들었다는 걸 알아야 한다네. 우리가 다 같이 똑같은 사람이면서 사람으로 살 수가 없는 이 벌개(잘못된 세상)라는 게 그것이요, 그것을 한 묶음으로 다스리는 나라라는 게 그것이요, 그 나라를 한 오큼으로 거머쥔 쥘락(권력)이 그것이요, 이 벌개에 세울(도덕)이라는 것도 있질 않나. 남을 속이지 마라, 남의 것을 훔치지 마라, 남을 헐뜯지 말라는 세울 말일세. 그게 어찌 보면 말은 그럴듯하지.

 하지만 그 세울을 알고 보면 그거야말로 말짱 거짓이라네. 남의 것을 빼앗은 놈들이 꺼이(감히) 남의 것을 넘보지 말라니. 그것은 제가 저지른 짓, 다시 말해 남의 것을 빼앗는 빼대기(강도) 도둑질은 도리어 보듬고, 이와 거꾸로 그네들의 잘못을 숨기려는 꿍셈(음모), 거짓의 제 모습이지 딴 거겠나. 에이 그만하세" 그러면서 돌아서신다.

여보게, 자네도 버선발 이야기를 한술 들은 바 있겠지

 버선발은 할머니의 말씀을 들어도 들어도 쌍이로구 무슨 뜻인지 아리까리할 뿐 도통 헤아릴 수가 없었다. 때문에 그냥 물러선다는 건 낭떠러지에서 잡았던 손을 놓고 그냥 빈홀(허공)로 곤두박히는 꼴인 것 같았다. 그래서 저만치 가시는 할머니를 쫓아가 가로막고선 또 물었다.

"할머니, 할머니의 말씀은 어떻게 그렇게 갓짓한(조리 있는) 겁니까. 그 내 거라는 거, 그건 거짓이다, 그 거짓은 또 썩물(썩음, 부패)이요, 따라서 그것은 막심(폭력)이요, 그 막심은 곧 사갈(죄)이라고 앞뒤가 그렇게 갓짓하게 말씀을 잘하실 수가 있으신지요. 그래서 저는 할머니 말씀의 앞뒤를 더 깊이 듣고 나서야 물러서겠습니다."

이렇게 바싹 다가서자 할머니께서는 그 자글자글한 주름의 시름 위에 마치 맑은 웃음 한 티를 띠우듯 뜻밖의 말씀을 하신다.

"여보게, 자네도 버선발 이야기는 일찍이 들어서 알고는 있겠지?"

'뭐라고…? 버선발인 나한테 그 버선발을 아느냐고 물어?'

그만 깜짝 놀라 얼쩜(잠깐) 동안이나마 멀리로 멍청하게 눈길을 주다가 짐짓 아무것도 아니라는 듯 슬며시 되돌려갖고는 "아닌데요, 저는 아직 버선발이라는 말도 들어본 적이 없는데요" 하고 시치미를 딱 뗄 수밖에 없었다.

그러자 할머니께서는 <u>쯔쯔쯔</u> 혀를 차시며 입을 여셔갖고는 깜짝 놀랄 말씀을 하신다.

"버선발, 그 녀석 그거 참짜 회까닥이지."

"회까닥이라니요? 그게 무슨 말씀이신지."

"자네 입때껏 그것도 모르고 있었단 말인가. 하늘과 땅을 회까닥 뒤집어놓았으니 그것이 무엇이겠나. 무슨 말로 내둘(표현)할 수가 있겠냐구, 엉? 그냥 하늘과 땅을 발칵 뒤집어 엎은 회까닥이지. 버선발, 그 녀석은 그 누구도 못 해보고 또 그 누구도 대울(상상)조차 떠올려보질 못한 회까닥(천지개벽)을 했는데 어떻게 했더냐.

자네 놀라질 말게. 버선발이라는 치가 말이야. 저 넓고 넓은 바닷가에서 다리를 들어 올렸다가 딱 한 술 얼러라 꽝 하고 궁굴렀을 뿐이다. 그러자 이 땅을 둘러친 바닷물이 몽조리 없어졌는데 그 엄청난 바닷물들이 더 큰 바다로 쏠려간 줄 아나? 아니라네. 그 어마어마한 바닷물들이 한 방울 이슬처럼 저 끝없는 빈홀로 날아가버렸단 말일세. 그러니 그게 뭣이겠나. 이 하따(하늘과 땅)를 딱 한 술에 바꿔버린 회까닥이 아니고 그 무엇이겠느냐 이 말일세.

흔히들 무엇 좀 안다는 치들이 꾸며낸 깨비이야기(신화)에 따르면 말일세. 바다나 큰 널마(대륙)를 없애버리면 그건 하늘에 있는 깨비(귀신)의 꾸술(조화)이라고들 하지. 하지만 버선발에 따르면 그건 말일세. 백주한(시시한) 꾸며대기 개나발이었다네.

　일찍이 버선발은 다섯 살 적부터 제 에미의 잠꼬대 때문에 잠을 잘 수가 없었다고 하네. '이 우라질 놈의 벌개(잘못된 세상), 한살매(일생) 일을 뼈 빠지게 해도 해도, 밤낮없이 거친 땅을 갈고 또 갈아도 호박 한 포기 심어 먹을 땅 한 줌까지 몽땅 다 뺏어대니 이눔의 이 벌개 따위는 발칵 뒤집어엎어야 해. 암, 뒤집어엎어야 하구말구. 에이, 이 우라질 놈의 벌개' 그러시는 엄마의 잠꼬대에 성이 가시도록 가슴이 아팠던 어린 꼬마는 어더렇게 했는 줄 알가서?

　어더렇게 하긴, 땅만 보면 '에이 나쁜 놈의 땅덩이 놈 요놈, 네놈이 우리 엄마를 괴롭히는 놈이렷다, 요놈' 하고 땅과 맞닥뜨릴 적마다 그것을 앙짱 짓이기다 보니 따름따름(점점) 땅만 꺼지는 게 아니었다네. 발만 한술 궁굴렀다 하면 돌멩이도 바사지고 바윗돌도 바사지고 되싸게(심지어는) 커다란 홀떼(강물)도 홀랑 날아가버리는 걸 본 버선발은 마침내 알림을 띄웠다는 게 아닌가.

　　듣거라. 내가 우리를 둘러싼 바다를 몽땅 없애버리고는 모두 다 땅을 만들어버릴 터이다. 그러니 모든 니나

(민중)들이여, 누구나 세 달(삼월) 첫하룻날(초하룻날) 새벽, 바닷가로 나오시되 딱 작대기 하나씩만 갖고 나오시라. 거기서 제 마음껏 달려가 저저끔(제각기) 차지하고 싶은 땅에 그 작대기를 꽂으시라. 그리하면 그곳을 제 땅으로 쳐주겠노라.

떡하니 이래 내뱉은 그의 말 그대로 그 큰 바다를 땅으로 만들어 그것을 한 꼬물도 안 남기고 몽땅 니나들한테 다 내주었으니 그게 무엇이겠나. 그게 바로 이 하늘땅을 깨비가 아니라 사람이 갈라친 '회까닥'이 아니고 그 무엇이겠느냐 이 말일세.

둘째로는 그렇게 땅을 마주한 우리 사람들의 모든 한을 몽조리 풀어주되 모든 사람들에게 똑같은 때참(기회)을 주었단 말일세, 똑같은 때참. 그러니 버선발 이야기는 사람들이 머릿속으로만 그리는 깨비이야기가 아니라네. 암 아니고말고. 사람들의 맺힌 한을 사람이 풀어냈다는 꼭짓(점)에서 그것이야말로 참짜 한바탕(서사)이었다 그 말일세.

무슨 말이냐. 버선발의 그 발 구르는 힘은 어디서 누구한테 얻어 익힌 게 아니란 말일세. 그것은 제 꼬꼬지(오랜 옛날) 할미 할배도 머슴, 이어서 제 할미 할배도 머슴, 제 애비도 머슴, 제 엄마도 머슴인 그 모든 머슴의 뿔대(분) 뻗힌 한을 풀어드리고자 하는 피눈물 나는 대들(저항)의 열매인 것이니 그거야말로 참짜 사람이 할 수 있는 한바탕이 아니고 그 무엇이겠는가 그 말일세.

그리고 또 하나 짜배기(진짜)로 자네가 읍내껏(절대로) 잊어선 안 되는 것이 있다네. 버선발은 그렇게 큰 바다를 땅으로 만들어 모든 사람들에게 제 마음껏 가져가라고 했을 뿐 정작 제 엄마한테는 단 한 뼘, 아니다, 흙먼지 한 꼬물도 앵겨드리질 않은 것이니 그 어진 뜻을 우리 사람들의 내둘(표현)로 하면 무어라고 해야 하겠는가 이 말일세.

자네 한술 말을 해보시게, 무어라고 해야 하겠느냐구.

아무렴 딴 게 있을 수가 있겠나. 그냥 한바탕 그러는 수밖에 딴 짝수는 없는 거라. 버선발 그 녀석은 참으로 어먹한(위대한) 한바탕일 수밖에 없는 거지.

하지만 버선발을 우리들에게 그렇게도 엄청난 회까닥과 어먹한 한바탕만 일러준 것으로만 알면 안 된다네. 버선발은 우리 사람들의 껍질 있잖나, 껍데기 말일세. 그것을 낱낱이 까밝혔을 뿐만 아니라 사람의 소갈머리 있잖나, 그러니까 사람의 뚱속(욕심)까지를 몽조리 까발렸다 그 말일세.

말을 하자고 하면 이런 것이라네. 모든 사람들에게 똑같은 때참(기회)을 주며 그 너른 땅을 마음껏 가져가라고 한 그 매듭은 어찌 되었을 것 같으냐. 참말로 버선발이 바라는 대로 고루 너나없이 마음껏 가져간 줄 아나? 어림 쪽푼어치도 없는 소리! 아니라네.

힘이 쎄고 재빠르기까지 한 놈들은 어마어마한 널밭(농장)도 만들었다네. 또 어떤 녀석은 자그마치 나라도 만들었고. 하지만 힘없고 착한 사람들은 검은 머리가 하얗게 세도록 헤매었지만 그 끝없는 바다가 없어진 그 너른 땅에서도 그 넓이가 손가락만도 못한 작대기 하나를 꽂을 단 한 뼘을 차지할 수가 없었다는 게 아닌가.

그건 무슨 뜻이었겠는가 이 말일세. 사람에게서 그 내 거, 그 뚱속은 끝이 없더라는 갓대(증거)를 얻어냈을뿐더러 사람의 그 내 거라는 거, 그건 알로(사실)는 새시빨간 거짓이요, 나아가 끔찍한 썩물(부패), 거듭 말하면 뚱속 다툼 때문에 모든 목숨을 다 썩혀 죽이는 막심(폭력)으로까지 번져 끝내는 무지무지 끝이 없는 뺏어대기였다 그 말일세.

그렇기 때문에 그 내 거란 곧 거짓이요, 그 거짓은 곧 썩물이요, 따라서 사람들의 모든 그릇됨의 부셔(원수)인 막심이요. 더 나아가 그 내 거라는 것이 알로는 사람을 잡고, 이 맑디맑은 누룸(자연)을 쎄코라뜨렸을(망쳤을) 뿐만 아니라 갈마

(역사)의 옳음, 온이(인류)의 끝없는 될끼(가능성), 누리(우주)의 하제(희망)까지를 죽이는 사갈(죄)이라는 것을 버선발이 갓대(증명)했으니, 여보게 자네 생각으론 그 버선발의 땅놀음, 그것은 어절씨구 무엇이었다고 여겨지나?"

사람이라는 껍질 속에 참사람

 버선발이 그래도 잘 모르겠다고 고개를 젓자 할머니께서는 씁씁이(아무렇지도 않게) 딱 한마디로 쫑쿠고는 등을 돌리신다.
 "여보게, 그건 버선발이 이 사람 저 사람, 다시 말해 모든 사람들의 소갈머리, 사람의 됨됨이를 홀까닥 까밝힌 것이오, 사람의 무게가 얼마인지를 꼬나(재어)보았을 뿐만 아니라 더 나아가 사람들의 꿈, 뚱속(욕심)이야말로 거짓이라는 것을 갓대한 것이었으니, 여보게 생각 좀 해보시게. 그렇다고 허면 버선발은 어떤 생각을 가진 어떤 녀석이었겠나 하는 걸 한술 생각해보시라니까. 한낱 회까닥(천지개벽)이나 일구고, 그저 한바탕을 띄운 랑랑(낭만)의 놀투(장난)나 벌인 몹쓸 놀투꾼(장난꾼)이었겠냐구. 아니지, 전혀 아니라니깐.

그럼 무엇이더냐. 사람의 소갈머리, 그 내 거라는 거짓을 그냥 내버려둘 것이면 사람이라는 것은 마침내 바글바글(구더기)이 되어 사람을 서로 썩혀먹고. 그렇게 썩은 사람들은 또 서로 죽기 살기로 다투어 이 땅별(지구)을 몽조리 한 뼘도 안 남기고 네 거 내 거로 갈가리 찢어발기는 싸움터로 만든다네. 거기에 그치질 않고 이 누룸과 저 너른 누리까지 말짱 썩혀 서로 피투성이가 되어 내 거로 하려는 싸움터로 만듦으로써 너도나도 쌔코라지고(망하고) 이 땅별과 누룸도 쌔코라뜨리고(망치고) 말 것이니, 사람들이여 넋살(정신) 차리라고 한바탕 괏따쳤다(거짓을 깨뜨렸다) 그 말일세.

그러니까 자넨 한참 젊었으니 이참 나하고 헤어지고 나면 딴 건 없어. 곧바로 그 버선발을 한술 만나보란 말일세.

그놈 그 버선발이 홀까닥 털팡(실패) 친 것 같애도 마땅쇠(결코) 아니라네. 그러면 무엇이더냐. 알로는 우리 사람들에게 엄청난 말뜸(문제 제기)을 던진 것이라네. 다시 말하면 우리 사람이라는 것들의 무게가 얼마인지를 잰 것뿐이겠나. 어림 쪽푼어치도 없는 소리. 우리 사람들이 놀아나는 거짓이란 바로 이런저런 끔찍한 사갈이다. 그러니 사람이 참된 사람이고자 할 것이면 이래야 한다는 것을 일깨워준 것이었다고 보아야 한다네.

그러니까 나 같은 늙은이가 겪은 데데한 지난날의 이야기나 듣는 건 아무 쓸모가 없어. 어서 가서 그 버선발을 한술 만나보라니까…. 자 이제 나는 참말로 떠나겠네" 그러시곤 등을 돌리신다.

아, 할머니의 알몸, 차마 이럴 수가

 버선발은 마치 목이 말라 숨이 막 넘어가는 사람처럼 "할머니~" 하고 매달리며 한마디 했다.

"할머니, 할머니의 말씀은 왜 그렇게 제가 모를 알맹이들로만 가득 차 있으신지요. 얼추(혹시) 젊은 날 무언가 많이 배우신 적이 있으신지요" 하고 멋쩍은 가쁜 숨을 목이 메는 듯 내뱉었다.

 이때다. 할머니께서는 갑자기 낯도 안 가리고, 그렇다고 눈도 안 가리고는 아래 윗도리의 그 무엇 하나도 걸치질 않고 훌훌 다 벗으신다. 할머니의 홀랑 벗은 알모습이 눈에 들어오자마자 버선발은 마치 이 땅별의 거짓과 사갈의 누더기를 홀랑 뒤집어쓴 듯 고개를 홱 돌리지 않을 수가 없었다.

 왜냐, 그건 시커멓게 타다 남은 나무덩커리(나무뭉치)지 사람의 몸뚱아리라고 할 수가 없었기 때문이다. 아니 그것은 가시(구더기)가 바글바글한 고추장, 된장독들이 마구잡이로 부서진 어지러움이지 딴 게 아니라 버선발은 너무나 억해(기가 막혀) "할머니" 하고 엎으러져 잠겨 있던 모든 제 서러움까지를 왈칵 터뜨리고 말았다.

"아이구, 할머니, 우리 할머니!"

할머니께서는 그때서야 입술을 깨물며 할머니의 온몸에 거덜 난 헌데(상처 자국)를 하나하나 이렇게 일러주신다.

"자 보시게, 내 팔다리의 이 누더기 같은 헌데, 이건 무언 줄 아는가. 이건 딴 게 아니라네. 한 술 내뺐다가 붙잡힐 적마다 놈들이 내 팔다리를 하나씩 뚝 뿐질러버린 자죽이라네. 다시는 내빼질 못하도록.

또 가죽만 남은 내 몸 여기저기에 덕지덕지 붙은 이 헌데들은 또 무엇인 줄 아나. 그래도 다시 내뺐다가 붙잡혔을 적마다 시퍼런 칼로 내 살덩이를 석석 베어낸 자죽이고.

여기 이 너덜너덜한 누더기들은 또 무언 줄 아는가. 그래도 한사코 내뺐다가 또다시 잡혔을 적마다 이내 맨살을 시뻘겋게 달군 쇠꼬치(인두)로 지글지글 지진 자죽들이고.

자, 보시게. 이렇게 내 손톱 발톱이 하나도 없지? 이것들은 그때그때 붙들릴 적마다 놈들이 잡아 뺀 소름 끼치는 몸서리라네. 자, 이것도 좀 보시게. 내 두 손바닥이 이렇게 뻥 하고 맞뚫린 이 구멍을 좀 보란 말일세.

이게 뭔 구멍인 줄 아나. 이 구멍들은 바로 시뻘겋게 달군 쇠꼬치로 지글지글 내 손바닥을 뚫은 다음, 그 쇠꼬치째 나를 높은 나뭇가지에 매달아놓았던 눈물 젖은 간자리(끔찍한 흉터)라네, 눈물겨운 간자리."

골똘히 바라보고만 있던 버선발은 저도 모르게 억 하는 소리만 거퍼 내지르다가 겨우겨우 "할…할…할머니…" 하고 다시 울부짖고 말았다. 그 소리는 마치 무쇠솥의 물이 다 졸아들어 뜨거운 아궁이 불에 탕탕 터지는 솥바닥처럼 사람을 자지러지게 했다.

"할…할머니, 할머니의 몸이 이렇게 누더기가 되시는 동안 어떻게 그 아픔을 거듭 참아내신 건가요?"

그러자 뜻밖에도 할머니의 눈이 대뜸 새벽하늘의 샛별처럼 해맑아지며 "여보게, 난 이따위 아픔이나 참아낸 할머니가 아니란 말일세. 그럼 어떤 삶을 살아왔더냐. 짜배기(진짜)로 말을 해볼까. 사람을 제멋대로 알가 죽이고자 하는 댄목숨(반생명) 있잖나. 내 거밖에 모르는 지겨운 치들의 댄목숨, 그놈들과 가파르게 끝까지 맨몸으로 맞서 싸워 내 참목숨인 살티를 살려낸 갓대(증거)라고 보아야 할 걸세. 그 길나(과정)에서 그 서럽고 시린 한마저 새시까맣게 타버리는 그런 가파른 고비에서 나 나름으로 이 사람 사는 얄곳(사람이 사람으로 살 수 없는 곳)의 된깔(본질)을 깨우쳤다고나 할까" 하고 깊은 한숨을 지으신다. 땅이 꺼질 듯한 한숨.

이때 버선발은 저도 모르게 "그 깨우침이라는 게 무언데요?"라고 물었지만 더는 맞대가 없으시다. 그래서 버선발이 거퍼 물으며 매달렸다.

"할머니~ 그게 뭐냐구요."

다슬

그제야 할머니의 입술이 파르르 떨리며 내뱉는 말씀이다.
"다…다슬이지, 다슬."
"다슬이라니요? 저는 그게 뭔 뜻인지 사뭇 처음 듣는 낱말인데요."
"다슬이란 말일세, 사람이 이 땅별(지구)에 맨 처음 태어나서 맨 처음으로 깨친 맨 첫발이지. 때문에 이 다슬을 모르면 사람도 모르고 사람의 사랑도 모르고 마음도 모르고 어둠도 모르고 밝음도 모르고 참도 모르고 거짓도 모르고 사갈(죄)

도 모르고, 나아가 이 다슬을 모르면서 삶의 길을 가노라면 그 길이 사람의 길인지 등빼기(반역)의 길인지를 모르고는 끔찍한 저벌(타락)의 길을 가게 되는 것이라네."

"할머니, 그게 무슨 말씀이신지요."

"여보게 자네 말일세, 어느 날 일을 하다가 너무너무 목이 말라 바위틈에서 솟아나는 샘물을 헐레벌떡 마신 적이 있지?"

"니에."

"참말로 고마웠지?"

"니에."

"그런데 그 샘은 말일세, 자네의 그 욱타는(목과 마음까지 타는) 목만 시원하게 적셔주는 게 아니라네. 허구한 날 낮이나 밤이나 잠도 안 자고 제 물줄기를 있는 대로 한사코 다 뽑아올려 둘레의 메마른 땅을 흠뻑 적셔주는 고마운 일도 한다네. 이를테면 죽은 땅, 죽은 목숨을 살려놓는다니까. 때문에 자네가 참말로 넋살(정신) 차려 똑똑히 알아야 할 게 있는데 그게 참말로 무엇인 줄 아느냐구.

한마디로 딱 한마디로 그건 메말라 죽은 땅을 그야말로 피땀으로 살려는 놓았지만서도 그 땅을 갖다가서 끝까지 내 거, 내 것이라고 하질 않는다는 걸세. 따져보질 않더라도 그

샘이 그 메마른 땅의 알범(주인)일 수가 있는데도 그것을 내 땅이라고 하질 않는다니까. 그 어엿한 뜻을 뭐라고 하는 줄 아느냐구. 모르겠다고? 녀석 같으니라구, 바로 그걸 다슬 그런다니까.

매한가지로 사람도 일을 하면서 피땀을 흘려보면 말일세. 그 땀은 땅에 떨어지면 한 줌 거름이지 네 것도 아니요, 내 것도 아니라네. 이 누룸(자연)을 살리고 살찌우는 한 줌 거름이란 말일세. 바로 그것도 다슬 그런다네.

그러니까 이 다슬이란 눈이 열리되 제대로 열린 깨우침을 이를 뿐만 아니라 생각도 열리고 가슴도 열리고 마음까지도 활짝 열려 사람의 앙큼이라든가, 아니 그 시커먼 응큼까지도 죄다 보이는데 그 가운데서도 땅불쑥하니(특히) 무엇이 보이더냐.

똑바로 들어두게. 사람이 사람의 땀으로 일군 그것을 내 거라고 하는 거, 그건 두말할 것도 없이 눈물겨운 목숨인 건 맞다네. 내가 세운 내 살 집, 내가 일군 내 텃밭이 어찌 나쁘겠나. 하지만 그 내 거라는 것이 자꾸만 내 거로 이어가는 제 떼(성깔)와 그 줄기까지 더듬어볼 것이면 말일세. 그 사람의 뚱속(욕심)으로 하여 남의 것을 빼앗고 이를테면 남을 죽여서라도 남의 것을 욱빼는(강탈하는) 것도 내 거라는 것이 오늘의 바루(현상)요, 굳낌(질서)인 것이니, 여보게 그 내 거란 참말로 무엇이겠나 이 말일세. 알로(진짜로) 말을 하면 참된 내 거가 아니질 않겠나. 바로 그 깨우침을 일러 뭐라고 하는 줄 아느냐구. 모르겠다구? 그걸 다슬 그런다네.

 그러니까 이 다슬이란 무엇이겠나. 어느 깨우친 이가 일러준 엄청 거룩한 말따구인 줄 아는가. 어림 쪽푼어치도 없는 소리! 아니란 말일세. 시키는 대로 일을 하고 주는 대로 먹으면서도 죽어라 하고 끌려만 다니는 안타까운 일꾼들, 이른바 니나(민중)들의 피눈물이 깨우친 된깔(본질)이요, 그 든메(사상). 그러니까 다슬이란 땅이 깨우친 다락(경지), 우리 온이(인류)의 참든메요, 나아가 사람이 짐승과 갈라서는 갈림턱이라네. 때문에 이 다슬을 알아야 끊임없이 사람으로 거듭날 수가 있다 그 말이지."

 "할머니, 저는 할머니께서 뭔 말씀을 하시는지 잘 모르겠는데요."

 "그으래? 그러면 또 하나 보기를 들어볼까. 이참(지금) 우리가 묶여 있는 이 얄곳(사람이 사람으로 살 수 없는 곳)에는 그 누구도 어쩔 수가 없는 세울(도덕)이 있다는 걸 자네도 알고 있지? 이를테면 남의 것을 훔치지 마라 또는 남의 것을 넘보지도 말라는 그럴싸한 세울 말일세. 얼핏 보기에 그 세울은 그 누구도 그르칠 수가 없는 굳건한 먹개(벽)에 둘러싸여 있는 것 같지. 하지만 그게 바로 거짓이라네.

사람의 땀이란 이미 한 줌 거름이 되어 사람과 함께 이 누룸을 한없이 끝없이 거듭 되살리고 있는데, 그 꼭짓(점)을 거스르고서는 그렇게 마구잡이로 빼앗아온 것들을 갖다가서 내 거라고 하는 것부터가 댄세울(반도덕)이다 그 말일세.

또 이참 우리들이 마냥 끌려다니고 있는 이 얄곳에는 그 세울과 함께 이 얄곳을 지키는 할대(법)와 된꼴(원칙)이 있는데, 그것도 알고 보면 남의 것을 빼앗고 나아가 누룸을 빼앗은 것도 내 거라고 감싸고 보듬는 사람 잡는 틀거리(제도)라. 따라서 그것도 거짓이요. 더 나아가 그것을 거머쥔 오늘의 나라라는 것도 모두 거짓이라고 까밝힌 것이라네. 다시 말해 다슬이란 사람의 목숨이 사람의 것이냐, 아니면 사람의 뚱속의 것이냐를 가르는 가름대라.

내가 말을 잘할 줄 몰라서 자꾸 헷갈리지만 다시 말을 해볼까? 다슬이란 말일세. 그것을 알고 모르는 것에 따라서 사람이 사람으로 되기도 하지만 거꾸로 끔찍한 짐승, 더 나아가 따구니(악귀, 잡신), 먹춰(제 입에 처넣는 것밖에 모르는 개새끼) 떼돈꾼이 되는 거라. 자네는 딴 거 없어. 하루빨리 그 버선발을 한술 만나보라니까."

"할머니, 할머니 말씀을 듣자 하니 그 다슬이라는 낱말이야말로 눈물겨운 깨우침인 것 같습니다. 그런데 사람들은 어째서 그 다슬이란 낱말을 전혀 알지도 못하고 더 나아가 그 낱말대로 살지도 못하고 있는 겁니까?"

"여보게, 그걸 말이라고 내뱉나. 시키는 대로 땀 흘려 일만 하는 사람들, 그야말로 다슬로 사는 자네와 나 같은 사람들마저 그 다슬의 참뜻을 제대로 깨우치질 못해서 그런 거지 딴 거겠나."

"그러니까 제 말씀은 우리 사람이라는 것들이 어찌해서 그 다슬을 쏙곽으로(철저하게) 깨우치질 못했느냐 그 말입니다."

"그야 뻔하지. 사람이라는 것들, 이를테면 우리 같은 머슴놈들까지 너도나도 그 내 거라는 것에 홀까닥 홀리게 되는 바람에 주눅 들어서 그렇기도 하고, 또 한켠으로는 그 내 거라는 거짓은 아까도 말했지만 바로 썩물, 다시 말해 저도 썩고 남도 썩혀 그 썩음이 막심(폭력)이 되어 마침내는 우리가 사는 이 얄곳을 사그리 틀어쥐고 있기 때문이라네. 그래서 어떻게 되었더냐. 바로 그 내 거가 사람이 사람으로 살 수가 없는 이 얄곳의 알범(주인)이 되어버리고, 사람은 그 내 거의 머슴이 되고 있는 게 오늘이라네."

"할머니, 그것은 사람들이 허구한 날 다슬을 느끼고 소스라치면서도 그 다슬을 제 생각으로 가꾸질 못해서 그렇기도 하지만 그 다슬을 깨우친 다음에 말입니다. 그 다슬을 사람과 아울러 사람 사는 이 벗나래(세상)의 깨우침이자 가르침으로 삼지를 못해서 그런 건 아닐까요."

"오호 욘석 봐라, 이제야 말을 제대로 길라잡는구먼. 바로 그거라네, 바로 그거."

"할머니, 바로 그거라는 게 무엇인가 그 말입니다."

그러자 할머니께서는 알린알린 주름진 얼굴을 또다시 힘주어 한쪽으로 검부러기 모으듯 모으면서 서슴없이 한마디 하신다.

노나메기

"노나메기지."

"노나메기라니요. 그건 또 뭔 뜻의 낱말인지 전혀 모르겠는데요."

이에 할머니께서는 거의 힘이 다하신 듯 갑자기 목이 멘 밑두리에서 무언가를 어영차 다시 빼 올리듯 갈갈 쉬 소리(쉰 소리)로 말씀을 하신다.

"자넨 입때껏 머슴을 살면서 땀을 흘리되 지겹도록 흘려보았지. 무지땀이라고 할까, 그런 거 말일세."

이에 버선발은 갸우뚱할 짬도 없어 이래 내뱉어버렸다.

"할머니, 저는 말입니다. 머슴이라는 죽기 살기가 바싹바싹 목을 죄여오는데도 말입니다. 땀이라는 걸 그냥 맹으로(거저) 흘려본 적은 단 한 방울도 없었습니다. 머슴 놈이 땀을 흘리다니요, 그냥 마구잡이로 빼앗겼지요."

가만히 듣고만 계시던 할머니께서 말씀하신다.

"어허, 녀석 같으니라구. 말을 하되 젠창(쎄) 무슨 이야기 꾼처럼 곁가지는 칼끝으로 자글자글 도려내면서 이어가는 구먼. 아무튼지 자네가 입때껏 머슴을 살면서 어떠어떠한 땀들을 어떻게 흘렸으며 또 그것을 어떻게 빼앗겨왔는지 그걸 좀 털어놓아보거라 그 말일세."

이에 버선발은 생각이고 자시고를 더듬을 턱도 없었다. 그래서 입때껏 부대껴온 것들이 샛노오랗게 떠오르는 대로 사그리 털어놓아버렸다.

"할머니, 제가 맨 처음 빼앗긴 땀은 말입니다. 아무래도 박땀일 것 같습니다."

"아니 여보게, 박땀이라니 그런 땀도 있었던가."

할머니의 고개가 갸우뚱해지는데도 버선발은 거퍼 내뱉

었다.

"할머니, 거 왜 제 몸무게보다도 곱이나 무거운 짐을 지고 메고 끌고 가노라면 말입니다. 다리는 이내 왜드라지고(뒤틀리고) 등때기는 또 하염없이 주저앉을 적에도 끝까지 죽질 않고 버텨내는 건 온몸의 알통이라기보다는 박박 긁어댈 적에 나오는 박땀의 힘 아니겠어요? 제힘보다도 하나밖에 없는 목숨을 들이댈 적에 박박 흘려대는 박땀 말입니다.

그러니까 일하는 사람들에게 박땀이란 죽을 고비를 넘겨주는 지애비나 마찬가진데, 그 박땀을 박박 긁어다가 엉뚱하게도 제 주머니에 처넣는 쪼잘이들은 쌍이로구(도대체) 누구겠어요. 제 눈에는 그대로 짓이겨야 할 개망나니들이었습니다. 그러니까 제가 빼앗겨온 박땀은 곧 그 땀을 마구 빼앗아가는 개망나니 놈들을 짓이기는 뿔대(노여움)였다 그 말이지요.

둘째, 사람의 목숨은 짐승들과 달리 목두가지(목)의 목숨과 함께 주을대(자존심)라는 목숨이 있어 다른 짐승들보다는 조금은 으스대어지는 게 사람 아니겠습니까.

그런데 우리 머슴 놈들을 부려먹는 놈들은 말입니다. 사람의 목숨도 파리 목숨처럼, 그리고 사람의 그 주을대라는 목숨도 마치 나간집(빈집) 장독의 가시(구더기)처럼 여겨 땡볕에 내던져 꼬치꼬치 태우질 않으면 들이짓이겨버릴 때, 바로 그

때 배는 땀을 뭐라고 하지요? 옳거니, 안간(있는 힘을 다한) 땀 그러질 않습니까. 바로 그 안간 땀도 알알이 빼앗겼고요.

 세 술째 빼앗긴 땀이 또 있습니다. 그건 그냥 박땀, 안간 땀이 아닙니다. 그야말로 피땀이었지요. 깊은 밤을 걷어찬 풀 넢들의 사랑의 갓대(증표)라는 그 이슬일까요. 아닙니다. 더는 참을 수가 없어 터져 나오는 눈물을 말하는 겁니다. 무슨 말이냐. 우리를 부려먹는 놈들은 말입니다. 우리들한테 말끝마다 눈깔을 여기저기 휘젓질 말고 곧장 앞으로만 붙박고 가거라 그럽니다.

 잘 아시는 바와 같이 머슴살이란 제 목숨을 제가 갖고 있으면서도 제 마음대로는 못 살고 한살매(일생)를 시키는 대로 살아야 하는, 살아도 죽음이요, 죽어도 머슴살이 아니겠어요. 그렇지만서도 우리 머슴 놈들의 참목숨은 어쨌든지 내 것이지 마땅쇠(결코) 남이 이러구저러구 할 꼰치(노예)가 아니다라는 목숨의 몸부림이 빚는 피땀이 있질 않습니까. 피눈물 말입니다. 그 눈물겨움마저 앗아가는 건 쌍이로구 누구겠어요. 그건 한마디로 사람도 아니요, 짐승도 아닌 던적(사람이 아닌 목숨), 따구니(악귀) 놈들이라. 자 받거라, 이내 참을 수 없이 치솟는 이 뿔대, 이 대들(저항), 이 맑은 참의 칼을 받거라 이놈들, 하고 그냥 짓이겨온, 그게 바로 피땀이었지요."

라고 참말로 피를 게우되 콸콸 게웠다.

이때다. 찬찬히 듣고만 계시던 할머니께서 벌떡 일어나시더니만 아이구야. 소리소리 지르시는 게 아니냔 말이다.

"여보게, 아 여보게, 자네가 바로 참짜 노나메기일세, 노나메기. 야 이놈들아, 남의 목숨인 박땀, 안간 땀, 피땀만 뺏어먹으려 들지 말고 너도 사람이라고 하면 너도나도 다 함께 박땀, 안간 땀, 피땀을 흘리자. 그리하여 너도 잘살고 나도 잘살되 올바로 잘사는 벗나래(세상)를 만들자. 너만 목숨이 있다더냐. 이 땅별(지구), 이 온이(인류)가 다 제 목숨이 있고 이 누룸(자연)도 제 목숨이 있으니 다 같이 잘살되 올바로 잘사는 거, 그게 바로 노나메기라네.

그렇다고 허면 이 노나메기란 어디서 나온 것이겠나. 어느 깨우친 이의 괴나리봇짐에서 나왔겠는가. 어림 쪽도 없는 소리. 아니라네, 아니야. 그러면 어느 거룩한 세울이(도덕가)의 나발에서 나왔을 것 같은가. 아니라니까. 그럼 어디서 나왔더냐. 자네 같은 니나(민중), 그들이 흘린 그 박땀, 그 안간 땀, 그 피땀의 갈마(역사)에서 스스로 깨우친 것이라네. 그러니까 노나메기란 우리 사람의 참짜 꿈인 바랄이요, 온이의 하제(희망)라네, 알가서?"

그러시고는 저만치 가신다.

버선발은 가분재기(갑자기) 눈망울이 쨍 하고 부셨다. 할머니가 가시는 길을 따라 그렇게도 새시까맣던 앞이 환해지며 바다가 바다로 보이고 텀과 들이 제대로 보일뿐더러 눈앞에 걸기작대던 것들이 하나도 없이 확 뚫어지게 보인다. 할머니께서 말씀하시던 그 노나메기가 바로 내리친 어두움을 갈라치는 길라잡이라고 여겨졌기 때문이다.

마침내 돌아온 옛살라비

그리하여 저도 모르게 '노나메기, 노나메기' 그러면서 걷다 보니 어라, 그렇게도 아득하던 옛 살던 데가 어느새 헨중하게(또렷하게) 나타나는 게 아니냔 말이다.

그렇게도 살갑던 옛집은 그 그림자도 없이 사라져 있다. 그렇게도 알뜰하던 어머니 살림살이들도 티끌 하나를 아니 남기고는 몽조리 다 내동댕이쳐져 아무것도 없다. 너덜너덜 기워진 채 먹개(벽)에 걸려 있던, 검부러기를 까불던 어머니의 키도 없어지고, 어머니의 손때가 알린알린 낀 낡은 절구통도 없어지고, 버선발이 냇물에서 피라미를 잡곤 했던 구멍 난 채도 없어지고.

더구나 그렇게도 의젓하게 아래께를 한눈으로 굽어보는 듯 하던 그 어엿한 굴뚝도 삐죽돌 하나를 안 남기고 사그리 허물어져 자죽도 없이 까리까리 앞뒤를 헤아릴 수가 없게 터벙(폐허)이 되어 있다. 오로지 옛 아궁이 자리에 끄실린 자국만이 남아 시물시물 어른거리고 있을 뿐이다.

'아, 이 어리석은 버선발의 한살매(일생)만 쌔코라진(망한) 줄 알았더니 내 어설픈 옛새김(추억)도 모두 한 줌 재처럼 다 날아갔구나.'

그렇게 흘러간 옛새김에 어깃장을 부리느라 스스로를 팽하니 놓고 있는 때박(순간)이다. 갑자기 여기저기서 칼과 활을 앞세운 놈들이 한꺼술에 불쑥불쑥, 버선발 하나를 삥 둘러치더니만 소리소리 지른다.

"꼼짝 마라 요놈, 달싹만 해도 네놈은 이 톡(독) 묻은 화살로 악살을 낼 것이로다. 먼저 네놈은 머슴인 꼴새에 사람의 어먹한(위대한) 세울(도덕), 더 나아가 이 나라의 빛나는 할대(법)를 몽조리 다 어기고선 내빼버린 엄청난 때갈꾼(죄인)이로다.

또 네놈은 네 마음대로 이 나라를 둘러치고 있는 바다를 없애 몽땅 땅을 만든 다음, 뭇사람들에게 거저 가져가라고 한 놈, 그건 나라의 땅을 마구 빼대기(강탈)한 무지무지 사갈 짓

(범죄)이었을 뿐만 아니라 네놈이 꺼이(감히) 임금님처럼 놀아난 희건방진 꾸대(목을 달아야 할 사형수)라. 네놈이야말로 갈가리 찢어 죽여도 시원치 않을, 이 사람의 갈마(역사)에서 보길 처음 보는 희한한 등빼기 놈(반역자)이로다.

더더욱 네놈의 그 덧없는 한숨은 끝없는 눈발이 되어 이 나라를 몽땅 눈 속에 파묻히게 했던 걸 알고 있다더냐. 그것도 모자라 네놈의 그 끝없는 눈물은 또 엄청 큰 모가다비(폭우)가 되어 이 나라의 하따(하늘과 땅)를 온통 물바다로 만들어버렸었겠다, 요놈.

그리하여 어떻게 된 줄 아느냐구. 사람으로 하여금 숨이 막힐 때 그 답답한 가슴을 뚫느라 쉬는 한숨도 못 하게 만들고, 또 사람이 슬프고 괴로울 때 눈물을 흘릴 수밖에 없는 그 어리석도록 가여운 사람의 어진 새름(정서)도 못 품게 만든, 사람의 사람다운 모습을 마구잡이로 짓이겨버린 희한한 놈.

따라서 네놈이야말로 그냥 죽여선 안 될 놈이로다. 네놈의 목두가지(목)를 하늘 높이 매달아놓고 네놈의 피와 땀과 눈물의 마지막 한 방울까지 몽조리 뜨거운 햇살에 태워 배시짝(메마른 시체)을 만들어야 할 끔찍하게도 야싸하고(모질고) 거기다가 참말로 데데한 놈이로다.

그러니 어서 아무 소리 말고 두 무릎을 꿇거라. 그리고 두 손은 머리 위로 깍지를 낀 다음 마빡일랑은 땅에 박되 아주 바싹 처박거라. 이게 바로 이 땅의 참짜 거룩네, 우리들의 어먹한 임금님의 어길 수 없는 띠따(명령)이시다 알겠느냐. 자, 이 오라, 희한한 등빼기 놈한테만 앵기는 이 사람다운 사람의 오라를 받거라, 이놈."

그런 띠따 소리와 함께 까마득한 아래께에서부터 텀(산) 마루턱까지 뺑 둘러친 욱꾼(군졸)들이 떵, 떵, 떵 쇠북까지 울려 대니 어쩌겠는가. 버선발은 하라는 대로 그저 비실비실 몸을 비틀다가 저도 모르게 멈칫.

얼핏 눈에 어리는 그림자를 보아하니 버선발이 서 있는 발밑이 바로 그 옛날 그 옛집 그 바윗돌로 된 부엌 바닥이 아니냔 말이다.

이에 버선발은 저도 모르게 댓 살 적부터 하던 버릇대로 그대로 발뒤꿈치를 슬쩍 들었다가 한 술쯤 콩다콩 하고 짓찧었을 뿐이다. 그러자 어더렇게 됐을까요.

어더렇게 되긴. 그 커다란 바위텀(바위산)이 통째로 쩡, 쩍, 쩌정쩡 갈라지더니만 마침내 퐉삭 주저앉는 게 아니냔 말이다. 그러니 어더렇게 되었겠느냐 이 말이다.

어더렇게 되긴. 그 많은 칼잡이와 활잡이들이 더러는 팽 하고 나가동그라지고, 더러는 겨울 칼바람에 깡마른 수수깡 아사지듯 아그그 자빠지고, 또 더러는 비칠대다가 마치 우박 맞은 날짐승처럼, 아니다 한여름 서리 맞은 쭉정이 무 잎처럼 까마득한 벼랑으로 나풀나풀 떨어지니 버선발인들 어찌어찌 손을 써 살릴 길이 없었다.

   버선발은 훌쩍 몸을 날려 건너 자락으로 자리를 옮긴 다음 곧바로 아래께로 달려가버렸다.

우리 개암이, 개암이의 언니를 만나다

   헐레벌떡 달려가노라니 둘레가 사뭇 낯이 익었다. 그래서 눈깔을 붙박아보니 아, 거기가 바로 그 옛날 팥배, 개암이가 살던 그 마을이다. 다만 그때 그 새롯한(정다운) 집터들은 모두 오간 데가 없고 어지러운 쑥대만이 좀먹은 머슴 놈 머리털처럼 듬성듬성 우거져 있다.

   바로 그 옆에서다. 쪽박을 찬 빌뱅이들과 나간이(몸에 금이 갔으나 넋살만큼은 더욱 말짱한 이)들, 그리고 꼬부랑 늙은이들만 휩쓸리는 홀떼(강물)처럼 어디론가 밀려들 가고 있다.

   버선발은 다리도 아프고 허리도 땡겨 모르는 척하고 그 빌뱅이들 틈에 낑기며 "자, 나두 좀 같이 가자" 하고 무진(후덥

지근한) 장마에 개살구 떨어지는 듯한 소리를 냈을 뿐이다.

그런데 이때다. 머리는 아예 하얗게 세고 얼굴은 모진 장마에 곯아버린 박 덩이처럼 주름이 쭉쭉 갈라진 한 할아버지가 툭툭 건드린다. 왜 그러냐고 하자 버선발의 귀에 입을 바싹 갖다 대더니만 매우 처진 소리로 "이…보…게… 자…네…가… 얼추(혹시) 버선발 아닌가?" 그런다.

때박(순간), 버선발은 마치 곤히 자다가 찝게에 물린 망아지처럼 흠씬 놀라려고 하다 말고 넌지시 고개만 저었다.

"아닌데요."

그러자 다시 버선발의 귀에다가 더욱 바싹 입을 대더니 "여보게, 내가 바로 개암이 언니(형)라니까. 우리 개암이와 나는 똑둥이(쌍둥이)였던 걸 자네가 그새 잊었단 말인가. 우리 개암이는 잡혀가 죽었지만 그 뒤 나는 똑둥이이기 때문에 우리 개암이가 잡혀가던 바로 그날 밤, 슬그머니 뒤뜰로 빠져 자그마치 스무 해가 넘도록 막일을 해가며 숨어 살다 보니 이렇게 겉늙었다네…. 자 보시게, 주름살이 마치 쇠갈퀴에 박박 긁힌 외로운 텀골(산골) 집 부뚜막처럼 얽은 내 얼굴만 보질 말고. 자, 어떤가. 내 아우 개암이와 불쑥한 광대뼈하며가 꽉 박았지, 그치? 그래도 날 못 믿겠나."

어절씨구, 그때 그 착한 개암이가 엇비치자 버선발은 와락 껴안고 울음보를 터뜨리고 말았다. 그러자 그 개암이 언니가 가분재기 놀란 귀엣말을 자근거린다.

"여보게, 아 여보게, 여기서 울면 큰일 난다네. 왜 그런 줄 아나? 우리 빌뱅이들에게 이참(지금) 남은 건 서러움도 아쉬움도 아니라네. 한사코 삐져나온 날 돋친 뿔따구(분노) 그것 하나뿐인데 그런 뿔따구가 턱없이 운다든가 어줍잖게시리 슬픈 낯빛을 보이게 되면 어더렇게 되는 줄 알가서?

그런 놈은 모두를 빼앗긴 참짜 빌뱅이가 아니다, 느닷없이 뺑뺑이(기회주의자)가 낑겨들었다고 누군가가 외쳐댈 거고. 그리되면 온 빌뱅이들이 자네를 겉빌뱅이(빌뱅이 아닌 빌뱅이)라며 대뜸 솎아내고자 하나같이 일어날 것이네. 거기다가 얄궂은 어떤 놈은 따슨 밥 한 그릇에 자네를 갖다가서 쥐도 새도 모르게 깡머슴으로 팔아넘길지도 모르고.

그러니 어더렇게 해야 되갔나. 여기서 울면 자넨 죽어, 알가서? 그러니 입이 발(백)이라도 잠자코 어서 날 따라오게."

그렇게 버선발을 저만치까지 끄집어낸 다음 개암이 언니의 입은 다시금 이렇게 이어졌다.

"여… 여보게. 자네가 어줍잖게시리 갑자기 이 옛 살던 여기에 나타난 까닭은 무언가 그 속내를 한술 털어내보게. 자네 얼추 자네 엄마를 한술 만나 뵐까 해서 온 거지, 맞지?"

버선발은 느닷없이 찬물 바가지를 뒤집어쓴 찍찍이(베짱이 비슷한 놈)처럼 해가지고 "어…어…언니, 우리 어머니께서 이 참 어디에 살아는 계시는 겁니까…?"

그건 빨랫줄에 걸린 어느 가난한 집 막내 놈 기저귀가 찬바람에 떨드키 발랄라 떠는 소리였다.

하지만 개암이 언니의 소리는 자못 들떠 다그치는 소리와는 영 딴판이게 사뭇 가라앉은 숨결로 "무슨 소리, 그럼 돌아가시진 않으셨지. 하지만 그렇다고 만날 수는 없다네. 자네 엄마가 계신 데가 바로 자네를 잡으려는 덫이야 덫. 그래서 거기는 그 누구도 얼씬을 못한다네. 자네를 잡으려는 덫이라니까."

"거기가 어디쯤인데요?"라고 묻자 "마침 때 아닌 비가 추적추적하네. 더군다나 사람들도 뜸하니 잘됐네" 하고는 앞서 가며 하는 말이다.

"여…여보게 버선발, 자네 엄마는 어떤 분인 줄 아나…. 참말로 우리들 모두의 빼어난 어머니, 서돌이셨다네. 거 왜 짓밟힐수록 불꽃이 이는 불씨, 서돌을 자네도 알고 있질 않나."

그렇게 뜨거운 서돌에 풀무질을 하듯 깊고 깊은 한숨을 짓고선 버선발의 엄마가 어째서 서돌이었나를 풀어가는데 그것은 마치 누에고치에서 실을 빼듯 그냥 풀어가는 말줄이 아니다. 땀과 피눈물로 일구어진 한내(큰 강물)가 굽이굽이 텀 뻬알(산모퉁이)을 회오리치듯 이렇게 저렇게 끔찍하게 꺾어지다간 모이고, 또다시 갈가리 찢겨졌다간 다시 한줄기로 모두어지는 어기엇차 어기영차 한줄기 비나리지 딴 게 아니다.

"자네 어머니께서는 말일세, 지난 여러 해 동안 단 하루를 안 거르고 자네 어머니를 부려먹던 그 톡배 놈네 집을 쳐들어가셨단다. 그 끔찍한 개망나니 톡배 놈의 집엘 맨손으로 쳐들어가서는 세 겹 네 겹으로 쇠빗장을 지른 그 큰들락(대문)을 맨 대갈빼기로 그냥 꽝 또 꽝.

'네 이놈, 톡배 놈 요놈. 내 땀, 내 진땀, 내 박땀, 내 무지땀 할 것 없이 내 땀이란 땀은 단 한 꼬물도 남기질 말고 몽땅 도루 다 내놓거라 요놈. 내 피눈물도 내놓고, 내 바랄(꿈)도 내놓거라, 요놈' 하고 쳐들어갔다간 피투성이가 돼서 내동댕이쳐졌지만서도 단 한 술도 물러서질 않기를 자그마치 스물하고도 여러 해. 마침내 온몸이 모진 매질로 다 무너져 더는 쳐들어갈 수도 없고 몰래 숨어들어 갈 수도 없이 너덜이가 되자 어떻게 하신 줄 아나?

어느 추운 겨울날이었다네. 딱 호미 한 자루, 그것도 알린 알린 닳고 닳은 낡은 호미 한 자루만 난딱 들고 그 톡배 놈네 집 수챗구멍으로 쳐들어가질 않았겠나. 그러자 어더렇게 되었겠나. 어더렇게 되긴. 그 께끔하고도 모자란 톡배 놈은 그 집 앞뒤 뜰에 아홉이나 되는 우물물을 한꺼술에 퍼다가 그 수챗구멍 가득히 콸콸 쏟아부었다는 게 아닌가. 밤낮뿐인 줄 아나? 허구한 밤낮. 그러자 수챗구멍 가득 찬 물 때문에 숨을 못 쉬게 되셨을 뿐만이 아니라 갑자기 겨울이 닥쳐 그 수챗구멍이 꽁꽁 얼음으로 얼어버렸으니 어더렇게 되었겠느냐 이 말일세.

그래서 자네 어머니께서 그 얼음덩어리에 묻혀 꽁꽁 얼어 돌아가신 줄 아나. 어림 택도 없는 소리. 아뿔싸, 자네 엄마의 눈매에 느닷없이 불씨가 일더니만 마침내 그 무지무지 얼음덩어리를 다 녹이셨다는 게 아닌가.

날마다 짓밟히는 이의 몸에서만 터져 나오는 뿔대(노여움)의 불씨, 그 서돌로 말이야. 그쯤 됐으면 톡배 놈, 제놈이 제아무리 엇간 놈(잘못 일그러진 놈)이라고 하더라도 얼떵(금세) 엎드려 '아주머니, 잘못했습니다' 하고 무릎을 꿇었어야만 하는 건데도 앙뚱한 고놈은 마땅쇠(결코) 그러질 않았다네.

그러면 어떻게 했더냐. 펄펄 끓는 아주까리기름, 깨기름, 콩기름이 가득한 동이들을 수챗구멍에다 붓고 또 붓고 또 부었다는 게 아닌가.

그러자 자네 엄마로부터 '아이 뜨거워, 아이 뜨거워' 하고 자지러지는 소리가 삐져나왔는 줄 아나. 어림 꼬불치도 없는 소리. 도리어 불타는 자네 엄마의 눈빛으로 그 톡배 놈의 고래 등 같은 잿집(기와집)을 마치 가랑잎처럼 홀랑 태워버리고 말았다네.

참으로 볼만했을 뿐만 아니라 발바닥이 다 들썩이고 그렇게도 움츠렸던 어깨도 지화자 샛바람을 일으키니 어떻게 되었겠나 이 말일세.

어떻게 되긴. 그 톡배 놈과 함께 그 집 밥네(식구)들은 무섭다면서 있는 놈들만 모인다는 서울로 달아나고, 그 칙집(흉가)을 그대로 남겨둔 까닭이 있다네. 언젠가는 그 칙집에 버선발이 제 엄마를 찾아 반드시 돌아온다는 것일세. 그래서 거기가 바로 자네를 산 채로 잡겠다는 덫이란 말일세.

그러니 이쯤 말을 해주었으면, 챙겨도 되게 챙기질 않으면 자네는 자네 엄마도 못 만나보고 마치 빈들의 늙은 호박, 쏘다니는 멧돼지 발굽에 뭉개지듯 그냥 자근자근 으깨질 수가 있으니. 알겠나? 그 꼴로는 그 수챗구멍 끝머리나 보았으면 됐지, 더 다가설 생각일랑은 아예 어림도 하질 말게. 차라리 제 목을 제가 끊는 게 낫지…."

여기까지 이야기를 마친 개암이 언니는 자못 가슴이 억한 듯 온몸을 힘겹게 조아리며 버선발을 가로막고 나섰다.

"더는 못 가네. 가면 자넨 쥐도 새도 모르게 죽어."

젖은 불

아… 이 이야기를 읽고 보고 있는 여러분, 얼추(혹시) '젖은 불'이라는 말을 아시는지요. 모른다고요? 그러면 그 젖은 불이라는 낱말을 한 술쯤 들어본 적이 있으신지요. 없다고요? 아이구 딱도 해라.

그래요, 그 젖은 불이란 딴 게 아니지요. 모닥불이 소나기를 맞으면 얼핏 꺼질 것 같애도 읍내껏(절대로) 꺼지질 않습니다. 왜냐, 모닥불은 마른 나뭇가지나 검부러기 또는 가랑 잎만 태우는 게 아닙니다. 참짜 모닥불은 갖은 쓰레기, 온갖 거짓말 앗딱수(속임수), 이 구석 저 구석의 응큼과 앙큼, 끝내는 그 으시시한 막심(폭력)까지를 따름따름(계속) 다 태우느라 한사코 뽀얀 내(연기)를 뿜으며 뭉게구름처럼 일렁이는 까닭입니다. 그것을 젖은 불이라고도 하지요.

다시 말해 젖은 불이란 어떤 뻣어대기, 그 어떤 찍어 누르기까지를 몽조리 다 태우면서 끝까지 피어오르는 눈빛, 그 눈빛에 이슬이 서린다는 뜻이지요.

아무튼 개암이 언니의 말을 듣고 있던 버선발이 "언니(형), 그 수챗구멍이 어디쯤인가요?" 하고 묻자 "자, 나하고 같이 가보세" 하고 앞장선 언니를 한참 따라가노라니 언니가 거센 바닷물이 세차게 꺾어 도는 한복판을 가리키며 바로 저기라고 한다.

버선발이 "고맙습니다"라는 말끝을 채 사리지도 않은 채 "어…머…니…" 하고 그대로 그 바닷속으로 뛰어드는 때박(순간)이다. 마침 기다리고 있었다는 듯 커단 소나무보다 더 굵고 더 기다란 물기둥이 벌컥 치솟더니만 버선발을 마치 피라미처럼 칭칭 휘감아갖고는 스르르 물속으로 가라앉는 게 아니냔 말이다.

그건 딴 게 아니었다. 보길 처음 보는 엄청 큰 낙지 발임이 틀림없는 거라. 이에 개암이 언니는 고개를 푹 떨구곤 주절댔다. '아이쿠, 내가 버선발을 잘못 데리고 왔구나' 하고 고개를 설레설레 젓는데 어라, 이게 어떻게 된 된셈(영문)이란 말이던가. 그 무시무시한 낙지 발이 마치 바래버린 걸레 조박(조각)처럼 하늘로 너풀너풀 치솟아 올랐다가 철벅 하고 바다 위로 나가동그라지는 게 아닌가.

이어서 바닷물이 온통 시커먼 검뎅이가 되어 사라진 뒤다. 썰물로 하여 밑을 드러낸 바다 밑, 거기엔 어쩌자고 그 얼개

(개수)를 헤아릴 수가 없을 만치 많은 소와 돼지, 말과 사슴의 뼈다구들과 아울러 여러 물고기들의 굵다란 가시 더미하며가 마치 텀더미(산더미)처럼 쌓여 있다.

'고얀 놈들, 제놈들만 기름지게 실컷 처먹었구나' 하고 이빨까지 덜덜덜 떨리는 걸 꾹 눌러 참고 수챗구멍으로 한 발 한 발 들이밀다가 버선발은 그만 벌렁 나가자빠질 뻔했다.

바닥이라는 게 그냥 바닥이 아니다. 날선 모다구(못)처럼 삐쭉하게 깎아 세운 돌들을 촘촘히 세워놓아 사람이라고 하면 그 누구든 딛기만 하면 그 뽀죽돌에 발바닥이 뻥 뚫리게 되어 있다. 더구나 사람의 몸, 사람의 손은 아예 그 어디든 대지를 못하게시리 날카로운 뽀죽돌들이 소름 끼치게 날 서 있다.

하지만 버선발은 '늙으신 우리 엄마가 여기를 어떻게 기어 들어가셨을까' 하고 한숨만 쉬고 있질 않았다. 그 뽀죽돌들을 발바닥으로 마치 어머니의 부셔(원수)처럼 하나하나 짓이기며 들어갔다.

한참을 들어가다가 이참엔 아차 하고 그 우람한 버선발도 수렁에 빠져 허우적대지 않을 수가 없었다. 거기는 그냥 수렁이 아니었기 때문이다. 오랫동안 썩은 고깃덩어리와 밥풀과 여러 먹거리들의 찌꺼기, 갖은 양념이 함께 썩은 웅덩이

라. 가만히 있어도 그 썩은 냄새가 콧속 입속으로 스며들어 밭은기침과 함께 야싸한(모진) 재채기를 거퍼 일으킨다.

　아. 이런 데를 우리 엄마는 그 늙으신 몸으로 어떻게 헤쳐 나가셨을까 하고 이리저리 휘둘러보니 수챗구멍이 온통 새시까매 아래위, 옆과 옆이 온통 눈깔을 마구 어지럽힌다. 말로만 듣던 빽빼(지옥)가 이보다 더 끔찍할까 싶었다. 하지만 앉지도 서지도 못하시는 우리 어머니도 넘으셨는데 하고 그래도 그 썩은 수렁을 우격으로 헤쳐 갔다.

　그리하여 이제는 살았구나 했는데 뜻밖에도 이참엔 꾸정물 떨어지는 소리가 척 처르르, 척 처르르. 더듬어보니 그건 수챗구멍 밑을 깊이 파 낮이(층계)를 만들어 거기서 떨어지는 물떨기(폭포)라. 버선발은 문득 가슴이 새시까맣게 찡했다.

깐나

　이 이야기를 보고 듣고 계시는 여러분, 사람의 안타까운 서러움 가운데서도 울 수도 없는 서러움을 무엇이라고 하는 줄 아시는지요? 깐나라고 하지요. 무슨 말이냐. 있지도 않고, 없지도 않고, 보이지도 않으나 짜배기(진짜)로는 사람이 사람으로는 살 수가 없게시리 뺏어만 가는 끔찍한 빼대기(강도)들의 막맴(악한 마음), 막쟁(마구 죽이는 칼), 막발(저만 잘살자는 썩은 것들) 따위의 갖은 못된 짓을 하나로 묶은 간데(중심, 핵심)를 일러 깐나라고 하는 겁니다.

 그러니까 하늘이 만든 뻭뻬(지옥)는 알로(사실)는 사람의 머리로 그린 그림이지만 짜배기(진짜)로 사람이 만든 뻭뻬는 바로 사람을 죽여도 소름 끼치게 죽이자는 간데라. 그 무시무시한 뻭뻬보다 더 캄캄해 사람으로서는 도통 참아낼 수가 없는 한가운데를 일러 깐나, 그러는 겁니다.

 아무튼 그 어마어마한 버선발도 고개를 절레절레 저을 만치 그 빼곡한 뻭뻬, 거기서도 맨 밑바닥 깐나에서 우리 어머니께서는 어쨌든지 저 돌낮이(돌층계)를 기어 올라가셨다. 그런데 나는 왜 못한단 말인가 하고 불쑥 올라서긴 했으나 아이구야, 거기는 또 거기대로 그게 아니다.

 기어오르자마자 찍 하고 발바닥, 엉덩이, 손바닥 할 것 없이가 몽땅 짜글짜글 미끄러진다. 그러다가 떵 하고 부딪쳐 그 댄돌이로(반대로) 뱅글뱅글 팽이처럼 돌다가 마침내 꽝, 넋살(정신)을 차려 옆을 만져보니 아이구야, 이럴 수가 하는 투덜이 절로 나왔다.

 반들반들 얼음장처럼 밀어버린 넓적돌로 네 귀와 아래위를 둥글게 삥 둘러쳐 사람의 손발로는 그 어디에도 딛고 잡을 데가 없게시리 만들어놓고서는 그것도 모자라 기름까지 반들반들 묻혀 한축(일단) 들어오면 오도 가도 못하게 만든 미끈덕이라. 콩다콩 하고 발을 구를 수조차 없었다. 구르기는커녕 슬쩍 디디기만 해도 찍 하고 미끄러지는 거라.

아, 그래도 내 발바닥만큼은 믿고 살아왔는데 이제야말로 내가 여기서 죽는구나. 손을 쓸 수가 없어 죽고, 몸을 가눌 수가 없어 죽고, 더군다나 한 치 앞을 헤아릴 수가 없어 죽는구나 그랬다.

그런데 참말로 모를 일, 참으로 앗딱 놀랄 일이다. 그 캄캄한 수챗구멍 저만치에 트릿한 불빛 같은 것이 흐느끼듯 가물가물한다. 저게 무얼까 하고 기를 쓰고 다가가 만지려다가 버선발은 그만 그레글(넋살을 빼앗긴 듯 얼얼) 놀라고 말았다. 그게 바로 그 무시무시한 깐나에 맞선 버선발 어머니의 눈빛이 아닌가 말이다. 이슬에 젖은 불, 젖은 눈 말이다.

아, 어쨌든지 우리 엄마와 맺은 말매만큼은 지켰구나

버선발은 '아이구 어머니~' 하고 소리 지를 겨를도 없이 그냥 와락 어머니를 쓸어안아드렸다. 쓸어안자마자 발바닥이 욍 하고 미끄러지든 말든 그대로 꽝 하고 솟구쳐 밖으로 튀어나온 버선발은 앗 소리도 못 지르고 그렇다고 '어머니~' 하고 울부짖지도 못했다.

어머니의 그 깡마르고 쩍쩍 갈라진 손엔 수챗구멍에서 주운 썩은 밥풀이 한 오큼이나 쥐어져 있질 않는가 말이다. 더러는 어머니 입안에 그대로 물려 있고. 하지만 어머니의 또한 손은 그 낡은 호미를 높이높이 치켜들고 계신다. 마치 톡배 놈의 꼴통을 그대로 찍어 팡개칠 횟땅(기세, 기백)으로….

버선발은 그런 어머니를 얼떵(곧바로) 쓸어안고서야 비로소 잠겼던 울음이 터져 나왔다.

"어머니, 어머니께서는 그 옛날 저와 말매(약속)를 맺으신 그대로 이 끔찍한 수챗구멍 속에서도 끝끝내 이렇게 살아 계셨구먼요. 저도 어머니와 매긴 말매 그대로 입때껏 죽어도 죽질 않고 이렇게 살아서 돌아왔습니다만… 어머니…."

버선발은 끝없이 울고 또 울다가 문뜩 애뚝이 할머니께서 해주시던 말씀이 떠올랐다.

"젊은이, 자네는 마땅쇠(결코) 혼자 지내면 안 될 걸세. 어떤 일이 있어도 버선발을 한술 만나보시게. 이 벌개의 거짓이란 딴 게 아니라네. 너도나도 이 땅별(지구) 구석구석을 모두 내 거라고 서로 피투성이로 갈기갈기 찢어 갖는 거, 그게 쌍이로구(도대체) 무엇인가라는 말씀(화두)을 던진 버선발을 한술 만나보면 아마도 그 말씀에 마주한 맞대를 해줄 걸세. 그러니 어떤 일이 있어도 그 버선발을 한술은 꼭 만나보아야 할 걸세. 그러기 앞서는 딴 일에 쏠리면 안 된다네."

그렇구나, 내가 바로 버선발인 줄은 모르시고 버선발인 날더러 바로 그 버선발을 만나보라고 하셨는데, 그렇다고 허면 그 버선발은 말뙤(과연) 누구란 말인가.

이 수챗구멍의 썩은 밥풀로 목숨을 달래시면서도 호미를 높이높이 치켜들고선 '네 이놈, 내 땅을 내놓거라, 이놈. 내 피눈물도 내놓고 내 바랄(꿈)도 내놓고 네놈의 그 응큼한 대갈빼기도 내놓거라, 이놈' 그러시는 젖은 눈의 우리 어머니를 만나보라는 건 아니었을까.

그런 생각이 들자 버선발은 가분재기 울음을 뚝 거둔 다음, 엄마를 덥석 안고서는 사뭇 햇살 고운 언덕에 물이 흠뻑 담긴 동이처럼 고이 모신 뒤에야 울부짖었다.

"어머니, 어머니의 아들놈 이 버선발, 이 못난 놈은 어른이 다 된 입때까지 어머니께서 마지막으로 누우실 땅 한 뙈기를 장만하지 못하고 이렇게 바람 찬 언덕에 어머니를 모셨으니… 이런이런 고얀 놈, 이런 죽일 놈이 사람 사는 이곳 어디에 또 있겠습니까. 하지만 어머니, 이제 제가 할 일은 어머니의 그 바랄, 사람이 사람으로 살 수 있는 참짜 벗나래(세상)를 만들고야 말겠습니다" 하고 내뱉기가 무섭게 냅다 달려 나갔다.

매부터 맞은 서울길

주머구(주먹)에서 뽀드득 소리가 나도록 온몸을 움켜쥐고 가는데 어렵쇼, 저 먼 언덕빼기에 짐을 싣되 까마득히 실은 소달구지가 가고 있다. 그런데 모를 일이다. 달구지는 달구지인데 소가 없는 소달구지를 사람이 손수 메고 끌고 비칠비칠 마룻길을 오르고 있는 것이 그리 안쓰러울 수가 없어 보였다.

짐을 잔뜩 실은 달구지로 언덕을 오르고자 할진댄 곧장 앞으로는 갈 수가 없는 것이다. 옆으로 비틀었다간 또 다른 쪽으로 비틀고, 다시 그러고 또 그래야만 단 한 치인들 앞으로 앞으로 올라갈 수가 있다. 그건 일을 해보면 누구나 다 알게 되어 있다. 그런데 저 사람은 그저 곧장 앞으로만 가려고 하다간 뒤로 밀리고 또 그러다간 또 밀리고 있다.

버선발은 '거참 일이라는 건 도통 해보질 않은 사람이구면. 어쨌든 억세긴 되게 억세구면' 그러는데 가분재기 "야 인마" 하고 묏소리(높은 산자락에 바람 맞은 듯한 소리) 같은 게 버선발의 뒤통수를 답쌔긴다(후려갈긴다).

'이게 무슨 소리인고?' 하고 고개를 돌리니 바로 그 달구지꾼이 거퍼 답쌔기는 소리다.

"야 인마, 네놈도 사람이 엉? 사람이라고 할 것이면 이렇게 짐에 밀려 언덕 밑으로 처박히려고 하는 이 안타까움을 뻔히 보고도 그냥 멀뚱멀뚱 가만히 있어, 이 새끼야. 어서 달려와 조금만 날 밀어줘, 인마."

버선발은 더 미적거리다간 느닷없는 설거지 꾸정물을 거푸 뒤집어쓸지 모르겠구나 싶어 얼핏 다가가 그 달구지의 뒤를 밀어주었다.

그러자 "젠창(꽤) 힘꼴이나 쓰시는구먼. 그럼 됐수다. 나하고 자리를 좀 바꿉시다. 내가 그만 지쳐서 그러는 겁니다."

버선발은 그 가여운 말에 흔들려 마치 코가 꿴 소처럼 달구지 앞 멍에를 목에 메고 끙끙 끌며 기며 콧구멍이 늘어지게 마루턱을 넘어섰다. 그러자 그 달구지꾼이 고맙다는 말로 넙죽 땅바닥에 엎드린다.

그 때박(순간), 버선발은 매우 헷갈리는 회오리에 휩쓸리는 듯했다.

 '내가, 이 못난 버선발이 남의 큰꾸벙(큰절)을 다 받다니. 나 원 참, 꺼딴 짓(별일)도 다 보겠네.'

 하지만 그런 날뚱맞은(얼뚱한) 생각을 늘어뜨릴 짬도 없었다.

 "아저씨, 제가 요 짐을 얼짬(잠깐)만 저 아래께에 갖다드리고 와서 참말로 고맙다는 꾸벙(인사)을 드릴까 합니다. 그러니 얼짬만 이 달구지를 좀 보아주시면 안 되겠습니까? 어차피 제가 아저씨의 그 깊으신 끼거(신세)만큼은 화끈하게 갚아야 하니 얼짬만…."

 그러구선 버선발의 맞대는 기다리지도 않고 달구지 위에 실려 있던 누에(명주) 보자기를 등에 업더니만 그냥 뛴다.

 버선발은 혼자서 중얼댔다. '참으로 부지런도 하거니와 일에는 느껴하는(지겨워하는) 티가 없는 사람이구먼. 그런 사람이 조금만 기다려달라고 하니 어쩌겠는가' 하고 기다리고 또 기다렸다. 하지만 아무리 기다려도 그 짐꾼은 감감 꼬리도 안 보인다. 에라 모르겠다, 이 빈 달구지는 그냥 내버려두고 그만 가버릴까 그러는데 아뿔싸, 물은 골수로만 흐르는 게 아니었다. 땅 밑으로도 흐른다고, 다그닥 닥닥 숨 가쁘게 달려오는 말발굽 소리와 함께 쌩, 쌩, 쌩, 버선발을 겨냥해 화살이 여기저기서 날아온다.

얼추(혹시) 가슴팍이 맞뚫릴세라 달구지 바퀴를 마개 삼아 쭈그리자 날아온 화살 끝이 더욱 발버둥을 치며 바퀴에 와닿아 자근자근 부서진다. 오싹해버린 버선발이 더욱 웅쿠리려고 할 적이다. 무언가가 번쩍, 저기서도 번쩍, 아니나 다를까 칼을 빼든 놈들의 날카로운 한마디가 날아든다.

"네 이놈, 여기에 실려 있던 짐짝은 다 얻다 감추었더냐. 달구지를 끌던 소는 또 어떻게 했고. 여기에 있던 그 짐짝이 엔간한 것인 줄 아느냐. 나라님께 갖다드릴 누리끼리(금은보화) 발 끔(백 근)하고도 쉰 끔(쉰 근)이다. 네놈 혼자 그 큰 덩어리를 꿀꺽하려다간 네놈만 죽는 게 아니다. 이 땅 도둑놈들의 목두가지란 목두가지는 몽땅 다 왱강뎅강, 알겠어? 어서 대. 얻다 숨겼어 인마."

"저는 모르는데요. 이 달구지꾼 아저씨가 여기 있던 짐짝을 메고 가면서 얼짬만 이 달구지를 보아달라, 그리하면 곧바로 달려와서 나한테 이 달구지를 밀어준 끼거를 갚겠다고 했는데요."

"뭐라고? 요놈, 요것이 어눌한 척 빠져나가려고. 여봐라, 이놈의 엉덩이가 닳도록 몽뎅이찜질 서른 대만 앵기거라. 그래도 털어놓질 않으면 예순 대, 그래도 아니 불 것이면 알겠어, 아주 널브러질 때까지 치거라."

누구의 띠따(명령)라고 말로만 하겠는가. 쩍, 쩍, 그야말로 몽뎅이찜질이 들어올 적마다 살 조박(조각)이 조박조박 악살나는 것 같았다. 버선발은 에라 모르겠다, 이놈들을 그저 한 사위로 갈라치우고선 냅다 달아나버릴까, 그러다가 안 되지, 내가 버선발임이 들통나면 안 되지 하고 꾹 눌러 참다가 끝내는 넋살(정신)을 잃고 말았다.

한참 만에 어릿어릿 차려보니 버선발을 갖다가서 말총을 꼬아 만든 줄로 발가락에서부터 온몸의 머리털 한 오락까지 몽조리 높다란 소나무에 꽁꽁 묶어놓았다. 버선발은 그 소나무를 통째로 지고 달아나버릴까, 그러다가 아니지, 소나무째 지고선 서울 복판엔 못 들어가지 싶어 우지끈 뚝딱, 그 올가미들을 몽땅 끊어 팡개치고 달아나면서 생각했다.

아, 사람의 거짓이라는 건 남의 피눈물을 뺏어갖고 그것을 내 거라고 우기는 우거지 거짓만 있는 건 아니구나. 살기가 어려운 불쌍한 이를 돕고자 하는 어진 눈, 착한 마음까지 난 딱 속여먹는 땡땡이 거짓도 있고 또 그와 댄(반대)으로 날퉁사람(생사람)을 매질로 도둑을 만드는 고얀 거짓도 있다는 걸 처음으로 깨닫게 되자 빈속인데도 못 먹을 걸 젠창(꽤) 처먹은 것처럼 속이 다 니글니글했다.

서울이라는 바투

그래도 여기저기서 사람들이 많이들 오가고 있다. 그 차림새도 버선발이 살았던 텀골 구석하고는 영 달랐다. 보길 처음 보는 늘씬한 두루마기로 잘 차려입은 사람들이 바글바글. 쌍이로구 뭘 하는 사람들인지 허리만큼은 한사코 떡하니 곧추 펴고, 그리고 고개도 너나없이 빠딱 뻐기면서 오가고 있다. 하지만 좀 허술하게 차려입은 사람들은 싸나운 짐승을 비끼듯 그 옆에서 마냥 엉기면서 기어가고들 있다.

빛깔 한술 그럴듯한 치마저고리에 두루마기로 잘 차려입은 아낙네들도 그 걸음걸이가 남달랐다. 모두가 오이씨 같은 갓신(가죽신)을 신고 냉큼냉큼. 이에 버선발의 입은 가분재기 쩍 벌어졌다.

저 아낙네들은 쌍이로구 무슨 힘으로 저렇게도 잘들 차려입고 어딜 가는 걸까. 밭으로 김을 매러 가는 건 아닌 것 같고. 보길 처음 보는 따꾼(병정)들도 줄을 서 나 보라는 듯 되바라지게 걷는가 하면 아뿔싸, 말이 끄는 달구지가 사람들보다도 더 거들대 버선발은 언뜻 개암이 언니가 떠올랐다.

"언니, 서울이라는 데는 어떤 마을인가요?"

"나도 가보진 못했어. 말로만 들었지. 말로 들은 서울이라는 덴 그저 사람들이 바글바글 모여 사는 데라고 하더라."

"사람들이 무엇 때문에 한군데에 그렇게 많이들 모여 사는 건가요. 그 많은 사람들이 어디서 자고 어디서 먹고 어디서 무슨 일을 하는지요."

"그걸 말이라고 묻냐? 쇠(돈)가 모이니까 사람들이 모이는 거지."

"아니, 쇠라니요. 나 같은 사람은 개엿 한 조박(조각) 바꾸어 먹을 쇠붙이 한 조박이 없는데 다른 사람들은 뭔 쇠가 있는 거냐구요."

"그야 뻔하지. 빼앗은 것이지. 그렇게 빼앗은 것을 많이 쌓아놓고 있는 것들이 다투어 모이는 데 거기가 바로 서울이라는 데라니까."

"그러니까 그렇게 쇠가 많은 놈들은 어째서 서울로 서울로 모여드느냐 그 말입니다."

"어허, 넌 나이만 먹었지 아직 멀었구나. 쇠, 다시 말해 돈은 허구한 날 목이 마르다는 말도 못 들어봤어? 쇠는 쌓일수록 자꾸 목이 말라. 그래서 쇠라고 하면 네 거 내 거를 가릴 것 없이 보난 대로 그저 처먹어야 한단 말이다. 속여먹고 뺏어먹고 알가먹고 쌔벼(훔쳐)먹고. 그러고자 해서는 빼앗긴 놈들이 대들 테니 쇠의 힘만으로는 안 되질 않겠어. 그래서 쇠가 곧 쥘락(권력)이 되어야 한단 말이다.

여기서 사람들의 삶을 한 손아귀에 거머쥘 나라라는 울타리를 만들어야 하고, 그리되면 그 울타리를 틀어쥔 바라지(중심), 이를테면 쥘락네(권력층)들이 모이게 되고, 이에 따라 이래저래 사람들이 흠씬 모여 서울이라는 큰 마을이 되는 거다 그 말이다.

그러니까 서울을 가되 너의 그 덜떨어진 꼴로는 들어갈 수도 없고, 얼추(혹시) 들어갔다고 하드래도 받아주는 치들이 하나도 없다는 걸 알아야 돼 인석아, 알가서?"

서울의 한가운데가 가까워올수록 개암이 언니가 일러주던 말이 떠올라 느닷없이 걸음걸이가 사뭇 덤덤해지고 있을 적이다.

바로 뒤에서 "조개짓(조개젓) 사려, 조개짓" 그런 소리가 다가오고 있다. 주린 허리가 사뭇 덧없이 꼬이듯 혀가 꼬이는 것으로 봐서 그것은 울음 먹은 징 소리 같기도 했다. 아니, 안타까운 한숨을 내뱉듯 길게 늘어지다가 얼핏 사리는 것으로 봐서는 그것은 뜨저구니(심술)가 일부러 꼬리를 감추는 그런 간소리(제 모습 됨새를 감추는 소리) 같기도 했다.

아무튼지 '조개짓은 무어고 또 그것을 사라니, 산다는 건 또 무얼까?' 하고 더욱 덤덤해하고 있는데 이참엔 숨이 벅찬 말발굽 소리와 함께 "비켜 이 새끼야, 안 비켜? 조개짓이나 팔고 다니는 쌍것이…" 그러면서 높이 치켜든 말채찍이 웬일로 파르르 떨기까지 한다.

이때 버선발은 저도 모르게 불쑥 손을 들어 그 채찍을 가로챘다. 이에 조개짓 장수는 그 느닷없는 깜딱(급변)을 비킬 수가 있었다. 하지만 버선발의 팔뚝에선 피가 철철, 아울러 버선발의 입술도 삐딱하게 기울어졌다.

'아, 서울이라는 데는 말을 타고 거들먹거리는 이 따로 있고, 똑같이 길을 가다가도 턱없이 매를 맞는 이가 따로 있는 곳인가 보구나.'

그런 야싸한(몹시 치사하고 느낌이 안 좋은) 어림을 더듬고 있는데 그 조개짓 짐을 지고 가던 이가 버선발한테 다가와 "여보게, 나… 나 좀 보세" 그러면서 길가 풀섶 우거진 숲으로 잡아끈다.

버선발이 놀라 "할아버지께서는 누구신데요?" 그러자 수염까지 하얗게 세다 못해 아예 노오랗게 바래버린 할아버지가 "나라니까. 그 옛날 저 깊은 텀골에서 사냥을 해먹던 돌팔매 아저씨. 그래도 모르겠어?"

버선발은 그때서야 왈칵 껴안고는 지난날의 서러움을 한꺼술에 터뜨려버리고 말았다.

"아저씨, 아저씨가 그 추운 겨울 텃속을 홀로 헤매던 어린 저를 살려주신 바로 그 어르신네 아니십니까. 이다음 제가 크면 어떻게 하든 아저씨의 그 따슨 끼거(신세)만큼은 어떤 일이 있어도 반드시 갚아드리고 나서 죽어도 죽어야겠다는 다짐을 단 한 술도 저버린 적이 없었습니다. 그런데 여기서 이렇게 만나 뵙다니 정말 놀랍습니다, 아저씨."

이렇게 태어나고 나서 처음으로 온 마음으로 조아렸는데도 그 조개짓 장수 아저씨는 맞대는 않으시고 어이없게도 아저씨가 입으셨던 바지저고리를 훌렁 벗으신다. 이어서 조개짓 지게에 걸려 있던 짚세기 댓 켤레도 몽땅 내주신다.

"여보게, 자네 이 서울에서도 그 한복판, 여기서도 큰들락(대문) 안으로 들어가던 길이 아니던가. 그러면 어서 자네 그 누더기는 훌랑 벗고 이걸로 갈아입게. 발도 이 짚세기를 신고. 여기 이 서울에선 말일세, 발을 벗은 버선발(맨발)은 나라를 쌔코라뜨릴(망칠) 등빼기(반역자)가 아니면 아예 뿌리 없는 도둑으로 쳐. 그래서 잡히면 그 자리에서 목을 댕겅 쳐버리게 되어 있단 말일세.

그러니까 자네가 걸친 그 누더기는 훌랑 벗고 이내 옷으로서 갈아입게. 그리고 이 조개짓 짐도 자네가 지고 가게. 그러니까 이제부터 자네는 버선발이 아니라 조개짓 장수일세,

조개짓 장수.

자, 나를 따라 '조개짓 사려'라는 울림을 한술 띄워보시게. 이를테면 '조개짓' 그럴 적엔 그 조개짓은 딱 끊어 '조개짓' 그러고, '사려' 그럴 적엔 좀 그 울림을 높이는 듯하다가 어렵사리 가라앉는 소리로 사~아~려~. 자, 나를 따라 한술 거듭해보게."

버선발은 얼김에 하라는 대로 "조개짓… 사~아~려~ 조개짓" 그랬다.

"어허, 됐구먼 됐어. 먼저 자네 그 목소리의 울림부터가 찡하게 다가오고, 또 그 떵딱(장단)도 물레방아처럼 절로 도는구먼. 그런데 말이야, 이 조개짓을 사겠다고 자네를 부르는 아낙이 있거들랑 말일세. 요 쪽박으론 조개짓 한 주걱을 떠주고 그 값으로는 좁쌀은 한 오큼, 수수쌀은 두 오큼을 받아 자루에 넣으면 조개짓 장수의 오간(거래)은 한축(일단) 끝나는 것일세, 알겠나?

자 여보게, 조개짓 장수, 그 무엇 때문에 자네가 서울의 한가운데로 들어가겠다는 건지는 내 묻진 않겠네. 어쨌든지 이제부터 자네 이름은 버선발이 아니네. 보는 바와 같이 조개짓 장수일세, 조개짓 장수, 알겠나? 그럼 됐네, 나는 가네."

버선발은 돌아서는 아저씨를 대뜸 가로막으며 물었다.

"아저씨, 그 멋진 사냥 일은 어째서 그만두시고 여기 이 바글바글 서울 구석에서 조개젓 장수가 되셨는지요."

"어, 그… 그거, 이 서울에서 살다 보면 금세 알게 된다네."

"아저씨, 저는 서울 한구석에 빌붙어 어떻게든 살아보고자 해서 온 건 아니거든요."

"그건 나도 어림하고 있다네. 버선발이라는 자네 이름대로 무언가 한바탕 벌컥 하려고 오질 않았겠나. 난 그렇게 생각하고 있었다네. 어째 그러냐. 한참 앞서일세. 버선발이라는 치가 무슨 일을 저질렀다는 날나발(괜한 뜬소문)이 자자할 적이었다네. '뭐라구? 버선발이라고? 그건 그때 그 녀석일 거다. 그 녀석이 제 에미의 음짝(원수)을 갚았구나'라고 생각을 했었다네.

아무튼 그 뒤 그 버선발은 그렇게도 길고 긴 한숨을 거퍼 쉬다가 죽었다, 아니다 한숨도 못 쉬고 그냥 하염없이 울다가 죽었다, 아니다 얼때(관아) 놈들의 톡살(독화살)을 맞고 벌써 죽었다는 둥 이런저런 날나발들이 떠돌아다녔지만 나만은 그 많은 나발들을 하나도 아니 믿었다네.

버선발 그 녀석은 그 어떤 톡살이든 칼이나 몽둥이 따위엔 맞아 죽을 녀석이 아니다, 그따위 톡살쯤은 제 몸으로 너끈히 삭여낼 그런 놈이다. 아니다, 얼추 버선발이 죽었다고 하더라도 그의 빛나는 눈매만큼은 끝까지 살아 있을 거다. 어째 그러냐. 그의 눈빛은 못감이다. 제아무리 지쳐도, 아니 뉘 희깔(눈)에 모래가 들어와도 감지 못하는 눈, 못감이다. 따라서 그는 죽어도 죽질 않았을 거라고 믿고 있었다네.

어쨌든 여보게, 아까 자네가 날더러 어찌해서 그 맑고 탁트인 사냥터를 버리고 이곳 이 썩어 문드러진 이 서울 한구석의 조개젓 장수가 되었나, 그렇게 물었지. 그건 됫빵(전적으로) 모두 내 잘못이었다네. 내가 내 바투(현실)를 저버린 몹쓸 짓이었다 그 말일세.

나는 된캉(원래) 줄줄이 머슴의 아들. 어려서부터 그 머슴살이가 그렇게도 싫어 혼자서 내빼갖고 누구의 발길도 아니 닿는 깊은 텀골로 숨어들었으니 거기가 바로 내 몸으로 내가 일군 나의 바투이자 사람의 바투가 아니었겠느냐 그 말일세.

그런데 얼때 놈들이 들이닥쳐 해마다 범의 가죽 열 짝, 곰의 가죽도 열 짝씩을 낼수(세금)로 바치라는 게 아니겠나. 그건 말도 안 되는 어거지라 대들질 않았겠나. 텀속의 큰 범이나 우람하게 덩메 큰 곰은 한 해에 한 마리도 안 돼. 적어도 석세 해(삼 년)에서 다섯 해에 한 마리만 잡아야지 그렇게 많이 잡아버리면 범과 곰의 씨가 마른단 말일세.

그러니까 사냥이란 이 누룸(자연)과 같이 사는 가장 누룸스러운 삶이지. 사냥이란 내 배지(배)만 부르고자 누룸을 죽이는 야싸한(앙칼진) 짓이 아니라고 대들다가 어떻게 된 줄 아나? 잡혀가 허리, 다리가 몽창 나가도록 너덜이가 되어 나온 뒤 어떻게 된 줄 아느냔 말일세.

에라 모르겠다, 이렇게 개망나니 새끼들이 사람 잡는 젠장터(득실대는 개싸움보다 더 어지러운 장터)에선 더는 못살겠다고 내빼버리고 나서는 길바닥의 어정이(타락한 건달), 이를테면 데데한 도둑놈들까지 '야, 쟈' 하는 조개짓 장수가 되었단 말일세.

그러니까 그 사냥터라는 그 누룸의 대로(자유)에서 내 대로를 찾은 내 나름의 날래(해방)의 땅이었는데도 그것을 지키고자 싸우질 못하고 저버린 끝발이 어떻게 되었더냐. '조개짓 사려, 조개짓' 하고 외치면서 대로도 없는 땡추에다 맹추까지 겹친 어정이 가운데서도 어정이, 쪼그랭이가 되었으니 그건 무엇이겠느냔 말일세. 내 말 잘 들어보시게. 그건 내가 일군 내 삶터라는 바투, 그것을 스스로 저버린 때갈(죄)이지 딴 게 아니었다네.

그러니 여보게, 자네 여기 이 서울이 어떤 곳인지도 잘 모르면서 예까지 온 건 자네 엄마를 못살게 군 그 톡배 놈을 악살 내질 않고서는 배길 수가 없어 달려온 거, 그거 맞지? 아무튼 와야 할 데를 왔네. 잘 왔다구. 하지만 말일세, 자네 엄마를 못살게 구는 이 바투는 그 톡배 놈 한 놈만이 아니라네. 알로(사실)는 이 멀쩡한 땅에서 똑같은 사람이면서 똑같은 사람을 머슴으로 부려먹다가 끝내는 마구 죽이는 썩어 문드러진 쥘락(권력)과 그 틀거리(구조)라는 것을 알아야 한다네, 알가서? 자, 그러면 나는 이만 가네. 아주 간다고."

마침내 톡배 놈을 짓이겨버리고

자못 울림을 주는 아저씨의 말씀을 뒤로하고 "조개젓 사려, 조개젓." 새벽같이 서울의 뒷골목을 누비다 보면 먼저 목다시(모가지)가 자못 깔깔해졌다. 그래서 한낮에 이를 것이면 에라, 모르겠다 하고 아무 언덕바지에나 지게 짐을 세워놓곤 했다. 그러면 이내 잠이 쏟아졌다.

하지만 하늘빛이 어연듯 저녁 빛으로 물들어갈 무렵쯤 해서부터는 또다시 뒷골목으로 들어갈 수밖에 없는 것이 그리 지겨울 수가 없었다. 조개젓을 사겠다고 바가지를 들고 나온 아저씨일수록 그 말발이 고약하기가 가늠하기조차 힘이 들었기 때문이다.

내 꼬락서니도 그러하지만 제놈들의 꼬락서니도 사람의 꼬락서니가 아니다. 머리에서 퀴퀴하게 풍기는 묵은 동백기름 냄새는 어찌 됐든지 그 속에 서캐가 하얗게 슬은 것들이 도리어 조개젓 장수 따위는 아예 사람으로 치질 않는다는 투로 "야 인마, 조개젓 장수, 이 머저리야. 톰발리(빨리) 달려오질 못해" 하고 깔보다 못해 아예 깔아뭉개는 해라 마라 투의 댄말(반말) 투.

그것을 귀로 들을 적마다 버선발은 배알(속)이 회까닥 뒤집히는 듯했다. 저나 나나 가난을 자갈처럼 입에 물질 않고서는 단 한때박(한순간)도 숨을 쉴 수가 없는 너덜이가 아니냐 말이다. 그런데 똑같은 똑따구니(동료)들끼리 서로 떠받들어 주지는 못할망정 이 새끼 저 새끼, 해라 마라 하고 지껄이는 소갈머리야말로 정말 못마땅했다.

더군다나 가난한 이응집(초가집) 골목을 지나 그럴싸한 잿집(기와집)들이 빼곡히 들어선 골목으로 꺾어 들면서부터는 그까짓 지겨움을 넘어 겟겨움(역겨움)이 복받쳐오는 아픔은 그렇게도 가누기가 어려웠다. 그래서 목소리를 일부러 먹이 따진 돼지의 가쁜 소리로 끌어올릴 것이면 갈 데가 없었다.

"야 인마, 너 이참(지금) 얻다 대고 어정(동정)을 까는(비는) 거냐, 엉? 네 에미 애비가 뒈졌으면 너네 집구석에서 어정을

까야지 이 어엿한 잿집 골목은 왜 네 마음대로 대추나무 흔들드키 마구 흔들어. 한살매(일생) 조개젓 장수나 해 처먹을 어정이보다도 못한 머저리 새끼 같으니라구. 대뜸 그 어정까는 소리 좀 걷어치우질 못해? 어쨌다 하게 되면 힘센 우리 집 망나니들을 내보낸다, 알가서?"

 이 말엔 버선발도 끔찔하지(놀라지) 않을 수가 없었다. 어쨌다 하게 되면 그 개망나니 새끼들과 한판 붙어야 한다. 그리되면 내 욱심과 아울러 내 탄세(실체)가 탄로 나는 게 아닌가. 그렇다고 조개젓 장사를 터무니없이 걷어치울 수도 없고 해서 '조개젓 사려'라는 소리를 일부러 게슴츠레 누를 것이면 이참엔 뜻밖에도 그럴싸한 맞대(반응)가 나오기도 했다.

 "여보게, 조개젓 장수, 자네는 말일세. 된캉(원래) 타고난 소리꾼이 아닌가 싶네. 어쩌믄 그렇게 이 가을 저녁에 꼭 맞아떨어지는 소리, 가랑닢 떠는 까르르 소리를 다 내는가. 자, 그 조개젓 한 종지만 주게."

 버선발은 이 말에 사뭇 들떠 살짝 떠주어야 할 것을 한 종지 철철 떠준 다음, 값으로도 좁쌀을 주는 걸 마다하고는 그 좁쌀보다도 훨씬 못한 수수쌀을 받아갖고 돌아서며 생각했다. 그 어느 골목이 됐든 사람의 됨됨이라는 게 참으로 알 수가 없구나. 어떤 사람은 내 '조개젓 사려'라는 소리를 에미 애비가 죽은 슬픈 소리 같다고 하고, 또 어떤 사람은 고작 죽어도 한소리는 하고 죽는다는 가랑닢 떠는 소리, 까르르 또는 짜르르 소리라고도 하고.

아무튼지 그 누가 됐든 그 말따구엔 반드시 있어야 할 거 하나를 빼먹고 있는 게 그렇게도 서운했다. 무슨 말이냐. 내 소리는 어쨌든지 조개짓 장수의 소리지 마땅쇠(결코) 딴 게 아니라는 바로 그 어엿한 꼭짓(지적)이 빠져 있다는 아쉬움이다.

그렇게 웅얼대면서 그 잿집 골목을 빠져나와 커다란 나무들이 한 아름 가뜩 우거진 언덕으로 일부러 꺾어 들 것이면 그리 씨원할 수가 없었다. 됐다, 여기서 좀 늘어지다가 가자.

그러는데 가분재기 그 씨원함을 사르는 어느 꼬마 가시나의 자지러지는 소리가 들려왔다.

"아저씨, 난… 난 우리 언니를 만나러 왔단 말이에요."

"누가 너네 언니가 이 집에 있다고 하더냐?"

"마을 사람들이요. 우리 언니는 이 언덕빼기에서 머슴을 살고 있다고 그랬어요."

"뭐야, 너네 언니는 이 집 톡배 어르신네의 어엿한 몸머슴이야, 인마. 톡배 어른, 그러니까 찾아와서도 안 되고 머나먼 길을 찾아왔다고 하더라도 만날 수도 없는 어엿한 몸종. 옳거니, 몸종의 언애(형제)도 몸종이니 잘됐다 윤석, 너도 여기서 머슴을 살아야 한다"라며 질질 끌고 들어간다.

"놓으세요, 아저씨. 난 우리 언니를 만나러 왔단 말이에요. 우리 엄마가 아파서 돌아가시게 되었단 말이에요."

'뭐라고? 이 집이 그렇게도 내가 찾던 바로 그 톡배 놈의 집이라고?'

그런 놀라움도 놀라움이었지만 그 어린것의 발버둥 소리가 너무나 안타까워 이참은 조개짓 장수라는 됨새(신세)를 새시까맣게 잊어먹고는 그대로 발부터 궁굴러버렸다. 쿵.

아니나 다를까, 쌉새(눈 깜짝할 새)에 땅이 갈라지고 그 커단 집 열두 들락(문)의 빗장이 찌끄득 뻐그득 죄 열리거나 말거나 그 집 지붕말(지붕마루) 한복판에 쿵 하고 올라서버렸다. 그러자 어더렇게 되었을까.

어더렇게 되긴. 그 집 그 큰 지붕말이 팍삭 주저앉는 때박(순간), 그 어린 계집아이를 난딱 안아갖고선 다른 언덕빼기에 이른 다음, 그 꼬마 등에다 조개짓 장수로 번 좁쌀과 수수쌀을 자루째 어깨에 메어주면서 한마디 했다.

"자, 어서 너네 집엘 가보거라. 그러면 아마도 네가 찾는 너네 언니가 벌써 와 있을 거다."

그리 일러주고 나자 그때서야 스무 해도 넘게시리 그렇게도 서럽던 가슴이 활짝 풀리는 듯했다.

납쇠, 쫄망쇠, 뼉쇠

이런 일이 있은 뒤다. 여기저기 쓰러져가는 코촉 눌데(작은 방)에선 쑥덕쑥덕이 번지는가 하면 대놓은 날나발(뜬소문)도 더욱 자자했다. 짠해한해(천년만년) 갈 것 같던 떼돈꾼들도 이제는 톡배 놈의 마지막 같은 간들(운명)에 빠졌다.

그렇다, 그동안 죽은 줄로만 알았던 버선발이 마침내 하얀 말을 타고 나타나 그 지긋지긋한 톡배 놈을 딱 한 방 발구르기로 없애버리고는 다시금 그 하얀 말을 타고 사라졌으니 이른바 모든 떼돈꾼들의 뚱속(욕심)은 마침내 잘코박사니(제 죗값을 치르는 것)가 될 거라는 말이 따따한가(자자한가) 하면 또 한켠에선 이런 말다툼도 일었다.

아니다, 그 끔찍한 떼돈꾼들의 울타리였던 나라도 이제는 죽어야 하는 간들에 빠졌다. 때문에 이제부터는 나라에 마주한 다햄(충성)도 사람에 마주한 사랑으로 바뀌지 않을 수가 없게 되었다는 이른바 간들의 싸움이 벌어지게 되었다는 날나발도 뒤질세라 그 처졌던 고개를 마치 찢어진 깃발처럼 흔들며 나서기도 했다.

하지만 버선발은 그런 날뜸꺼리(떠도는 말) 따위와는 영 다르게 혼자서 웅얼댔다.

'버선발이 나타났다고? 그렇다고 허면, 참말로 내가 나서야 한다면 쌍이로구(도대체) 무슨 힘을 가지고 어떻게 나선단 말인가.'

이런저런 골빠구니를 더듬었지만 정작 갈 데조차 없었다.

이때였다. 옆에 있는 어느 어린이의 힘겨워하는 소리가 가냘프게 들려왔다.

"엄마, 나 있잖아. 그 수수밥 미음이라도 한 모금 안 될까, 응? 엄마. 배가 고프다 못해 내 속이 빨랫방망이처럼 콩콩 복닥여 참말로 죽겠단 말이야."

털털한 어느 아저씨의 주절도 들려왔다.

"뭐, 수수밥 미음? 제기랄… 나는 미친개가 싸버린 수수개똥이라도 한 덩어리 지근지근 씹어만 봐도 살 것만 같으다."

"이보시오, 그렇게 주려 쓰러진 사람들의 입에 처넣어야 할 게 기껏 그따위 개똥인 줄 아시우? 아니올시다, 아니라구요. 따끔한 한 모금이외다, 따끔한 한 모금. 두 모금도 제깐(필요) 없어요. 딱 한 모금, 딱 한 모금만 먹었으면."

그러는 소리를 듣고 시름없이 던지는 맞대도 있었다.

"자자, 말로만 그러지들 마시고 있는 코나 한술 벌렁거려 보드라구요. 냄새가 나지요, 냄새가. 그 내음이 어쩌자고 시퍼런 칼이 되어 콧구멍을 들쑤셔대질 않느냔 말이에요.

저 높은 잿집(기와집)에서 풍겨 나오는 저 냄새를 한술 벌렁거려보란 말이오. 저건 딴 게 아니라구요. 바로 살찐 누렁소를 통으로 굽는 냄새입니다. 누렁소 통구이 냄새.

또 저쪽에서 날아오는 냄새는 무언 줄 아시우. 저건 기름이 찰찰 밴 커단 물고기의 살을 조박조박 모를 떠 기름에 부치는 짜잘한 냄새구.

또 요쪽, 요쪽에서 풍기는 저 고소한 냄새, 그건 또 무언 줄 아시우. 그건 딴 게 아니라구요. 참기름을 척척 발라가며 찰떡을 치는 냄새가 아니냐구요.

저렇게 푸짐 떠는 놈들은 따로 있는데 똑같은 사람으로 어째서 한살매(일생) 시키는 대로만 일을 하다가 무어든 다 빼앗겨 나간이(장애인)가 된 우리들만 저놈들의 푸덜한(인정이 넘치는) 냄새나 맡다가 떼로 굶어 죽어야 한단 말이오. 안 된다구요, 안 그래요?"

"그렇수다. 그러니 우리도 죽기에 앞서 딱 한 술쯤은 벌컥 일어나 배를 불려보고 나서 죽어도 죽어야 하는 게 아니겠냐구요. 그렇지요, 안 그래요? 그러니 일어들 나세요. 내가 이 부러진 작대기로라도 이물(앞장)을 잡을 터이니 다들 따라만 오란 말이오."

그러자 작대기마저 없는 놈은 삐꺽 마른 배시때기를 치고,

또 어떤 녀석은 쪼박난 솥뚜껑을 치며, 아니다 아니야, 내가 이물이다 내가 이물, 그러면서 벅적을 떨고. 참으로 제힘에 부친 목덜미가 절로 뽈락뽈락 제멋에 들락이는 그런 때박(순간)이었다.

한 녀석이 울먹이면서 웅얼댄다.

"관들 두시오. 벌써 나는 여러 술 일어나보았드랬수다. 하지만 놈들의 집을 지키는 여러 발(백)도 넘는 그 끔찍한 개망나니들의 막심(폭력)에 이렇게 온몸이 너덜이가 되었단 말이오. 더구나 저놈들은 나라의 벼슬아치인 따꾼(병정, 군대)과 칼잡이, 활잡이들과 한축(한패), 그놈들의 뒷배를 받고 있단 말이오. 그러니 울뚝 배짱 그것 하나만 갖고 쳐들어가보았자 목숨만 빼앗기고, 더러 살아온다고 하더라도 나처럼 팔다리를 못 쓰는 나간이가 된단 말이오. 그러니까 말이오, 뚤커(용기)가 있다고 하더라도 지린 목구멍 때문에 함부로 목숨을 들이대는 뚤커는 참짜 뚤커가 아니드라구요."

그 어떤 푸넘도 희답질(시답질) 않아 숨을 죽이고 있던 버선발도 딱 하나 속이 터지는 게 있었다. 그래서 냄새 이야기를 하던 사람한테 묻지 않을 수가 없었다.

"아저씨, 저 언덕바지에서 살찐 누렁소 통구이 냄새만 풍기는 저 커다란 잿집에선 쌍이로구 누가 사는 겁니까?"

이렇게 묻는 버선발은 쳐다보지도 않고 한 아저씨가 혼자서 중얼댄다.

"아, 그것도 모르고 어떻게 이 큰 서울 바닥에 발을 붙이고 있단 말이오. 그 집이 바로 무언가 값진 것들, 돈을 움켜잡을수록 야싸한 패랭이(깍쟁이)가 되는 납쇠, 그 고얀 놈네 집인데 그것도 모르고 있단 말이우?"

"납쇠라니요. 그게 그 사람의 이름인가요?"

"어허, 이 사람 이거 적어도 서울의 빌뱅이로 사는 꼴에 그 고얀 놈, 납쇠 놈도 모른단 말이오?"

"니에. 저는 그저 조개짓이나 팔러 다니는 조개짓 장수였거든요…."

"옳거니, 조개짓 장수라서 그렇게 퀴퀴한 냄새를 풍기고 있었구먼. 납쇠란 딴 놈이 아니지요. 사람이라고 하면 그 누군들 지납 못할(보아주질 못할) 개새끼지요. 이를테면 봄에 쌀 한 말을 꿔주고는 가을이 되면 그 채값(이자)으로 꼬박겻 쌀서 말을 받아 처먹는 날도둑이라니까요."

"아, 그래요? 그렇다고 허면 그저 개새끼라고 했으면 됐지, 그런 치를 일러 납쇠라고 부르는 까닭은 무엇인가요?"

"어허, 이 사람 이거 참말로 그것도 모르고 있었단 말이오. 납쇠란 돈밖에 모르는 놈을 이르는 말 아니오. 이를테면 사람도 모르고, 이웃도 모르고, 에미 애비도 모르고, 한 핏줄인 언애(형제)도 모르고, 오로지 돈밖에 모르는 돈버러지 돈놀이꾼을 이르는 말이 납쇠인데 그것도 모르고 있다 그 말이오?"

"아, 그래요? 그러면 그 맞은켠에 우뚝 솟은 잿집은 또 누구네 집인가요?"

"어허, 이 사람 이거 참말로 딴 벌개(몹쓸 세상)에서 왔나 보구려. 그놈을 일러 쫄망쇠 그러는 것도 이적지 모르고 있었단 말이우?"

"쫄망쇠라니요? 그 말따구도 무슨 뜻인지를 모르겠는데요."

"그저 처먹는 것밖에 몰라 돈이 될 만한 것이라면 이것저것 닥치는 대로 돈을 질러먹는 놈(투기꾼)이지요."

"무슨 말씀이신지."

"돈에 쪼들리는 놈의 땅을 돈 몇 푼으로 잡았다 내주었다, 샀다 팔았다, 되싸게(심지어)는 다 주저앉아가는 이웅집, 어줍지 않은 꼬랑내 풍기는 장독대, 그야말로 가난에 찌든 남의 아내도 돈으로 잡았다 풀었다 해서 알가 처먹고도 모자라 그 값을 올렸다 내렸다, 값을 제멋대로 꾸며 처먹되 그 무어든 처먹어 뗑뗑 떼돈꾼이 되었지만서도 그렇게 처먹을수록 소갈머리만큼은 한없이 좁아지는 땡추를 일러 쫄망쇠 그러는 걸 아직도 모르고 있었단 말이오? 처먹을수록 소갈머리는 끝없이 좁아지는 쫄망쇠."

"아, 그래요? 그러면 그 옆에 커다란 잿집은 또 누구의 집인지요?"

"그 새긴 그거 묻지도 마시우. 그 새긴 그거 내 입에 올리기도 싫수다. 그 새긴 그거 너무나 끔찍해 그건 사람도 아니고 그렇다고 짐승도 아니고 그럼 무어라고 하느냐. 뼉쇠라고 하지요."

"뼉쇠라니요."

"아니 젊은이, 젊은이가 사람도 아닌 그 뼉쇠를 이적지 모르고 있단 말이오. 그놈은 차마 입에 올리기조차 더러운 놈, 색시 장사란 말이오, 색시 장사. 가난한 집의 어여쁜 딸을 돈으로 샀다 팔았다. 그도 아니면 남의 사랑하는 댓님(연인)을 몰래 잡아다가 샀다 팔았다. 또 힘꼴이나 쓰는 사내놈만 골라 샀다 팔았다 하는 가이새끼(개새끼), 남의 피눈물과 제말(순결)만 처먹고 우겨먹고(제 아가리에 쑤셔 넣고) 더 나아가서는 사람에게서 가장 드높은 됨새(인품), 사랑을 샀다 팔았다 하는 가이새끼, 이른바 뼉쇠란 말이오."

들도 보도 못해본 낱말에 헷갈려 버선발은 그동안 마구 꾸겨져 있던 한숨이 또다시 줄을 지어 나왔다. 그렇지만 반드시 들어야 할 이야기인 것 같아 마른침을 애써 긁어 삼키며 되묻지 않을 수가 없었다.

"그럼 저렇게 으리으리하게 꾸려진 저것들은 그 끔찍한 돈놀이꾼 납쇠, 집과 땅, 그리고 여러 가줌(재산)들을 마구잡이로 질러먹기(투기)해서 배가 끝없이 띵띵해질수록 마음은 한없이 좁아지는 개새끼 쫄망쇠, 거기다가 색시장사, 남의 제 말만 짓밟는 끔찍하고 더러운 새끼 뻑쇠, 그 고얀 놈들의 놀이터로군요."

"그렇지요. 그러니까 우리 사람 사는 여기를 일러 벌개(사람 못 살 지옥)라고 하는 까닭이 뭔 소리인 줄 아시우. 그게 바로 저렇게 그저 마구 처먹는 아가리만 있고 모두가 꽝꽝 막힌 날귀 놈들이 틀어쥐고 있다는 말인 겁니다. 눈물 구멍도 막히고 땀구멍도 막히고 더구나 한숨 구멍만 막힌 줄 아세요? 오줌 구멍도 막히고 똥구멍도 막히고 새름(정)도 막히고 마음까지도 꽉꽉 막힌 놈, 날귀 놈들의 놀이터를 일러 벌개 그런다니깐요."

그 끔찍한 놈들의 이야기를 다 듣고 난 버선발은 너무나 텅무하고(어이가 없고) 속이 뒤집혀 바쁜 척하고 서둘러 언덕길을 넘었다. 하지만 거기서는 또 거기대로 길 구석에 즐비하게 누워 있는 빌뱅이들의 뜻밖의 웅성거림이 들려왔다.

"야 아들아, 매우 기쁜 새뜸(새 소식)이다. 이제 우리들도 이 지겨운 빌뱅이 짓도, 이 추운 한데에서 배가 고파 징징대던 시름도 마침내 끝이 나게 되었다. 이제 우리도 곧 집도 생기고 땅도 생기고 쌀도 쌓아놓고 사는 사람으로 살게 되었단 말이다. 밑 빠진 독이 아니라 주둥이까지 하얀 쌀로 가득 찬 쌀독에 묻혀 살게 되었단 말이다."

"아니 아버지, 그게 무슨 말이야? 우리들은 입때껏 저 납쇠, 쫄망쇠, 뼉쇠 놈들한테 있는 것, 없는 것들을 죄 쫄딱 털려 빌뱅이가 되었고, 되싸게는 우리 빌뱅이들의 욱끈(건강)까지 몽땅 쌔코라뜨려(망쳐) 빌뱅이치고도 깡빌뱅이가 되었는데, 어떻게 그런 우리 까강(아무것도 못 가진 사람) 깡빌뱅이들한테도 쌀이 생기고 집과 땅까지 생긴다는 말씀이신가요, 아버지?"

"야 인마 너, 아직 그 말도 못 들어봤어? 마침내 버선발 어르신네가 나타나셨다질 않아. 그 무시무시한 톡배 놈, 너도 그놈 이야기는 익히 들어서 알고 있는 그놈. 사람을 기름을 짜듯 짜먹고 배틀어먹되 따구니(악귀)보다도 더 야싸하게(모질게) 알가 사람의 소름 끼치는 죽음, 사람들의 뿔대(노여움)마저 모두 쥐어짜 제 가줌(재산)만 불려가던 그 던적 놈의 집이 어더렇게 해서 대들보부터 팍삭한 줄 알아? 그게 바로 그 버선발 어르신네 때문이야, 인마. 그 버선발 어르신네는 구찮게시리 손 같은 건 안 써. 발만 딱 한 술 들었다 놓았어. 그런데도 그 고래 등 같은 잿집이 그냥 악살 났다는 게 아니가.

그렇다고 허…면… 그런 거룩한 버선발 어르신네께서 다시 나타나셨다고 허…면… 그 어먹한(위대한) 버선발 어르신네께서 저 개망나니 새끼들인 납쇠, 쫄망쇠, 뻑쇠 놈들을 가만 놔두겠어, 응?

그 버선발 어르신이 어떤 어르신네냔 말이다. 저 너른 바다를 딱 한 방에 없애 엄청난 땅으로 만들어놓았지만서도 저네 엄마가 그렇게도 갖고 싶어 하시던 호박 한 포기 심을 만한 땅 한 뼘을 아니 떼어주신 그런 분이시다. 그야말로 어림할 수도 없고 대울(상상)할 수도 없는 이따(큰 그릇), 아니다 그것보다는 담을수록 한없이 커가는 그릇 '바라'다 바라. 그 어마어마한 바라 어르신네께서 다시 돌아오셨으니 어절씨구 그 고얀 놈들을 그냥 놔두겠어, 엉? 딱 한 발에 그대로 앙짱을 낸 다음 그 많은 땅, 그 많은 쌀, 그 많은 누리끼리(금은보화)들을 모두 다 어더렇게 하겠느냐구, 응?

우리들 일꾼들의 눈물 젖은 그 가죽들을 쩨쩨하게시리 버선발 어르신네께서 제가 가질 것 같으냐? 어림 쪽푼어치도 없는 소리. 저는 하나도 가지질 아니하고 몽땅 우리 가난하고 불쌍한 빌뱅이들한테 도루 다 나누어줄 거란 말이다. 그러니까 이제는 우리 빌뱅이들에게도 곧 참짜 앞날, 새벽이 터온다 그 말이다. 알가서?"

"아따 그…그…으래요? 그렇다고 허면 저도 아버지 말씀만 믿고 오늘 밤부터는 꼬물치(떼쓰기)라는 건 어쨌든지 징징 조르지도 않겠습니다, 아버지."

"암, 그래야지. 아이구 내 새끼 내 새끼 으하하하."

그런 소리를 듣고 있던 버선발은 얼핏 귀를 털고 싶으되 탈탈 털고 싶었다. 그래서 슬며시 자리를 비켜 가는데 갑자기 다리가 비칠거린다.

뜬쇠, 나간이, 니나들의 참하제

'아, 내가 왜 이러는 것일까'라는 웅얼이가 절로 나왔다. 오며 가며 사람을 만난다는 것이 왜 이리 끔찍하고, 더구나 사람 사는 데가 왜 이리 어지러운가, 그러면서 발길을 어기적어기적 끄는데 어디서 오는지 무리 지어 있는 사람들의 맨앞을 가던 이가 물어왔다.

"아저씨, 이리로 가면 서울의 큰들락(대문)으로 들게 되는 거 맞습니까?"

"니에, 이리로, 제가 오던 길로 가시기만 하면 됩니다."

그래 말을 하다가 언뜻 눈깔을 휘둥그레 굴리질 않을 수가 없었다. 그 많은 사람들이 몽조리 맨발이 아니냔 말이다. 저렇게 맨발로 서울의 큰들락으로 들어오게 되면 다짜고짜 빼대기(강도)가 아니면 나라의 할대(법)를 어기는 때갈꾼(죄인)으로 몰아 그 자리에서 뎅겅 목을 친다는데 어쩐다지? 그런 생각이 들자 버선발은 저도 모르게 쭐이 타(다급해져) 묻지 않을 수가 없었다.

"아니 댓님(당신), 댓님들께서는 무엇을 하시는 분들인데 왜들 그렇게 떼를 지어서 서울로 밀려들 오는 겁니까?"

그래 물었더니 맨 앞에서 길라잡던 이가 눈치코치 안 보고 마치 뜨거운 불덩이를 게우듯 왝 하고 내뱉는다.

"보면 모르시오. 우리들은 괏따 소리(거짓을 깨뜨리고 끊임없이 새롭게 태어나는 소리)로 말을 하고 또 괏따 소리로 노래를 부르는 저어갈꾼(예술가), 뜬쇠들입니다, 뜬쇠."

"뜬쇠라니요."

"아니, 서울에서 사신다는 분이 입때껏 뜬쇠도 모르고 있단 말이오."

"니에, 저는 그저 뒷골목이나 들락이는 조개짓 장수거든요. 그래서 뭘 잘 몰라 묻는 겁니다."

"그래요? 그러면 나네란 말뜻은 아시지요?"

"니에, 언 땅을 지고 어영차 일어서는 새싹을 일러 나네라고 하질 않습니까."

"옳거니, 바로 그거요. 하지만 뜬쇠란 언 땅만 어영차 지고 일어서는 새싹만은 아니지요. 살아가면서 자꾸만 덧씌워지는 껍데기가 있질 않습니까. 거짓과 속임, 저만 잘살겠다고 하는 뚱속(욕심) 같은 거, 그러니까 치사하고 더럽고 야싸한 껍데기, 날마다 뒤집어쓰는 그런 껍데기들을 까팡개쳐 날마다 새롭게 태어나게 되는 새뚝이를 일러 뜬쇠라고 하지요."

"아니 그렇다고 허면 사시던 라비(고향)에서 씨갈이(농사)나 하시면서 뜬쇠가 되면 됐지 서울은 왜, 무엇 때문에 그렇게 떼를 지어 오시는 거냐구요."

"어허, 그걸 아직도 모르고 있단 말이오. 서울에서 가장 큰 잿집(기와집, 궁궐)에서 사는 치가 누구요? 임금이라는 치 아닙니까. 그치가 입을 열었다 하게 되면 띠따 소리밖에 더 냅니까? 이를테면 하나에서 열까지가 몽땅 거짓말이요, 열에서 발(백)까지가 몽조리 속임말이요, 발에서 짠(천)까지가 몽땅 욱지르기(공갈 협박), 다시 말하면 겉 다르고 속 다른 새시빨간 거짓인 띠따 소리라.

그것을 깨트려야 하는데 그것이 무엇이겠어요. 꽷따 소리 아니겠어요. 바로 우리들의 꽷따 소리로 그 띠따 소리를 한바탕 들이까부수려고 오는 겁니다."

"가만있자, 이참(지금) 댓님께서 뭐라고 하셨습니까. 꽷따 소리라고 하셨나요? 그 꽷따 소리는 또 뭔 소리인지요?"라고 묻자 그는 말은 않고 대뜸 '와라' '와라 왈랄라' 하고 크게 내지르다가 그 매듭일랑은 두 손에 들고 있던 홈빡 속이 파져 있는 박달나무 자루를 쩡, 쩡, 또 쩡, 귀횟구멍이 쨍 하고 나가도록, 아니 가슴이 다 뭉뚝 뭉개지도록 맞부딪치더니 "이게 바로 꽷따 소리지요, 꽷따 소리" 그런다.

"그게 뭔 말이냐. 사람의 시커먼 속을 들쒸운 온갖 거짓말, 모든 속임말. 뿐인 줄 아시우? 그 앙큼 그 엉큼 그 샛노란 등빼기(배신)의 껍질을 사그리 까팡개치고는 끊임없이 새롭게 태어나는 소리가 꽷따 소리라. 그 소리로 저 앙뚱하고 엉큼한 임금이라는 치의 띠따 소리의 콧대를 꺾으려고 서울로 들어오고 있는 겁니다."

이 말을 듣자마자 버선발은 제 몸에 들쒸워져 있던 껍질부터 알알이 깨져나가는 듯 넋살(정신)이 퍼뜩 들어 발길이 다 산뜻해지는 듯했다. 그래서 성큼 발길을 옮기는데 무언가가 뭉클… 하마터면 큰일 날 뻔했다. 손발이 뜻 같질 않아 배밀

이로 제 뜻을 들이대고자 가고 있던 이의 등때기를 밟을 뻔했기 때문이다.

버선발은 저도 모르게 넋살이 번쩍, 발길을 뺀다는 게 무언가가 또 뭉클. 이참에야말로 큰일 날 뻔했다. 어느 앉은뱅이의 넓적다리를 밟을 뻔했단 말이다. 그래서 소름이 오싹해 찬찬히 살피노라니 이참엔 입이 다 어벙벙했다. 그렇게 밀려가는 무리들은 모두 시키는 대로 일만 하다가 몸뚱아리의 어느 하나가 몹시 일그러진 나간이(장애인)들이 아니냔 말이다.

허리를 못 쓰는 이, 팔 하나가 잘려 나간 이, 팔은 있다고 하더라도 손목 하나가 없는 이, 손목은 있다고 하더라도 손꼬락이 없는 이, 아니 발목이 떨어져 나가질 않았으면 발꼬락이 없는 이. 뿐이랴, 눈깔 하나가 없는 이들이 참다못한 듯 울부짖는 소리가 들려왔다.

"여보시오, 댓님은 쌍이로구 누구이시기에 우리들한테 마치 무언가를 캐내려는 듯 그렇게 꼬치꼬치 살피고 있는 거요. 우리들은 딴 사람들이 아니란 말입니다. 이렇게 손발이 없어져 사람의 욱끈(건강)이 쌔코라지긴(망가지긴) 했지만서도 지난날 우리들의 그 날래던 욱끈을 도루 내놓으라고, 서울에 산다는 그 고얀 놈 납쇠, 쫄망쇠, 뻑쇠 놈을 찾아가던 길이오. 그런 우리를 왜 그렇게 트릿하게만 보고 있는 거요?"

이에 버선발이 놀라 '아니아니 올~올~올~' 그러는데, 그 야말로 껍질과 뼈다구가 마치 한데 붙은 가문 날의 콩깍지처럼 삐희걱 말라배틀어진 이가 나선다.

  "여보시오, 우리들은 보시는 바와 같이 이렇게 볼품없게시리 배시짝(바짝) 말라배틀어져 있는 거 같지만서도 우리도 한때는 힘살이 마치 줄기찬 묏줄기(산맥)처럼 울퉁불퉁했었단 말이오. 하지만 우리들의 진땀, 박땀, 무지땀, 비지땀까지를 몽땅 다 빼앗겨 이 꼴이 되어 이참은 그 빼앗긴 우리들의 욱끈과 함께 피땀, 피눈물을 찾으러 가던 길이란 말이오."

  "아니 그걸 어디에 사는 누구한테서 그 안타까운 땀과 피눈물들을 다시 찾아오신단 말씀이신지."

  "딴 거 있어요? 거 남을 알가먹되 그 씨앗부터 홀랑 알가먹는 던적(병균)보다도 더 끔찍한 납쇠, 쫄망쇠, 그리고 그 낯짝부터가 우라질 뻑쇠 놈들이지, 딴 놈들이 또 있겠어요?"

  이 말을 듣자 버선발은 가분재기 눈시울이 왈칵했다. 참으려고 해도 참아지질 않는 눈물이 터져 나와 고개를 옆으로 돌리다가 이참에야말로 소스라쳐 놀라게 되었다. 눈앞에 맞닥뜨린 이들이야말로 무언가 한바탕하러 가는 이들처럼 보이질 않는 그야말로 착하디착한 니나(민중)들이 아니냔 말이다. 누군들 돌멩이 하나 치켜든 이가 아무도 없다. 눈에 띈다는 게 소달구지에 탄 이들과 그 뒤를 따르는 이들이 쭈악 하니 줄지어 가는데 그 끝이 안 보였다.

떨어질세라 달구지 모퉁이에 꽁꽁 묶여 있는 갓난쟁이와 돌잡이, 그리고 달구지 한복판에 비스듬히 앉았거나 아예 누워 있는 할머니 할아버지들이 덜커덩 삐끄덕, 삐끄덕 덜커덩. 그것은 모두 한 집안에 사시는 한 밥네(식구)들이요, 이 마을 저 마을의 밥네들이 온통 통째로 몰려나온 것이 틀림없었다.

그래서 버선발은 저도 모르게 가슴이 두근두근서려 다가가 묻질 않을 수가 없었다.

"아니, 여러분들께서는 봄나들이를 가시는 것 같지도 않고 쌍이로구 어딜 가시는 분들이십니까?"라고 묻자 맞대가 나오는데 겉보기와는 영 다르게 깐깐한 맞대가 나왔다.

"보시는 바와 같이 우리들은 우리들의 하나밖에 없는 목숨을 들이대 빼앗긴 우리들의 하제(희망, 내일)를 찾으러 가던 길입니다."

'뭐라고? 하나밖에 없는 목숨이라고?'

버선발은 이 말에 그만 가슴이 다 철렁했다. 그래서 온몸을 들이대듯 묻질 않을 수가 없었다.

"그 하제라는 게 쌍이로구 무엇인데 그러십니까?"

"아니, 그걸 물음이라고 들이대는 겁니까? 그 하제란 말로는 새벽이지만 햇덩이가 가져오는 새벽이 아니지요. 그건 우리 사람이 가져오는 새벽이라야 합니다."

"무슨 말씀이신지. 그런 새벽도 다 있습니까?"

"있다마다요. 사람이란 일을 해야 살 수가 있는 거 아니겠습니까. 그런데 땀을 흘리는 이 따로 있고 땀은 한 방울도 아니 흘리면서 남이 흘린 땀의 열매만 뺏어먹으면 어떻게 되겠습니까. 땀을 흘려보았자 그것을 뺏는 놈만 배불리 잘살고 정작 땀을 흘리되 죽어라고 흘리는 놈들은 앞이 안 보이는 겁니다.

그러니 참된 하제란 무엇이겠어요. 남을 시켜만 먹으려 들면 그건 참짜 하제를 죽이는 게 됩니다. 그럼 어떻게 해야 되느냐. 너도 일을 하고 나도 일을 해야 합니다. 그리하여 너도 나도 잘살되 올바로 잘살아야 그게 참짜 하제지요. 무슨 말이냐. 잘살되 나부터 잘살겠다고 하면 그건 남이 흘린 피눈물의 땀을 내가 뺏겠다는 거나 다름없습니다.

그래서 첫째, 나부터라는 뚱속(욕심)을 찢어 팡개치는 참된 깨우침으로 사람을 다시 태어나게 해야 합니다. 둘째, 사람만 잘살겠다고 해서도 안 됩니다. 이 누룸(자연)과 더불어 다 함께 잘살아야 합니다. 사람만 잘살아보자고 하면 이 누룸,

이 아름다운 누리(우주)까지를 모두 쌔코라뜨리게(망치게) 됩니다. 셋째, 사람의 몹쓸 된깔(본질)의 하나가 무엇인 줄 아세요? 깜빡 깨어났다가도 깜짝 잊고 마는 깜딱(나밖에 없다는 못된 생각)입니다. 무슨 말이냐. 사람이라는 목숨(생명)으로 다른 모든 목숨을 몽땅 다 내쳐버리는 그 못된 된깔입니다.

어떻게 제 목숨만 목숨입니까. 다른 모든 목숨도 목숨이지. 그러니까 그런 몹쓸 된깔일랑은 그대로 찢어 팡개치고는 참목숨, 다시 말하면 목숨 아닌 댄목숨(반생명)과 싸워 틔운 참목숨인 살티를 살려내야 합니다. 그게 무엇이겠어요. 그게 무엇이겠느냐구요. 그게 바로 노나메기입니다."

아, 한판 울음소리

뭐라구, 노나메기라구?

버선발은 언뜻 애뚝이 할머니가 노나메기란 '오랜 앞서부터 가진 것이라곤 제 피땀, 제 피눈물밖에 없는 니나(민중)들의 바랄(꿈)'이라고 하시던 생각이 떠올랐다. 그렇구나, 노나메기란 나만 알고 있는 줄 알았더니 참말로 니나들의 하제(희망)였다는 것을 다시 깨닫게 되자 질질 끌리던 발길이 사뭇 새빛처럼 가벼워질 적이다.

　무언가가 물씬. '에케, 이건 또 무엇이람…' 하고 내려다보니 그건 놀랍게도 콸콸 시뻘건 핏줄기, 그 핏줄기가 굽이쳐 어쩌자고 버선발의 발목까지 차오르고 있다.

　'이 서울 한가운데서 웬 피가?' 하고 놀라다가 버선발은 무언가가 잽싸게 더듬어졌다. 이것은 마땅쇠(결코) 짐승의 피는 아니라는 것이다. 짐승의 피라고 허면 이렇게 넘치질 않는다. 내가 어릴 적 사냥을 해봐서 잘 안다. 그러면 누구의 피가 이렇게 냇물처럼 흐른단 말인가.

　버선발의 가슴엔 퍼뜩하고 떼로 몰려가던 뜬쇠(예술가), 나간이(장애인), 그리고 이름 없는 니나들이 단 한 사람도 뒤로 물러선 이가 없었던 것이 떠오르자 저도 모르게 가슴이 쿵쾅쿵쾅 얼얼해 있을 적이다.

　흐르는 핏줄기 땜에 피범벅이 된 웬 나간이 한 분이 "아저씨, 나 좀 일으켜주세요. 나도 나가 끝까지 싸우려고 합니다" 하며 그 피투성이 팔을 내민다.

　이에 얼김에 손을 잡아 일으키려고 할 적이다. 가분재기(갑자기) 화살 여러 개가 쌩쌩 날아오더니 그 가운데 하나가 손을 내밀던 버선발의 어깨에 철커덩.

　깜빡 쓰러졌다가 일어나 화살을 잡아 빼니 거기서 솟는 피까지 겹쳐 온몸이 피범벅이 되고 있다. 그 때문에 몸뚱아리에서 남은 것이라곤 오로지 번덕번덕 두 눈망울뿐. 그것을 길라잡이로 화살이 비 오듯 하는 속을 떡하니 가슴을 내밀고 앞으로 앞으로 아득히 사라지고 나서다.

열두어 살밖에 안 돼 보이는 어린 머스마 하나가 목이 차 나타나더니 크게 크게 소리소리 친다.

"아, 여러분, 아, 여러분. 깜짝 놀랄 새뜸입니다, 깜짝 놀랄 새뜸. 마침내 임금이라는 그 띠따 놈이 그 커단 잿집과 함께 팍삭했답니다. 그리하여 노다지 띠따만 나불대던 임금이라는 치가 그 집 더미에 묻혀 돼졌답니다."

이에 와~ 하는 소리와 함께 이 집 저 집, 이 골목 저 골목에서 사람들이 뛰쳐나오는데도 그 어린 머스마가 또다시 소리소리를 지른다.

"아… 아… 여러분, 참짜 새뜸이 또 하나 있습니다. 그 지긋지긋하게 사람의 피와 눈물과 한숨까지도 죄 빨아먹던 납쇠, 쫄망쇠, 뻑쇠 놈들도 그네들의 집과 함께 몽조리 폭삭, 한꺼술에 다 돼졌답니다."

그러자 와~ 소리만 내지르는 게 아니었다. 칠 수 있는 것들은 몽조리 다 들고 몰려나와 소리 높이 치면서 길거리를 거센 물살처럼 메워갈 적이다.

그 맨 뒤에서 온몸이 핏덩어리라 쌩이로구 누구인지를 도통 알아볼 수가 없게시리 눈만 반짝반짝하는 한 아저씨가 다리 부러진 지게를 한쪽 어깨에다 비스듬히 걸친 채 소리 없는 울음을 펑펑 울면서 따라가더라는 이야기다.

| 발문 |

버선발은 백기완이다

김병기

(오마이뉴스 기자)

거리의 백발 투사, 백기완 선생. 나는 그가 2018년 9월 서울 대학로 학림다방에서 건넨 두툼한 원고 뭉치를 집으로 가져와 단숨에 읽었다. 벽초 홍명희 선생의 《임꺽정》을 읽을 때의 맛이 되살아났다. 영어와 한자어를 섞지 않은 낯선 우리말은 싱싱하고 구수하며 감칠맛이 돌았다. 활자에 갇힌 글이지만 귀로 듣는 살아 있는 말 같았다. 그 말 속에 머슴으로 살아온 정서와 그 앞에 오롯이 선 정신이 칼날처럼 번뜩였다.

 버선발이 겪는 사건의 연속은 매 순간마다 한편의 드라마처럼 숨 가쁘게 다가왔다. 그리스 로마 신화에 등장하는 그런 영웅은 없었지만 민중의 삶을 적나라하게 드러내는 역사적 서사시이자 민중 정서를 담은 서정시였다.

버선발 이야기는 현대와 과거를 넘나드는 한판의 마당극이기도 했다. 수백 년 동안 머슴들이 흘린 눈물은 타령조였다. 지금 노동자들이 공장과 고공 농성장에서 흘리는 눈물의 농도와 다르지 않았다. 민중의 설움은 겨울 산의 가랑잎처럼 켜켜이 쌓였다. 여기에 불이 붙자 그 분노는 휘모리장단으로 몰아쳤다. 광화문 광장을 태운 촛불 함성도 이와 같았다.

이때마다 나는 거리에서 갈깃머리를 휘날리며 목에 힘줄을 세우던 백기완 선생을 떠올렸다. 때로는 서로 마주 보며 대거리를 하다가도 마른 손으로 슬며시 탁자를 두드리며 시작하던 굿거리장단은 전쟁터에서 돌아온 자의 탄식이자 짧은 휴식이었다. 민중 속에서 어울리고 부대낄 때 찾아드는 버선발의 애환과 같았다. 내가 본 버선발은 백기완이었다.

거짓을 깨운 가난

어린 버선발은 코촉집에 혼자 남아 새끼줄에 매단 밥보자기를 떼려고 콩다콩 콩다콩 뛰었다. 일제 강점기, 1933년 황해도 은율 구월산 자락에서 태어난 어린 백기완도 배가 고팠다. "돼지기름 덩어리 한 조각을 먹는 것이 어릴 적 꿈이었다"고 말할 정도였다. 축구 선수가 꿈이었던 어린 백기완은 축구공이 없어서 돼지 오줌보를 차면서 뛰어다녔다.

버선발 엄마의 잠꼬대처럼 어린 백기완의 엄마도 호박 한 뿌리 심어먹을 땅 한 뼘이 없었다. 백기완 선생이 언젠가 내게 했던 말이 생각났다.

"문을 차고 집에 들어와서 '엄마 밥 줘' 하니 고개만 끄덕이셨어. 솥을 여니 콩국 한 그릇과 강냉이 한 자루. 그걸 먹고 나서 또 졸랐지. 그때 하신 말씀이 있어. 야 기완아! 이웃들도 다 어려운데 네 배지(배)만 부르고 네 등만 따스하고자 하면 키가 안 커. 몸뚱아리 키도 안 크지만 마음의 키도 안 큰다는 말이야."

어린 백기완은 엄마의 이야기를 격언처럼 가슴에 새겼다. 버선발도 엄마가 들려준 소쩍새 이야기의 진실과 머슴으로 살아가는 삶의 참혹함을 기억했다. 버선발의 엄마는 백기완의 엄마였다.

길거리 스승

버선발은 대여섯 살 때 엄마와 헤어졌다. 어린 백기완은 초등학교를 졸업한 뒤 열세 살에 엄마와 헤어져 아버지와 함께 서울로 왔다. 그 뒤 6·25전쟁이 일어났고, 백기완은 엄마를 만나지 못했다. 엄마와 헤어진 버선발이 산속에서 사냥꾼의 우두머리 돌팔매와 만난 대목을 읽을 때에는 5~6년 전 백기완 선생과 나눴던 대거리가 생각났다.

"선생님이 스승으로 삼는 분이 있습니까?"

"1946년 겨울이었어. 열세 살 때지. 나랑 같은 거지 한 놈이 날 마구 놀리더라고. 내 몸에서만 이가 나왔다는 거야. 그놈이 나를 톡톡 박더라고. 코피가 터졌어. 그래서 그놈을 번쩍 들어서 메다꽂고 때리려는데, 누가 나를 툭 쳐서 돌아보니 가대기(서울역 짐꾼) 형이야.

그 형한테 내가 '형, 내가 이놈 이겼지?'라고 자랑스럽게 물었어. 그런데 그 형은 '야 인마, 가진 것이라고는 이밖에 없는 놈들끼리는 싸우면 코피만 터져. 싸움은 가진 놈들, 나쁜 놈들하고만 하는 거야!' 하면서 풀떡 한 개를 사주더라고. 그 형이 항상 생각나."

참짜 춤꾼

버선발은 머슴으로 끌려가 숱한 고초를 겪었다. 1953년부터 농민운동을 시작한 백 선생의 삶도 순탄치 않았다. 1964년에는 한일협정 반대운동을 벌였고, 1974년에는 긴급조치 1호 위반으로 15년형을 선고받았다. 1979년 10월 26일 김재

규가 권총으로 박정희를 쏜 날에도 백 선생은 계엄령 위반으로 서빙고 보안사에 끌려갔다. 권총 개머리판에 뒤통수를 맞고 기절한 채 감옥으로 들어갈 때 백 선생의 몸무게는 80킬로그램이었지만 나올 때는 38킬로그램이었다.

"천장에 거꾸로 매달려서 한참을 두드려 맞고 깨어보니 바지에 똥을 싼 날이 많았어. 시멘트 바닥에 깔린 그걸 혀로 핥으라는 거야. 못 핥겠다고 버텼더니 군홧발로 내 배를 마구 밟았지."

버선발이 굿판에서 배를 땅에 깔고 몸서리를 치던 대목을 읽으면서 백 선생의 이 일화가 떠올랐다. 머슴이 주인에게, 민중이 독재정권에 맞설 때마다 어김없이 혹독한 탄압이 가해졌다. 하지만 무릎을 절대 꿇지 말라던 버선발 엄마의 말씀처럼, 죽음 앞에서도 저항한 백 선생은 참짜 춤꾼이었다.

니나의 실체

거리에서 싸우면서 늙어간 여든일곱의 백발 투사. 고문의 후유증으로 지팡이를 들어야 했지만, 그는 2017년 겨울 탄핵 촛불집회 때도 한 번도 빠지지 않고 거리에서 촛불을 들었다. 지금도 노동자들의 고공농성 현장이나 싸움터로 달려가 민중해방을 외치고 있다. 그는 2018년 심장수술을 받고 병원에 누워 있을 때도 이 원고를 마무리해야 한다는 생각뿐이었다. 이런 그가 버선발 이야기의 원고를 완성해 내게 건네면서 했던 말이 있다.

"민중은 누구냐. 낫 놓고 기역 자도 모르는 무지랭이들이야. 한문 표기가 일반화되면서 백성이라고 하지만 우리말로는 '니나'라고 해. 니나노~ 닐리리야~ 닐리리야~ 니나노~. 여기서 그 니나야. 니나의 문화, 니나의 사상, 니나로 살려고 하는 사람들의 싸움이 하나가 된 게 민중사상이야. 민중사상이 있어야 썩어 문드러진 자본주의를 결정적으로 해체할 수 있어.

민중은 글을 몰랐기에 기록이 없어. 내가 버선발 이야기를 어머니한테 들은 것처럼, 말로 전해오는 것밖에 없다고. 전 세계를 통틀어 민중사상이나 문화를 기록한 건 거의 없어. 인류 역사는 민중을 죽인 역사야. 이것을 서술적으로 반박하기보다는 진짜 사람이 가져야 할 희망의 실체, 민중의 역사적 실체를 기록하고 싶었어. 민중사상의 원형이 버선발이야."

땀은 누구의 것인가

백 선생의 말처럼 버선발 이야기에는 민중의 문화가 스며 있다. 너도 일하고 나도 일하고, 너도 잘살고 나도 잘살되, 올

바로 잘사는 노나메기 세상. 버선발 이야기에는 '내 것은 거짓말'이라는 민중사상의 핵심이 담겨 있다. 땅에 떨어진 땀은 한 줌 거름일 뿐이라는 가르침, 네 것도 아니고 내 것도 아닌 자연의 재생산 구조에 속한 것일 뿐이라는 깨달음이다.

  버선발 이야기는 투쟁의 역사다. 맨 처음 나섰던 사람들은 '뜬쇠'라고 불리는 예술가들이었다. 2016년 겨울, 문화예술인들이 광화문에 모여 무기한 노숙 투쟁을 하면서 박근혜 탄핵 촛불을 점화시켰던 일이 떠올랐다. 뜬쇠들에 이어 힘겨운 노동으로 상처를 입은 장애인 '나간이'들이 나섰다. '니나'인 진짜 민중들은 마지막으로 나섰다. 희망(하제)을 찾기 위해서였다.

민중의 말

  말과 글은 뜻에 머물지 않는다. 정신과 문화를 담고 있다. 백 선생은 "영어는 미국이 세계를 지배하는 문화적 수단"이라면서 "우리말이 영어에 묻혀 없어지는 것은 인류 문화를 죽이는 일"이라고 강조해왔다. 그는 버선발 이야기를 쓰면서 영어와 한자어를 하나도 사용하지 않았다. 민중의 삶과 사상을 우리말로 그렸다. 민중 언어의 복원이자 정신의 복원이다.

버선발 이야기의 곳곳에는 도끼로 내리찍는 듯한 직설이 살아 있다. 버선발이 수챗구멍에서 엄마와 만나는 장면은 비유와 과장이다. 발 디딜 데 없는 민중의 피폐한 삶을 현실감 있게 전달하고 있다.

백 선생은 때로는 음유시인처럼 서정시를 써 내려갔다. 주인들에게는 불온한 시이겠지만 '서정시를 쓰기 힘든 시대'에 머슴들의 서정이 절절하게 녹아 있다.

백 선생은 이 책의 마지막에 버선발의 모습을 이렇게 담았다.

"그 맨 뒤에서 온몸이 핏덩어리라 쌍이로구 누구인지를 도통 알아볼 수가 없게시리 눈만 반짝반짝하는 한 아저씨가 다리 부러진 지게를 한쪽 어깨에다 비스듬히 걸친 채 소리 없는 울음을 펑펑 울면서 따라가더라는 이야기다."

버선발은 영웅이 아니다. 버선발은 오랜 길거리 싸움의 상처인 지팡이를 짚으며 지금도 힘겹게 한 시대의 고개를 넘고 있는 백기완이고 우리 민중이다.

낱말 풀이

ㄱ

가갈: 사람의 기
가나무: 도토리나무
가래이: 가랑이
가물: 신비감
가분재기: 갑자기
가시: 구더기
가위떡: 마음이 담긴 떡
가이새끼: 개새끼
가줌: 재물/재산
가팔: 위기
간데: 중심/핵심
간들: 운명
간소리: 제 모습 됨새를 감추는 소리
간자리: 끔찍한 흉터
갈마: 역사
갈사위: 거짓 사위
감탕밭: 물기가 많아 쑥쑥 빠지는 진흙 땅
갓나: 가뜩이나

갓대: 증거/증표/증명
갓짓하다: ①가지런하다 ②조리 있다
갓신: 가죽신
개개비: 조그마한 새의 하나
개나발: 쓸데없는 소리
개마름: 아주 못된 앞잡이
건건이: 반찬
건덕지: 건더기
걸기작: 장애
겉빌뱅이: 빌뱅이 아닌 빌뱅이
게를: 예의
계잡이: ①정보원/정탐꾼 ②앞잡이
겟겨움: 역겨움
겟트림: ①쓸데없는 데 기를 쓰는 짓
 ②제가 저를 저버리는 못난 짓
겹겹팀: 첩첩산
괏따 소리: 거짓을 깨뜨리고 끊임없이
 새롭게 태어나는 소리
괏따치다: 온갖 거짓을 보는 대로 깨뜨
 리다
괴난: 괜한

구럭: 자루 같은 물건
굳낌: 질서
굴대: 방법/어떤 수
귀싯방매: 볼따구
그레글: 넋살(정신)을 빼앗긴 듯 얼얼
긴북: 장구
길나: 과정
김장우리: 김장독을 감싼 짚
까강: 아무것도 못 가진 사람
깜딱: ①급변 ②나밖에 없다는 못된 생각
깜빡: 순간
깡아대기: 날강도
깨비: 귀신/신령
깨비이야기: 신화
꺼딴: 영 다른
꺼딴 일/짓: 별일
꺼이: 감히
껄낌: 겁/겁에 질려
께껍다: 언짢다
께끔하다: ①치사하고 모질다 ②더럽다
꼬꼬지: ①아주 오래된 ②오랜 옛날
꼬나: 오해
꼬나다: 재다/따루다
꼬나들다: 바싹 들어올리다
꼬나오다: 홱 달려오다
꼬무래: 꼬물
꼬물치: 떼쓰기
꼭짓: ①점 ②지적

꼰치: 노예
꽹매기: 꽹과리
꾸대: ①목을 달아야 할 사형수 ②흉악한 놈
꾸리: 기적
꾸벙: 인사
꾸술: 조화
꿍셈: ①궁리 ②음모
끓탄: 비극
끔: 근(斤)
끔찔하다: 놀라다
끝 간 데: 한계
끼거: 신세
끼국: 은혜
끽쇠: 역정/심통

ㄴ

나간이: ①장애인 ②몸에 금이 갔으나 넋살만큼은 더욱 말짱한 이
나간집: 빈집
나무덩커리: 나무뭉치
나발: 소문
날나발: 괜한 뜬소문
날뚱맞다: 엉뚱하다/생뚱맞다
날뜸꺼리: 떠도는 말
날래: 해방
날멋: 촉감
날칼: 창

날칼잽이: 창잡이
날퉁사람: ①아직 덜된 사람 ②사람이 안되는 이
낮이: 층계
낮참: 점심
내: 연기
내둘: 표현
내주: 용서
내킴: 마음먹기/마음먹은 김에
낼수: 세금
넉발: 풍년
넋살: 정신
널땅: 대지
널마: 대륙
널밭: 농장
노나메기: 너도나도 일하고 그리하여 너도 잘살고 나도 잘살되 올바로 잘 사는 살곳(세상), 니나(민중)들의 바랄(희망)
노다지: 늘
논놀: 조화
놀투: 장난
놀투꾼: 장난꾼
누룸: 자연
누리: 우주
누리끼리: 금은보화
눌데: 방
눌데구석: 방구석
눌데바닥: 방바닥
뉘희깔: 눈

늘매: 손자
니나: 민중/백성(무지랭이)

ㄷ

다락: 경지
다부: ①다시 ②부탁
다햄: 충성
달구름: 세월
달그럴: 달그림자
답쌔기다: 후려갈기다
당아니: 거위
대들: 저항
대로: 자유
대울: 상상
댄: 반대/반대쪽
댄돌이로: 반대로
댄말: ①반말 ②항의
댄목숨: 반생명
댄세울: 반도덕
댄투: 반대
댓님: ①당신 ②연인
더듬: 꿍꿍이
던적: ①짓이겨야 할 병균 ②악귀/잡신 ③사람이 아닌 목숨
덩메: 덩치
돌낮이: 돌층계
돌려쓰기: 역이용
돌찌기: 돌멩이

되싸게: 심지어
된깔: 본질
된꼴: 원칙
된셈: 영문
된캉: 원래
될끼: 가능성
될데: 낙원
됨새: ①신세 ②인품
됫빨: 기상
됫빵: ①전적으로 ②몹시
두올: 쌍/두 줄기
뒷들락: 뒷문
든메: 사상
들락: 문/문짝
들락고리: 문고리
들락지방: 문지방
들메: 묏덩이에 부딪치는 바람/휘감아
　치는 바람
등빼기: 반역/배신
등빼기 놈: 반역자
따구니: 악귀/잡신
따꾼: 병정/군대
따따하다: ①자자하다 ②근거 없는 소
　문이 떠돌다
따름: 근(斤)
따름따름: ①점점 ②계속
딱치다: 터무니없이 다그쳐오다
땅별: 지구
땅불쑥하니: 특별히/특히
때갈: 죄

때갈꾼: 죄인
때결: 시간
때박: 순간
때참: 기회
떨꽝: 한바탕 일어나는 흥
떵딱: 장단
떼: 성깔/심통
떼땅꾼: 땅부자
똑둥이: 쌍둥이
똑따구니: 동료
똑똘이: 유난히
똑뜨름: 역시
똥축: 좌절
뚤커: 용기
뚱속: 욕심
뚱속쟁이: 욕심꾼
뜨저구니: 심술
뜬먹: 감격
뜬쇠: ①예술 ②예술가
뜸꺼리: 문제
띠따: ①몹쓸 명령 ②겉 다르고 속 다
　른 새시빨간 거짓

ㄹ

라비: 고향
랑랑: 낭만

ㅁ

마들: 장마당
마들날: 장날
마땅쇠: 결코
마주재비: 들것
막놀: 무서운 범죄
막매 놈: 네 귀가 죄 꽉꽉 막힌 놈(마음도 막히고 숨도 막히고 핏줄도 막히고 정도 막힌 놈)
막맴: 악한 마음
막바라지다: 외롭게 버려지다/아무렇게나 버려지다
막발: ①마구잡이 ②저만 잘살자는 썩은 것들
막심: 폭력/횡포
막쟁: 마구 죽이는 칼
막풀: 잡초
말뙤: 과연
말뜸: 화두/문제의 제기
말매: 약속/언약
말살: 입으로 된 화살
말월: 말로 하는 글월
말째다: 괴롭다
맘판: 거짓말하는 것들은 오를 수 없는 판의 맨 마루, 가장 아름답고 거룩한 경지
망짝: 맷돌이나 방앗돌만큼 큰 것
맞대: 대답/반응
맞뚜레: 굴/맞뚫린 굴(터널)

매기다: 약속하다
매무: 연장 챙기기
맴치다: 취하다
맵: 각도
맹으로: 거저
맹이로구: 전혀
먹개: 벽
먹밤: 새벽이 밤에 먹혀버린 어두움
먹취: 제 입에 처넣는 것밖에 모르는 놈
먹튀: 침묵
멀턱죽: 멀건 죽
멱다시: ①목 ②멱살
멱자구: 개구리
모가다비: 폭우
모다구: 못
모랏심: 울뚝심(갑자기 울뚝 쓰는 힘)/한꺼번에 몰아 쓰는 힘
모쁘리: 합창
목다시: 모가지
목두가지: 목
몰개: 파도
묏덩이: 산덩이/산덩어리
묏소리: 높은 산자락에 바람 맞은 듯한 소리
묏줄기: ①산맥 ②만고강산
무지다: ①어지럽다 ②후덥지근하다
물떨기: 폭포
물떵딱: 물장단
물찌: 물똥
미약: 제힘을 잃고 넘어지는 모습

미지게: 용서란 어림도 없게
민둥이 놈: 용서 못할 놈

ㅂ

바글바글: 구더기
바끌: 조바심
바끌바끌하다: 안달하다
바라지: 중심
바랄: 꿈/반드시 일구어야지 그러지 않으면 꿈을 꾸던 놈이 죽는 꿈
바루: 현상/현장
바위텀: 바위산
바투: 현실
받: 백(百)
발: 아름(두 팔을 벌린 모습)
발술: 백번
밥네: 식구
배시짝: ①바짝 ②메마른 시체
배알: ①속 ②창자
배지: 배
배희짝하다: 삐쩍 마르다
백주하다: 시시하다
밴발: 국경
버선발: 맨발/벗은 발
벌개: 잘못된 세상/몹쓸 세상/사람 못 살 지옥/사람이 사람으로 살 수 없는 세상
벗나래: 다 함께 잘사는 세상/참세상

부셔: 원수/적
불림: 주어진 판은 깨고 새판을 일구는 한소리
빈홀: 허공
뻬대기: 강도/강탈
뻬뻬: 지옥
뻥뻥이: 기회주의자
뻥으로: 거저/덮어놓고
뺑치다: 도망치다
빽쇠: 사람의 순정을 겁탈하는 놈
뿔대: 노여움/분/화
뿔따구: 분노
삐지: 자식

ㅅ

사갈: 죄
사갈 놈: 죄인
사갈 짓: 범죄
사그런히: 가라앉듯이 조용히
사릿: 아리까리
살곳: 사람이 사람으로 살 만한 곳
살냄: 사람 냄새 물씬한 낟알 끓인 것/사람 냄새 나는 먹거리
살티: 목숨 아닌 것과 맞싸워 얻은 참 목숨
새납: 입으로 부는 악기
새녘: 밝아오는 동쪽 하늘
새뚝이: 주어진 판을 깨는 미적 전환의

계기/모든 침전, 좌절, 진부함, 썩은
늪을 깨뜨리는 힘/혁명과 예술 창작
의 불씨
새뜸: 새 소식(뉴스)
새람껏: 정성껏
새름: ①정 ②정서
새룻하다: 정답다
새시까맣다: 아주 까맣다
서돌: 짓밟힐수록 불꽃이 이는 불씨,
이를테면 사람됨의 된깔(본질)
설운내: 비명
세 달: 삼월
세울: 도덕
세울이: 도덕가
소돌치: 눌은밥
소먹이꼴: 소먹이풀
속꽂이: 물속으로 머리를 박으며 곧바
로 들어가는 모습(다이빙)
손오끔: 두 손바닥을 모은 손
손출하다: 간단하다
솟내: 기분
쇠꼬치: 인두
쇠젓: 종
수샘: 수줍은 샘
술: 번(番)
쉬 소리: 쉰 소리
스럣: 필요
쌈불: 화산
쌉새: 눈 깜짝할 새
쌔비다: 훔치다

쌔코라지다: 망가지다/망하다
쌤말: 단언
썅이로구: 도대체
썩물: ①저만 썩는 게 아니라 사람과
사람 사는 세상을 온통 썩히는 못된
놈, 썩는 병균 ②썩음/부패
쏙팍으로: 철저하게
쏠랑하다: 연하다
쐬: 돈
쓰레: 쟁기/도구/기계
쓸 거: 물건
쓸풀: 약초
씨갈이: 농사
씨갈이꾼: 농사꾼
씹씹이: 아무렇지도 않은 듯 말없이/아
무렇지도 않게

ㅇ

아낚시: 안다리걸기
아다몰: ①이상한 ②알지 못할
아리까리하다: 희미하다
아주마루: 영원/영원히
안간: ①있는 힘을 다한 ②마지막 남
은 온 힘
안눌데: 안방
안맴: 미안
알가먹다: ①갉아먹다 ②야금야금 속
여먹다

알로: 사실/진짜로
알린알린: 닮고 닮은
알범: 주인
앗딱수: 속임수
앙짱: 박살
앞텀: 앞산
애벌꾸벙: 간을 빼주는 듯한 맨 첫 번 인사
애재비: 어린 몰이꾼
야싸하다: ①얄궂다 ②몹시 고약하다 ③어리석게 모자라다 ④아섭다 ⑤ 속을 훑치는 듯 기분 나쁘다
얄곳: 사람이 사람으로 살 수 없는 곳, 이를테면 썩은 세상
어련듯: 저절로/알아서 마땅히
어먹하다: 위대하다
어정: 동정
어정이: 타락한 건달
억다: 잘못되다/일그러지다/쓸모없다
억하다: 기가 막히다
언니: 형
언애: ①형제 ②아우
얼개: 개수
얼김 통: 바뻐 헷갈리는 속
얼때: ①관아 ②벼슬아치
얼떵: 어서/재빨리/냉큼/금세/곧바로/ 잽싸게
얼잡: 착각
얼것다: 휘둘리다
얼짬: 잠깐

얼추: 혹시
얼통에: 우연히
엇간 놈: 잘못 일그러진 놈
에맥없이: 맥없이/속없이
여덟결: 팔촌
연나다: 이상하다
열나: 만약
옛살라비: 고향
옛새김: 추억
오간: 거래
온이: 인류
올려바지: 오르막
올리게: 밥상
옴박: 함지박
옹글다: 완전하다
왈통 놈: 사람 잡는 개새끼
왜드라지다: 뒤틀리다
우겨먹다: 제 아가리에 쑤셔 넣다
우당: 전쟁
욱꾼: 전사/병사/군졸
욱끈: 건강
욱뻬다: 강탈하다
욱지르기: 공갈 협박
욱지르다: 윽박질러 강제로 기를 꺾다
욱질: 무자비한 돌격
욱타다: 목과 마음까지 타다
웅질대다: 중얼대다
음짝: 원수
읍내껏: 절대로
읍내 소리: 배 밑에서 우러나오는 소리

이따: 한없이 큰 그릇
이물: 앞장
이웅집: 초가집
이참: 지금
일나: 노동
일래: 일꾼

ㅈ

잘코박사니: 제 죗값을 치르는 것
잰나비: 원숭이
잰날: 잔재주
잿집: 기와집/궁궐
저갈: 사람의 높은 재주, 예술
저갈꾼(저어갈꾼): 예술가
저녘: 서쪽
저리: 대신
저버리다: ①버리다 ②찌푸리다
저벌: 타락
저저끔: 제각기/서로
절구깨: 껍질 있는 낟알을 넣고 찧을 때 쓰이는 통나무
제간: 필요
제내: ①철 ②사람됨
제말: 순결
제멋: 속에 잠겨 있던 흥
제별: 순서
제보기: 본보기
젠장터: 득실대는 개싸움보다 더 어지러운 장터
젠창: ①쾌 ②제기럴
조개짓: 조개젓
조박: 조각
조초름하다: 잘 짜여 있다
주머구: 주먹
주울대: 자존심
주전부리: 군것질거리
쥘락: 권력
쥘락네: 권력층
지납 못하다: 보아주질 못하다/용서 못하다
지붕말: 지붕마루
질러먹기: 투기
질러먹는 놈: 투기꾼
집대: 주소
짚세기: 짚신
짜배기: 진짜/참말
짠: 천(千)
짠해: 천년
짠해한해: 천년만년
짤끼: 팔자
짱다구니: 악다구니
쟁짱: 분위기
쪼알: ①꾸민 말 ②쓸데없이 나불거림
쭈뼛하다: 긴장하다
쭐레: 사정
쫄이 타다: 다급하다
찍찍이: 베짱이 비슷한 놈

ㅊ

차름: 시작
착치: 착한 놈
참목숨: 참생명
참짜: 진짜
참하제: 참희망
채값: 이자
처지다: 해지다
첫하룻날: 초하룻날
촐랑: 재미
치게: 악사
칙집: 흉가
칡범: 얽은 범/호랑이

ㅋ

코촉 눌데: 작은 방
코촉집: 방이 하나뿐인 집
콩받고: 높은 데 있는 것을 꺼내느라 아이들이 콩당콩당 뛰는 것
쾟쌍: 위기
큰꾸벙: 큰절
큰들락: 대문

ㅌ

탄세: 실체

터벙: ①텅텅 빈 공간 ②폐허
턱주: 수염
털썩: 실망
털팡: 실패
텀: 산
텀골: 산골
텀골 놈: 산골에서 태어난 놈
텀길: 산길
텀더미: 산더미
텀마루: 산마루
텀뻬알: 산자락/산비탈/산모퉁이
텀속: 산속
텀자락: 산자락
텀줄기: 산줄기/산맥
텀허리: 산허리
텅무하다: 어이가 없다
토까이: 토끼
톡: 독
톡살: 독화살
톰발리: 빨리
톳: 사람이 먹는 바다풀
트릿하다: 가물가물 흐릿하다
틀거리: 구조/체제/제도

ㅍ

패랭이: 깍쟁이/쓸모없이 까다로운 놈
푸덜하다: 인정이 넘치다
풋살이: 갓 태어난 어린것

ㅎ

하따: 하늘과 땅
하루거리: 학질
하제: 희망/내일
한: 만(萬)
한꺼술에: 한꺼번에
한내: 작은 물줄기가 자꾸 모여 큰 물줄기를 이루는 냇물/한없이 넓어지는 큰 강물
한때박: 한순간
한바탕: 서사
한살매: 일생/한평생
한술: 한번
한축: ① 일단 ② 한패
한해: 만년
할대: 법
헌데: 상처/상처 자국
헨중하다: 또렷하다
헛차: 칭찬
홀껏: 환상
회까닥: ① 갑자기 정신이 이상해지는 모양 ② 천지개벽
횟대: 옷걸이
홀떼: 강/강물
희답다: 시답다
희바라지다: 희건방지다(시건방지다)
횟땅: 기세/기백

사진 이희훈

백기완 통일문제연구소장

어려선 혼자 공부했다. 6·25전쟁이라는 참화에 시달리다가 느낀 바가 있어 폐허가 된 이 메마른 땅에 목숨(생명)을 심고, 사람도 푸르게 가꾸자며 한편으로는 나무심기운동, 또 한편으로는 농민운동, 빈민운동을 했다. 4·19혁명 뒤에 박정희 군사독재가 권력을 찬탈하자 박정희야말로 첫째, 용서 못할 악질 친일파 민족 반역자다. 둘째, 이 땅의 민주주의를 압살한 유신독재 민주 반역자다. 셋째, 민중의 해방통일, 정의와 인도를 가로막는 인간 반역을 저지른 3대 반역자라며 온몸으로 싸우다가 여러 번 죽을 고비를 넘겼다. 박정희가 강요하던 한일협정도 분단체제를 영구화하려는 국제 독점자본의 음모라고 생각해 필사적으로 그 분쇄 싸움에 앞장섰고, 장준하 선생과 함께 반유신투쟁을 주도하다 긴급조치 1호로 구속되었다.

이어서 집권한 전두환 역시 유신독재의 잔당이라 규정하고 처절하게 맞섰다. 모진 고문, 투옥, 일체의 생활 조건까지도 파괴했던 천인공노할 만행과 싸웠으되 한 발자국도 물러섬이 없었다.

그 뒤에도 이명박 독재를 타도하려는 싸움에 늘 함께했고, 박근혜 타도 촛불혁명 때는 몸이 불편한데도 한 번도 빠짐없이 촛불현장 맨 앞을 지켰다. 한평생 참된 민주화란 니나(민중)가 주도하는 민중해방통일이라 믿으며 오늘에 이르렀다.

통일문제연구소는 1967년 재야 사무실로는 처음으로 문을 열었다. 통일의 알짜(실체)란 썩어 문드러진 독점자본주의를 청산하는 것이며 통일의 알기(주체)는 노동자, 농민, 도시서민이라는 점을 분명히 하였다. 너도나도 일하고 너도나도 잘살되 올바로 잘사는 노나메기 세상을 만들자며 그 이론과 사상의 뿌리를 캐고 비주(창조)하고 실천하는 일을 하고 있다.

버선발 이야기

초판 1쇄 펴낸날 | 2019년 3월 15일
초판 4쇄 펴낸날 | 2019년 4월 10일

지은이 백기완
펴낸이 오연호
편집장 서정은 편집 김초희 관리 문미정

펴낸곳 오마이북
등록 제2010-000094호 2010년 3월 29일
주소 서울시 마포구 월드컵로14길 42-5 (04003)
전화 02-733-5505(내선 271) 팩스 02-3142-5078
홈페이지 book.ohmynews.com 이메일 book@ohmynews.com
페이스북 www.facebook.com/Omybook

책임편집 서정은
교정 김인숙
디자인 여상우
인쇄 천일문화사

ⓒ 백기완, 2019

ISBN 978-89-97780-30-3 03810

이 도서의 국립중앙도서관 출판예정도서목록(CIP)은 서지정보유통지원시스템
홈페이지(http://seoji.nl.go.kr)와 국가자료종합목록시스템(http://www.nl.go.kr/kolisnet)에서
이용하실 수 있습니다.(CIP제어번호: CIP2019005787)

오마이북은 오마이뉴스에서 만드는 책입니다.